Le sauveteur

RHYS FORD

Le sauveteur

RHYS FORD

Publié par
DREAMSPINNER PRESS

5032 Capital Circle SW, Suite 2, PMB# 279, Tallahassee, FL 32305-7886 USA
www.dreamspinnerpress.com

Le sauveteur
Copyright de l'édition française © 2019 Dreamspinner Press.
Titre original : Savior
© 2018 Rhys Ford.
Première édition : septembre 2018
Traduit de l'anglais par Anne Solo.

Illustration de la couverture :
© 2018 Reece Notley.
reece@vitaenoir.com
Les éléments de la couverture ne sont utilisés qu'à des fins d'illustration et toute personne qui y est représentée est un modèle

Édition e-book en français : 978-1-64405-460-4
Édition imprimée en français : 978-1-64405-461-1
Première édition française : avril 2019
v 1.0

Édité aux États-Unis d'Amérique.

À Michelle et Maite, qui m'ont tenu compagnie pendant que j'écrivais ce roman et n'ont cessé d'encourager Mace.

À Jules, qui m'a dit : « Non, tu ne t'es pas trompée. » J'espère qu'elle aura raison cette fois, contrairement au jour où elle m'a affirmé que nous ne risquions rien à finir le gâteau.

Ce livre surtout est dédié à Yoshiko, ma chatte bien-aimée, qui a passé sa vie à lutter stoïquement contre les rayons de soleil, les frottements de ventre et le chien quand elle considérait le temps venu de lui rabattre le caquet. Tu vas terriblement me manquer, ma minette. Mon ordinateur n'est plus le même sans toi couchée dessus et mon cœur n'oubliera jamais tes ronronnements.

REMERCIEMENTS

À MES bien-aimés Cinq, Penn, Tamm, Lea et Jenn. Vous avez toujours été mes étoiles à travers les épreuves, petites et grandes, les dangers inconnus et le reste. Vous êtes ma constellation et je n'oublierai jamais nos querelles et nos fous rires à propos du thé.

Beaucoup d'affection et d'amour pour mes autres frères et sœurs, Ren, Ree, Mary et Lisa. Et bien sûr le San Diego Crewe – Andy, Steve, Maite et Felix.

Merci comme toujours à Dreamspinner – Elizabeth, Lynn, Naomi (qui endure ma folie), Liz et son équipe, tous ceux et celles qui travaillent si dur pour améliorer ce que je leur envoie. J'ai pour vous une infinie admiration.

Un hourra spécial à Micah Caudle qui me supporte. Mec, je te dois bien tout le café que tu ingurgiteras de ton vivant.

I

MASON N'ARRIVAIT pas à se souvenir de quand il avait pris son dernier repas, mais c'était normal. L'argent manquait, alors, la nourriture se faisait rare. Il le comprenait, même à dix ans, et l'acceptait sans discussion. C'était une leçon qu'il avait apprise depuis longtemps. Comme il avait appris à être reconnaissant du toit qu'il avait sur la tête. Se plaindre ne faisait qu'irriter son père, toujours à bout. Mason ne risquait pas d'oublier le jour où son père l'avait laissé toute la nuit sur le balcon parce que sa reconnaissance lui avait paru insuffisante : il avait eu froid jusqu'à la moelle des os.

Rien qu'en évoquant cette nuit-là, il avait à nouveau mal aux côtes et aux hanches... n'ayant pu se protéger du gel et du vent hivernal. Frigorifié, il avait regardé le soleil se lever et monter dans le ciel, et s'était demandé si son père l'avait oublié, s'il allait rester là toute la journée – et une autre nuit. Mais alors, la porte s'était ouverte et son père, d'une voix sèche, l'avait autorisé à rentrer.

Mason arrivait à peine à marcher. Ses membres ne répondaient plus. Il savait pourtant que s'il ne bougeait pas, la porte allait se refermer et cette fois, il resterait une seconde nuit dehors. Alors, il avait rampé. Il était arrivé à genoux devant les jambes de son père, heurtant au passage ses lourdes bottes de travail, mais il avait pu pénétrer dans l'appartement avant que la porte ne claque.

Sa vie n'était que portes closes, faim, silence et impénétrable obscurité.

Ce soir, sa faim était différente. Et Mason avait soif aussi. Et peur. Une peur qu'il ne pouvait repousser, une peur qui l'écrasait avec une férocité monstrueuse. Il n'entendait rien, il ne voyait rien dans cet étroit placard où son père l'avait consigné.

— Reste là, avait-il dit. Ne bouge pas, ne fais aucun bruit. Attends que je vienne te chercher, c'est compris ?

Mason eut à peine le temps d'acquiescer que la porte se fermait déjà avec un petit cliquetis. Un simple « clic » qui rétrécissait son univers et le laissait dans le noir, dans un espace d'à peine un mètre carré, avec sa respiration comme seule compagnie. Il était souvent abandonné ainsi. Pour passer le temps, comme d'habitude, il s'endormit... Quand il dormait au moins, le silence terrible ne le terrifiait pas.

Sa faim s'aggrava. Le silence pesait toujours.

Il n'aurait pu dire quel jour c'était, ni depuis combien de temps il était dans ce placard. Il finit par donner un coup sur un des murs suite à un spasme musculaire dû à sa longue période d'immobilisation dans un espace aussi exigu, mais sans obtenir de réponse.

C'était très étrange. En temps normal, son père frappait rageusement à la porte dès que Mason faisait le moindre bruit.

La première fois que son père l'avait poussé dans le placard du couloir en lui ordonnant de ne pas bouger, c'était quelques mois après leur emménagement dans cet appartement. Mason avait entendu dans le couloir des voix en colère, puis son père l'avait empoigné par son tee-shirt, par ses cheveux et flanqué dans le placard sans lui laisser le temps de reprendre son souffle. Et sans prendre le temps de lui donner une bouteille d'eau ou une couverture pour adoucir la rugosité du tapisom industriel que le propriétaire avait fait poser dans chaque pièce.

Mason ne supportait plus le silence et l'obscurité, mais la porte ne s'ouvrait pas. Étant petit et faible, il n'avait qu'une seule option : frapper sur les murs... s'il l'osait, du moins. Ce qui n'était pas le cas.

Il n'oserait jamais.

Il dormait de plus en plus. C'était en tout cas l'impression qu'il avait. Quand il était réveillé, il avait la sensation de constamment recevoir des coups de couteau dans la colonne vertébrale. L'espace minuscule ne lui permettait pas de se mettre à l'aise. Ses genoux et ses coudes étaient douloureux d'être recroquevillés et éraflés par le tapisom en acrylique. Il avait mal au bout des doigts à force d'avoir gratté contre le mur pour tenter d'y creuser un passage. Une ampoule naquit, enfla et finit par éclater. Assoiffé, Mason la suça, reconnaissant de cette goutte d'eau salée... et aussi du placard dans lequel il avait la chance de pouvoir se cacher.

Et le silence perdura. Jusqu'à ce que Mason se réveille en toussant.

L'obscurité était maintenant pleine de couleurs : esprits fantastiques et voix murmurant des choses que Mason était probablement « trop stupide pour comprendre ». C'était ce que son père lui répétait toujours. Mason avait d'autant plus de raison d'être reconnaissant, d'après lui, puisque l'intelligence n'attirait que les coups.

Il n'avait plus froid, mais respirer devenait de plus en plus difficile. Ses yeux brûlaient et sa gorge était aussi à vif que ses coudes, à ce qu'il semblait. Malgré ses efforts, il ne parvenait plus à déglutir, sa langue enflée et lourde pressait contre ses dents. Ça faisait si longtemps qu'il n'entendait que ses mouvements qu'il fut très surpris d'entendre un discret craquement.

Le silence était enfin brisé, mais Mason se trouvait trop faible pour bouger.

Il y avait des voix, il en était certain. Il tenta d'appeler son père, mais seul un croassement lui échappa. Il avait mal partout. Puis les bruits feutrés devinrent un rugissement. Mason serra le poing et en frappa la porte. Il devait sortir, l'air du placard était devenu irrespirable, il ne pouvait plus tenir.

Soudain, un rai de lumière perça l'obscurité.

Mason découvrit alors qu'un monstre avait ouvert la porte. Un robot extraterrestre peut-être comme ceux qu'il avait vus dans ses livres, ou dans ces vieux films en noir et blanc qu'il regardait la nuit quand son père ne l'obligeait pas à se cacher et à se taire. Le monstre tendit les bras vers lui. Mason essaya de lui échapper, mais le placard était trop petit et lui, trop faible et fatigué. Les mains de la chose se refermèrent sur ses bras. À son âge – il venait d'avoir dix ans –, Mason n'aurait pas dû avoir peur. De plus, il doutait de l'existence des monstres, malgré ce que son père prétendait.

Celui-ci était pourtant bien réel. Humanoïde, avec une peau rayée de jaune avec des gribouillis écrits dessus – des mots que seuls comprendraient les gens intelligents, donc, pas Mason –, le monstre respirait d'une drôle de façon. Derrière son œil unique et vitreux, il siffla et crachota. L'air qu'il dégageait était opaque, avec une odeur de pain grillé.

Puis Mason aperçut un visage derrière la vitre ronde.

C'était un masque ! Il faillit rire, embarrassé de sa stupidité, mais il n'avait pas assez d'oxygène pour respirer, aussi rire lui fut-il impossible. L'homme avait toujours les mains sur lui. Il souleva Mason pendant qu'un autre pseudo-extraterrestre lui posait un triangle en plastique sur le visage.

Mason était terrifié, sans trop comprendre d'où venaient sa peur et sa répugnance vis-à-vis de ces hommes. Il finit par céder au délicieux soulagement d'avoir enfin été délivré. Puis il comprit : le monstre était un homme, celui qui allait l'exposer au monde, à l'encontre de tout ce que son père lui avait appris.

Il ne savait plus ce qui le terrifiait le plus : son père ou l'homme qui le sauvait.

— Je te tiens, gamin, dit le pompier à travers son masque.

Il avait l'air en colère, aussi Mason voulut-il s'excuser, inquiet à l'idée que cet homme use de sa force contre lui. Mais il n'avait toujours pas recouvré sa voix.

— Allonge-toi et détends-toi, ajouta l'inconnu. Je vais te sortir d'ici… tiens bon, mon garçon. Tout ira bien.

Vingt ans plus tard

— MONTENEGRO !

Mace n'avait pas à hurler, il le savait bien, mais l'adrénaline qui coulait dans son sang le poussait à hausser le ton. Tout le reste paraissait impossible.

— Je vérifie une dernière fois, ajouta-t-il, puis nous dégageons. Je tiens à repasser dans les appartements 4B et 4A.

— D'accord. Vas-y, mais fais vite. Je tiens le couloir.

Dans son oreillette, Mace nota l'amusement de Rey. *Vite* ? Mace allait toujours vite, mais Rey aimait le lui répéter, surtout quand le temps leur était compté. Cet incendie perdait en puissance et ne s'étendait pas. Quand la brigade avait répondu à l'appel, c'était juste un barbecue de balcon qui s'était enflammé. Il ne restait plus que des flammèches coincées entre deux équipes de pompiers. Pourtant, aucun d'eux ne comptait s'en aller avant d'être certain que tous les appartements avaient été vérifiés.

Et Mace comptait bien repasser dans toutes les pièces.

C'était stupide… les autres se foutaient de sa gueule parfois, mais ça faisait partie de ces manies – de ces choses qu'il ne pouvait mettre en boîte et verrouiller. Il n'aurait pas pu être tranquille avant d'avoir inspecté l'arrière des portes et les placards de toute la zone lui ayant été attribuée. Le plus souvent, c'était inutile, mais les rares fois où Mace ne l'avait pas fait, il était resté irritable pendant des jours durant, hanté par un malaise qui avait duré jusqu'à la prochaine sortie de sa brigade.

Si ses recherches n'avaient rien d'une obligation, elles n'en représentaient pas moins pour lui une vocation – un fardeau bien plus lourd que les équipements respiratoires et autres qu'il portait en allant au feu. C'était comme une armure qu'il avait endossée à la minute où il avait été officiellement nommé pompier.

La voix de Rey résonna dans son casque :

— Crawford, rappelle-toi, qu'un ragoût de crabes de Dungeness* [1] nous attend à la maison. Et je n'ai pas vu Gus depuis trois jours, alors… dépêche-toi.

Mace ouvrit la porte d'un placard dans le couloir.

— On se calme, Montenegro, gronda-t-il. J'en ai pour… cinq minutes.

Il était dans une partie du bâtiment que le feu n'avait pas touché directement, pourtant, les murs étaient noirs de fumée et des traces de suie souillaient la peinture ivoire. Les résidents avaient été évacués avant que Mace et son équipe n'entrent dans l'immeuble. Il vit cependant qu'un enfant s'était récemment trouvé dans le petit appartement encombré. Ou alors, les propriétaires avaient un chiot très gâté qui dormait dans un lit-voiture dans une alcôve près de la cuisine.

En fin d'après-midi, le soleil était déjà presque caché derrière les gratte-ciel. L'électricité étant coupée, il faisait assez sombre. Il restait assez de lumière pour que Mace s'assure que le placard était vide.

Il vérifia le reste de l'appartement, ses bottes laissant des traces profondes sur le tapis du salon. Une fois un incendie éteint, les pompiers laissaient de la suie partout où ils allaient, c'était une réalité incontournable. Quelles que soient leurs précautions, le feu était destructeur et très salissant. D'après Mace, son rôle était de sauver des vies plutôt que préserver la propreté des lieux.

Il y eut un craquement sous ses pieds. Il baissa les yeux et vit un sachet de chips renversé sur la moquette. Ce salon était vraiment très encombré ! Mace se sentait bloqué de tous les côtés par les meubles entassés.

— Hé, Montenegro, quand j'aurai fini ici, je vérifierai le 4B du rez-de-chaussée, d'accord ? Tu diras aux propriétaires que l'appartement est intact, mais un peu sale. Le chef les laissera peut-être remonter chez eux prendre des affaires, même s'il n'est pas question de dormir ici ce soir.

La voix de Mace résonnait dans son casque, on aurait dit le Seigneur Sith.

— D'accord. Alors, c'est bon, t'as fini ? Je te rappelle que mes priorités sont les crabes, un dîner de famille et Gus, persifla Rey.

— Oui, enfoiré, grommela Mace. Je sais. Tu tiens surtout à le sauter. Je fais une ultime vérification dans l'autre appart et on considérera que c'est bon.

Une autre voix intervint sur le réseau :

1 Les plats et recettes signalés par un astérisque sont regroupés en fin de volume.

5

— Qu'est-ce qu'il fout ? Y'a plus personne ! On devrait être parti depuis longtemps !

Mace reconnut ce ton geignard : un jeune stagiaire qui apprenait le métier à la caserne.

— C'est important pour lui de vérifier encore. Deux précautions valent mieux qu'une, c'est notre mot d'ordre ici. Tu attendras aussi longtemps qu'on te dira d'attendre, petit con, parce que c'est comme ça qu'on fait du bon boulot.

C'était Rey. Sa voix était restée calme, mais la menace y résonnait haut et clair.

— J'en ai pour dix minutes en bas, pas plus, promit Mace. Et cesse d'engueuler les gamins, Montenegro. Tu vas finir par les dégoûter de notre boulot ! Vivement qu'ils soient diplômés ! Si nous étions plus nombreux, nous aurions moins de gardes à faire !

Le feu était un ennemi dangereux. On avait souvent conseillé à Mace de ne pas anthropomorphiser les flammes, mais il persistait à leur trouver un caractère propre. Ravageuses et inflexibles, elles couraient vite et grimpaient le long des murs, jouant parfois à cache-cache avec les pompiers envoyés pour les anéantir. De plus, Mace avait une certitude : le feu – même s'il n'était pas doté d'un cerveau – avait un sens de l'humour foutrement tordu.

Aussi ne fut-il pas vraiment surpris de découvrir en ouvrant la dernière porte du dernier placard… un mur de flammes à l'arrière du bâtiment.

La voix de leur chef d'équipe résonna sur la ligne :

— Crawford, vois-tu des signes particuliers ? Un nouveau foyer vient d'apparaître sur notre écran…

— Oui, je l'ai trouvé. Il est dans l'appartement voisin.

Mace évoqua mentalement le plan de l'étage. Il y avait peu d'espace entre les murs des différents appartements. Les solides lambris de bois donnaient du carburant aux flammes, mais sans doute empêcheraient-ils une personne de passer à travers. D'après Mace, c'était aussi le cas du placard.

— C'est dans le 4A, précisa-t-il. Je doute de pouvoir passer par le mur.

— L'appartement a-t-il été vérifié ? demanda le chef. Si ce n'est pas le cas, entre et fais-le.

— D'accord. Cet appart est bourré et le feu avance rapidement. Je fais le tour par la porte. Montenegro, envoie-moi les gars, il faut contenir ces flammes avant qu'elles se propagent.

— Oui, tout de suite, Crawford, répondit Rey. L'équipe au sol, allez-y par l'est.

Dès que Mace entendit son meilleur ami lui annoncer que le chemin était sécurisé, il brancha son équipement respiratoire et se mit en route, espérant réussir à éteindre le feu avant que l'appartement soit détruit. Sa tâche était difficile. Son lourd matériel ne lui permettait pas de se déplacer vite, sans compter qu'il était gêné par les meubles et l'étroitesse des lieux – une spécialité de San Francisco. Dans le couloir, le sac de Mace s'accrocha au mur et fit tomber un cadre photo. Dans le salon, ce fut un vrai parcours du combattant de zigzaguer entre les fauteuils, le canapé et la table basse.

Alors qu'il testait si la porte de l'appartement 4A pour savoir si elle était fermée ou pas, le sol vibra : les autres pompiers entraient dans la zone. Ils arrivèrent du couloir par la droite. Il leur désigna l'appartement qu'il venait de quitter et leur donna de brèves instructions pour les guider jusqu'au placard en feu. Rey se mit à courir, un crochet à la main. Pendant ce temps, Mace se positionnait près de la porte close, prêt à entrer dès que Rey serait en place.

— Tu as testé la poignée ? demanda son ami.

— Oui, c'est verrouillé.

Il tordit les épaules pour donner à Rey autant d'espace que possible. Parfois, les gens se faisaient coincer par le feu. Si Mace avait sauvé pas mal de vies, ses cauchemars restaient hantés par les fois où il était arrivé trop tard.

Ce ne serait pas le cas aujourd'hui.

— Enfonce la porte, Rey, et espérons qu'il n'y a plus personne à l'intérieur.

ROB CLAUSSEN le savait : 415 Ink était un rêve.

En fait, 415 Ink était une légende, le Camelot de l'Encre où œuvraient des tatoueurs doués à faire rêver – Rob en rêvait, en tout cas. Le salon était situé sur Jackson, en face de Fisherman's Wharf, et les badauds ne cessaient de défiler. Du coup, il touchait un bon salaire, mais surtout, il considérait comme une chance extraordinaire de travailler à proximité des meilleurs artistes du moment. Depuis qu'il avait obtenu ce poste sur la jetée, il avait beaucoup appris auprès de maîtres comme Ichiro Tokugawa et Baker Georgie. Même Barrett Jackson, spécialiste du traditionnel et néo-traditionnel américain, prenait de temps à autre le temps d'éduquer Rob en lui expliquant ses choix avec science et patience alors qu'il créait une œuvre d'art sur un canevas vivant.

Ce travail, c'était l'aboutissement des rêves de Rob. Le salon aussi. Et même s'il n'atteindrait sans doute jamais le statut de Barrett, Gus Scott, ou Ivo Rogers, trois membres de la fratrie qui possédaient le salon et y travaillaient, il était conscient que cette expérience était sans prix. Bon sang, en quelques mois seulement, il constatait déjà les progrès de son travail !

À vingt-cinq ans, il aurait dû être plus avancé dans sa carrière, mais il avait perdu deux ans à Berkeley. Quand il avait fini par reprendre ses esprits, il était en retard par rapport aux autres artistes de son âge. En apprenant qu'un poste se libérait à 415 Ink, Rob n'avait pas cru à ses chances de l'obtenir. Pourtant, Barrett apprécia son travail et lui offrit l'anneau en laiton [2] auquel Rob tenait tant.

L'idée de le laisser tomber par stupidité le terrorisait.

Cette stupidité avait pour nom Mace Crawford… l'homme qui entrait dans le salon par la porte arrière au moment où Rob en verrouillait la devanture pour la nuit.

Il avait déjà éteint les lumières du salon quand il entendit un bruit venant de l'arrière-boutique. Paniqué, il brandit un balai et se précipita au-devant d'un éventuel voleur, bien décidé à l'assommer. En pénétrant dans la pièce du fond, il heurta de plein fouet un corps solide et délicieux, tout en longues jambes et larges épaules.

Mace Crawford.

À en juger par son expression, Mace venait d'échapper au diable. Ses yeux étaient hantés, presque sauvages, son putain de magnifique visage tout crispé. Il avait couru – ou était en train – parce qu'il portait un souple pantalon noir attaché aux hanches par un cordon, assez bas pour Rob distingue la ceinture élastique rouge de son boxer. Il pleuvait. Trempé, le tee-shirt rouge à manches courtes moulait un torse dur et un ventre plat, sans rien laisser à l'imagination. Rob eut l'eau à la bouche devant la fermeté des muscles exposés. Il aurait tout donné pour arracher à Mace ses vêtements et explorer plus à loisir le corps qui se dissimulait dessous.

Le tatouage du bras était d'un art exquis. Les lignes coulaient de l'arrondi de l'épaule jusqu'au coude. Les couleurs se mêlaient harmonieusement avec d'anciens tatouages, un chien de mer en particulier. De style néo-traditionnel, l'œuvre paraissait simple au premier coup d'œil, un modèle *old school* souvent affiché aux murs : le profil d'un casque

2 Récompense difficilement accessible qu'un forain présente aux enfants sur un manège nord-américain pour gagner un tour gratuit. (En France, ce serait plutôt un pompon…)

de chevalier se détachant sur quelques flammes avec une rose rouge en dessous. Ce tatouage résumait parfaitement Mace. Comme lui, c'était du solide, apparemment de réalisation facile, sauf pour ceux qui savaient regarder au-delà des apparences.

Un tatouage aussi magnifique que l'homme qui le portait. Et Rob aurait aimé les lécher tous les deux.

Il trouvait vraiment très injuste que Mason Crawford soit aussi beau. Certes, la vie était souvent injuste, Rob le savait déjà, mais Mace était pour lui une sorte de mauvais karma. Rob se demandait souvent quel péché il avait commis dans une vie antérieure pour mériter ça. Aurait-il méprisé les droits civils d'autrui ou téléphoné bruyamment au cinéma pendant un film ? Convoiter Mace ne l'arrangeait pas. Il détestait cet homme, il détestait presque tout chez lui, mais ça ne l'empêchait pas de fantasmer : il coincerait Mace dans l'arrière-boutique et le séduirait à même la table sacrée – celle sur laquelle il était interdit de poser un verre !

Et Rob était presque convaincu que Mace avait deviné son désir latent et sa frustration. Bon sang !

Les yeux bleu vif de Mace voyaient tout, jugeaient tout. Il y avait une dure arrogance dans ce regard, un fatalisme de combat de rues qui se mélangeait à une assurance que Rob détestait. Mais surtout, c'était la beauté aristocratique de Mace qu'il ne supportait pas.

Rob passait le plus clair de son temps à regarder Mace et à se répéter qu'il détestait la perfection. Il désirait – follement – capter l'attention d'un homme, d'un vrai, pas d'un idéal de splendeur masculine. Il se haïssait de tant vouloir passer les doigts dans les cheveux blonds de Mace, éclairés par le soleil de mèches plus pâles, ou de mordre en cette lèvre inférieure si renflée. Il s'en voulait des frissons qu'il avait dans le ventre quand Mace affichait ce sourire Ultra-brite qui lui creusait une fossette dans chaque joue. Il détestait tout particulièrement la douleur qui lui serrait le cœur chaque fois que le solide pompier éclatait d'un rire rauque.

De toute façon, il n'avait aucune chance avec Mace. Chaque fois que le regard bleu l'effleurait, il s'écartait très vite comme si Rob était insignifiant.

Mace entra par la porte arrière. Sa présence envahit l'arrière-boutique.

— J'ai besoin d'eau, chuchota-t-il.

Rob en perdit le souffle. Il chercha à s'écarter pour laisser passer Mace, mais il ne fit qu'empirer une situation déjà délicate. Les deux hommes se heurtèrent une fois encore.

Mace soupira.

— Attention, dit-il. Lâche le balai. Tu devrais… le poser.

D'aussi près, il sentait la sueur, le linge frais, le citron et le musc délicieusement viril. C'était vraiment injuste ! Alors qu'il venait de courir, il avait une odeur aussi fraîche qu'un matin de printemps. Rob, quant à lui, devait… puer. D'un geste furtif, il renifla son tee-shirt en cherchant à se souvenir où il l'avait pris ce matin : dans un des tiroirs de sa commode ou dans le tas des vêtements « pas trop sales » qui s'empilaient sur une chaise de sa chambre.

Bien entendu, Mace repéra son manège.

— Qu'est-ce que tu fais ?

— Rien, marmonna Rob. Et toi, que fais-tu ici ? N'étais-tu pas censé avoir un dîner ce soir ? Et comment es-tu entré ?

Bien plus grand que lui, Mace le surplombait. Rob avait beau adorer sa mère philippine, il aurait apprécié d'avoir la haute taille de ses demi-frères, plus âgés que lui, surtout alors qu'il affrontait un magnifique demi-dieu. En présence de Mace, Rob retombait volontiers dans les jeux puérils de son enfance, même s'il ne cessait de se dire ne rien avoir à prouver – à personne. Se débarrasser d'anciennes habitudes et insécurités n'était jamais aisé.

— C'est fini depuis longtemps. Je suis passé, j'ai bu une bière, je suis parti. Écoute, je courais et je me suis juste arrêté prendre de l'eau.

Mace agita un trousseau de clés devant le visage de Rob, puis il ajouta :

— Et j'ai les clés du salon. Je te rappelle que j'en possède le cinquième. Vas-tu me laisser entrer ?

— Bien sûr, je…

Il n'eut pas le temps d'en dire davantage, Mace passait déjà devant lui. Quand leurs deux torses s'effleurèrent, Rob vacilla, enflammé de désir. Il ferma les yeux, inspira un grand coup et chercha à nier sa réaction.

— Tu t'es vraiment arrêté pour de l'eau ? demanda-t-il.

Mace se dirigeait déjà vers le salon.

— Oui. Inutile de craindre que je te réclame autre chose.

Rob le suivit, marchant presque sur ses talons. Il saliva en voyant le cul ferme bouger devant lui.

— Pourquoi ne pas t'être arrêté chez l'épicier ou dans un bar ? Je dois fermer.

— Je suis chez moi, je fais ce que je veux.

Mace fit tinter ses clés, puis les lança sur la table du salon. Elles glissèrent sur la surface de verre et s'arrêtèrent contre le blouson que Rob avait posé là.

Mace reprit :

— Inutile de rester. Rentre chez toi, je suis capable de fermer derrière moi en partant. Si ça te pose un problème, appelle Bear. Il doit être en haut.

Rob comptait bien s'en aller. Il récupéra son blouson, vérifia une dernière fois le coffre, puis verrouilla la porte d'entrée. Il n'avait aucune raison de s'attarder. D'ailleurs, Mace ne mentait pas : il était effectivement l'un des propriétaires du salon – un des cinq frères. Si ça lui chantait, il pouvait danser nu au milieu du salon et le seul à avoir le droit de l'engueuler, c'était Barrett, son aîné

Pourtant… quelque chose n'allait pas.

Depuis des mois que Rob travaillait là, jamais il n'avait vu Mace aussi… effondré. C'était comme si l'acier qui le soutenait d'ordinaire venait de céder et que seule sa volonté le maintenait encore debout. Mace Crawford était prêt à craquer, Rob le savait. Il reconnaissait ce regard vide : il l'avait souvent croisé dans son miroir en fixant son reflet.

Rob fit un pas en avant, pris dans un dilemme : devait-il approcher Mace ou s'enfuir aussi loin que possible ? Il désirait Mace en secret, d'accord, mais ne risquait-il pas de se faire jeter s'il offrait au beau pompier une empathie non sollicitée ? Rob ne tenait pas à subir une autre expérience pénible.

À ce moment-là, Mace se tourna vers lui, ses beaux yeux tout assombris de douleur. Et Rob oublia son idée de s'en aller.

— Qu'est-ce qui ne va pas ? Mec, qu'est-ce que tu as, merde ?

— Il y avait une gosse… dans une pièce où elle n'aurait pas dû être, dans un appartement qu'on m'avait annoncé comme *vide* ! Quand nous l'avons enfin trouvée, elle était horriblement brulée, je ne suis pas sûr qu'elle s'en sortira.

Mace arpenta le salon devant la fontaine d'eau. Puis il s'arrêta, secoua la tête et ferma les yeux.

— Voilà ce qui ne va pas, reprit-il. Voilà ce que j'ai… Maintenant, laisse-moi boire et m'en aller… Tu as une bouche très tentante, mais aucun baiser magique ne peut guérir la blessure qui me ronge. Je te veux, bordel, mais pas comme ça, pas ce soir. Je ne peux pas.

II

— Et après… il s'est barré ? Il laisse tomber un truc pareil et il s'en va ? Mon Dieu, quel enfoiré !

Lilith, toujours complice de Rob dans les folies et Reine des Propriétaires, s'arrêta à mi-chemin dans l'escalier menant à leur appartement, au troisième étage.

Si Rob avait eu assez de souffle pour approuver, il l'aurait fait, mais il portait actuellement un canapé d'angle dans un escalier des plus étroits, aussi trouvait-il le moment mal choisi pour tailler une bavette, même si le débat avait débuté au rez-de-chaussée. Et fusiller Lilith du regard ne servirait à rien. La connaissant depuis l'enfance, Rob savait que rien n'arrêtait sa meilleure amie une fois lancée.

— Et si nous attendions pour conclure cette conversation que ce foutu canapé soit installé ? haleta-t-il. C'est lourd, je te signale.

Il souleva son fardeau, espérant faire comprendre à Lilith que continuer leur ascension serait une idée sensée. L'appartement dont ils venaient d'hériter n'était plus qu'à quelques mètres.

Sans même prendre en compte sa position précaire, Lilith le toisa comme s'il était devenu fou.

— Je te connais. Tu supportes mal de ne pas être au courant. Tu ouvres même les pubs de ton courrier *au cas où* il s'y cacherait un truc intéressant !

Lilith n'avait pas bougé. Rob avait la sensation que son fardeau devenait plus lourd. En plus, le tissu râpeux sur sa peau nue devenait intolérable et ce n'était pas la première fois qu'il s'en faisait la réflexion depuis que son amie et lui avaient récupéré ce canapé de seconde main dans un tas de meubles à jeter, devant un immeuble de Russian Hill. Ce tweed vieux rose correspondait mieux à un tailleur pour adolescente de Beverly Hills qu'à un canapé, mais à cheval donné…

N'ayant pas les moyens de faire le difficile, Rob avait d'ores et déjà décidé de recouvrir le canapé d'un drap en solde. Il ne lui restait plus qu'à faire avancer Lilith, qui reprenait son souffle sur le palier de la cage d'escalier.

Emménager à Chinatown le rendait très heureux, mais cet immeuble, comme tous ceux du quartier, avait été construit avant l'avènement des ascenseurs et de la climatisation. Pourtant, l'endroit vibrait d'un dynamisme aussi indescriptible que magique.

Curieusement, Rob avait l'impression d'avoir enfin trouvé sa place.

Même s'il était déjà passé dans le coin, y vivre était différent. En déchargeant les cartons qu'il possédait – toute son existence – dans l'étroite entrée du vieux bâtiment, il avait eu une conscience nouvelle de son environnement. Lilith lui avait donné un aperçu des lieux, lui transmettant des renseignements glanés au fil des ans au cours de ses visites à sa grand-mère, récemment décédée, l'ancienne propriétaire. Autrefois, l'appartement était un trois-pièces, puis les grands-parents de Lilith avaient eu la bonne idée d'acheter un logement mitoyen donnant sur la rue et d'en faire tomber les cloisons, créant ainsi un double salon et une vaste cuisine. Ils avaient installé une salle d'eau à l'endroit initialement prévu pour le cellier et l'appartement comportait deux grandes suites avec coin salon et salle de bain privative.

C'était idéal dans un quartier où l'espace était compté. Se garer restait problématique et les tentations de trop dépenser étaient nombreuses. Une épicerie chinoise au coin de la rue proposait des échines de porc et des canards laqués dans une vitrine destinée à attirer le client. Lilith, qui n'aimait pas la boulangerie installée au pied de leur immeuble, préférait faire ses courses à l'épicerie, avant que le marché voisin n'attire son attention.

Le marché était très prometteur. Jusqu'à ce jour, Rob n'avait jamais su où trouver les ingrédients exotiques que sa mère philippine utilisait pour cuisiner !

Le quartier était ancien, mais accueillant à sa manière. Pour Rob, c'était une expérience nouvelle. Les passants dans la rue et le bruit qu'ils faisaient lui rappelaient le bavardage incessant de sa mère et de ses tantes autrefois. La langue était différente, certes, mais les gestes et les expressions se ressemblaient. Parfois, Rob devait se retourner pour vérifier qu'il s'agissait bien d'étrangères. Malgré tout, il gardait l'impression d'être exclus de cette animation, comme un enfant qui regarde derrière une vitre un monde dans lequel on lui refuse d'entrer.

Autrefois, son père, d'origine germanique, insistait pour que Nina Claussen ne parle jamais à son fils, Rob, de sa culture et de sa langue natale. Il lui demandait de les garder enfermées dans une boîte sans que l'enfant ait accès à la clé. Du coup, Rob avait grandi sans comprendre ce que sa mère disait au téléphone à sa famille, n'apprenant sur le tard des mots comme « adobo* » et « sisig* » d'un Philippin qui gérait un camion de nourriture non loin de son université.

Triste et furieux à la fois, Rob avait supplié sa mère de partager avec lui sa culture philippine, mais elle avait refusé, affirmant qu'il était le fils de son père avant d'être le sien.

Si Rob avait souffert de quitter sa famille, tourner le dos à sa mère lui avait brisé le cœur.

Pourtant, leur relation s'était nettement améliorée au cours de l'année écoulée, au point que sa mère passait régulièrement le voir là où il travaillait. À présent, il espérait la convaincre de venir à Chinatown visiter son nouvel appartement… à condition que Lilith le laisse monter ce canapé avant qu'il meure d'épuisement.

Il avait mal aux avant-bras, une douleur qui ne ressemblait pas aux discrètes contractions musculaires dont il avait l'habitude après de longues heures passées à tatouer ses clients. En fait, ses cuisses elles aussi tremblaient de tension.

— Lil, je t'adore, mais j'ai deux cents kilos sur les bras. Avance ! Bon sang ! J'ai encore tous mes cartons à vider !

Sa voix pressante dut stimuler le cerveau reptilien de Lilith, car après avoir respiré un grand coup, la jeune femme se remit prudemment en mouvement en direction de la porte ouverte de leur appartement. Leur progression fut lente, essentiellement parce que le salon était encombré des cartons dans lesquels Rob avait entassé son ancienne vie. Sa chambre chez ses parents avait été plus grande que l'appartement de Lilith tout entier, mais tout cela était loin derrière lui, si loin que Rob y pensait comme à une existence vécue par un étranger.

En fait, c'était vrai. Il était différent à l'époque, moins tatoué, pris au piège d'une vie qui ne lui correspondait pas. Jeune trapu et maladroit, « Robert » avait tenté d'entrer dans le moule familial alors qu'il n'y avait pas sa place, qu'il ne l'avait jamais eue. Il s'était mis au cou un carcan et cherché à prétendre que tout allait bien. C'était un mensonge flagrant. Il détestait ses études de médecine et ce rêve qui n'était pas le sien d'un avenir ambitieux.

— C'est fini à présent, marmonna-t-il à haute voix. Qu'ils aillent tous se faire voir !

Il fit un dernier pas et trébucha avec un bruit sourd. Il manqua lâcher le canapé, ce qui lui attira un mauvais regard de Lilith, déséquilibrée par son geste.

— Excuse-moi. J'ai cru qu'il y avait une autre marche.

Rob manquait de grâce et de légèreté. Il aimait bien danser, mais son corps n'était conçu ni pour le ballet ni pour un sport d'équipe qui nécessitait une bonne coordination musculaire. Rob était du genre à *ziguer* quand il aurait dû *zaguer*. Il n'avait pas reçu comme ses frères aînés la capacité innée à s'intégrer dans la conscience collective d'un groupe sportif. Son père, désespéré de la nullité de son dernier-né au tennis ou au ping-pong, s'était même laissé aller à le prétendre mieux adapté à un sport bestial comme le football.

Ce n'était pas la première fois – et certainement pas la dernière – que son père critiquait ouvertement la mixité des gènes de Rob. Au fil du temps, Rob avait appris à ignorer les piques et les méchancetés, notant cependant que si ses demi-frères se surveillaient devant leur père, ils se lâchaient une fois seuls avec leur cadet. Rob avait serré les dents, espérant que son stoïcisme lui ferait gagner leur respect, espérant qu'à force, sa famille aristocratique oublierait qu'il était différent et que le changeling à la peau dorée restait digne d'être admis dans leurs rangs.

Un jour, il avait fini par comprendre que rien ne les ferait jamais changer d'avis, aussi avait-il préféré s'en aller.

— On s'arrête là, déclara Lilith à peine la porte d'entrée franchie.

Elle lâcha prise. Surpris, Rob faillit recevoir la totalité du poids du canapé sur les pieds. Reculant précipitamment, il évita la catastrophe de justesse et se prit l'angle de la porte dans le dos. Toute sa colonne vertébrale en vibra.

— Lil ! Non, mais franchement ! Tu essaies de me tuer ou quoi ? Tu as pris une assurance-vie sur ma tête ?

Il frotta son rein douloureux, puis secoua la tête.

— Nous ne pouvons pas le laisser là, il empêche de fermer la porte. Je vais le pousser un peu.

Lilith se jeta sur le canapé.

— Fais comme tu veux, moi, j'en ai plein les bras. Je ne bouge plus !

Plus jeune, Rob avait rêvé d'avoir un ami, ou une amie, quelqu'un qui le comprenne et l'aime tel qu'il était... Lilith était la réponse à ses prières. Il l'avait connue en cours d'anglais, à l'école secondaire. Elle était arrivée en débardeur pailleté et jean slim noir, perchée sur de très hauts talons – alors qu'elle était longue et mince, et mesurait près d'un mètre quatre-vingts. À l'époque, Rob se croyait encore hétéro, aussi vit-il cette fille à l'assurance agressive, avec ses courts cheveux noirs et son rouge à lèvres carmin, comme son idéal féminin… Il en oublia instantanément Annette Gresham, cheerleader et étudiante banale.

Très vite, il perdit ses illusions, car Lilith Walters, elle, ne cachait pas son homosexualité et n'avait d'yeux que pour Annette. Rob l'apprit à ses dépens le jour où il demanda à Lilith de sortir avec lui, après des jours passés à rassembler son courage pour l'aborder. Lilith contrattaqua en lui réclamant le numéro de téléphone de la jolie blonde aux gros seins, offrant même à Rob de partouzer à trois.

Lilith affirmait que si Rob avait fini par accepter sa véritable orientation sexuelle, c'était grâce à elle, après le choc de cette proposition indécente. Rob reconnaissait un brin de vérité à cette affirmation, d'autant plus qu'il avait réagi par un complet manque d'intérêt à ce fantasme devant lequel il avait entendu ses frères aînés se pâmer. Ce jour-là, il fit son premier pas sur un chemin pavé de briques jaunes et Lilith fut de toute évidence sa Glinda … si la bonne sorcière était Dominatrix à ses heures perdues.

Bisexuelle sans complexes et hédoniste à outrance, Lilith était la plus forte personnalité que Rob ait jamais rencontrée. Plus tard, lorsque Rob fut éjecté d'un studio que son propriétaire souhaitait donner à son fils, Lilith lui proposa la deuxième chambre de l'appartement dont elle venait d'hériter. Rob, qui avait refusé quelques mois plus tôt, s'étonna que l'offre reste valide après tout ce temps.

— Pourquoi pas ? répondit-elle. Cet appart est immense et je ne paie pas de loyer. Et puis, ça m'amuse d'emmerder ma famille. Ils sont déjà verts que Ma-Ma me l'ait légué, ils vont s'étrangler d'apprendre que je le transforme en antre de la débauche et de l'ivrognerie. Robbie, mon mignon, tu es ma première victime.

Elle mentait, bien sûr. Pas concernant sa famille, effectivement ulcérée que l'appartement de Chinatown ait échappé à un des fils de la défunte en faveur de sa petite-fille, mais pour le reste, car jamais Lilith ne désacraliserait l'appartement de sa grand-mère. Elle avait adoré la vieille dame qui la gardait souvent quand elle était petite et venait toujours assister aux spectacles de Lilith, même les plus outrageants. Rob se souvint d'avoir été dans l'assistance pour l'un d'eux où les acteurs étaient pratiquement nus sur scène, à part un casque les désignant comme des pièces d'un jeu d'échecs. Assis près de Ma-Ma, il avait eu du mal à retenir ses fous rires devant ses commentaires sardoniques concernant le manque d'esthétisme du balancement de l'appareil génital des acteurs.

Morte six semaines plus tôt, la vieille dame avait tout légué à sa petite-fille préférée, celle qui la faisait rire.

Rob poussa le canapé et se plaignit bruyamment du poids ajouté de Lilith. Après quelques mètres, il se redressa, l'épaule douloureuse, et referma la porte derrière lui. À son tour, il s'effondra sur le canapé, atterrit sur la jeune femme et frotta délibérément son tee-shirt mouillé sur les cuisses nues.

Lilith poussa un cri outré :

— Oh, mon Dieu, c'est comme si tu m'avais couverte de sashimi* ! Relève-toi et je te montrerai ce qu'il y a de mieux dans cet appartement.

Rob roula sur lui-même, puis se redressa avec un autre grognement.

— Je croyais que le mieux, c'était le loyer modéré. Et l'eau chaude à volonté. Et le fait que je suis maintenant plus près de mon salon, je n'ai plus à me lever aussi tôt pour être sûr d'arriver à l'heure. Merde, pourquoi n'ai-je pas accepté ton offre plus tôt ?

Très enjouée, Lilith le frappa à l'épaule avant de quitter le canapé. Elle contourna la pile des cartons et avança jusqu'aux fenêtres donnant sur la rue.

— Parce que tu es parfois idiot, Robbie. Mais dans ton boulot, tu es un génie, alors, je te pardonne. Tu sais, quand je venais rendre visite à Ma-Ma, je n'ai jamais fait attention à la vue. La plupart du temps, il n'y a rien à voir parce que c'est fermé en face, mais quand les portes s'ouvrent, mmm… c'est le plus beau des spectacles. Regarde.

Rob quitta le canapé à contrecœur.

— La vue, quelle vue ? grommela-t-il. Les rues de Chinatown se ressemblent toutes. Que vois-tu de tellement spécial de ta…

Lilith avait raison… une fois de plus. Il était idiot.

La grand-mère de sa meilleure amie avait vécu ici pendant des décennies. Immigrée de Hong Kong, elle s'était mariée aux États-Unis et avait élevé trois garçons et une fille pendant que son mari se tuait au travail. À la naissance de Lilith, la famille Walters s'était répandue bien au-delà des murs de l'appartement, mais Chinatown avait sans doute peu changé. Comment avait-il pu ne pas remarquer la caserne de pompiers sur le trottoir d'en face ?

Tous les camions étaient sortis et les hommes les lavaient à grande eau.

17

Les rues étroites étaient embouteillées, en partie parce que les voitures devaient contourner l'avant d'un camion faisant saillie sur la chaussée. D'après Rob, les gens ralentissaient aussi pour se donner le temps d'admirer les quatre baraqués au travail. Tee-shirts mouillés et pantalons serrés mettaient en valeur des corps superbes.

Lilith se laissa tomber dans un des fauteuils devant la fenêtre. Une petite table ronde se trouvait près d'elle, le bois ciré du plateau marqué de traces circulaires. Sur le rebord de la fenêtre, un petit rat de jade tenait un verre rempli de crème et de sucre pour le café.

— Quand j'étais petite, déclara Lilith, je me demandais pourquoi Ma-Ma avait mis ces sièges ici. Je lui en veux un peu de ne m'avoir jamais parlé de ces pompiers. Peut-être s'agit-il de son dernier cadeau pour moi... J'aime cette idée ! C'est une vue à faire transpirer, une chance que l'appartement soi climatisé !

Rob trouva un côté familier à l'homme qui savonnait le camion. Sans quitter la fenêtre des yeux, il tâtonna devant lui, trouva le dossier du siège et s'assit près de Lilith. Il reconnut alors ces larges épaules, ces cuisses solides et surtout le rictus arrogant – même de haut. Quand une éponge savonneuse vola et atteignit sa cible, l'homme renversa la tête avec un éclat de rire.

Rob se pencha en avant, comme si quelques centimètres de plus pouvaient améliorer son angle de vue.

— Putain ! Encore cet enfoiré ! C'est celui dont je t'ai parlé.

Toujours vautrée sur son fauteuil, Lilith lui jeta un coup d'œil sceptique.

— Quoi ? Mais je croyais qu'il s'agissait d'un de tes patrons ! Un tatoueur serait aussi pompier ?

Avec un gémissement, Rob frotta son visage couvert de sueur et de crasse.

— Non, il n'est pas tatoueur, mais oui, il possède le salon... en partie tout au moins. Ils sont cinq associés. Cinq frères. Trois d'entre eux y travaillent. Et Mace – l'enfoiré –, c'est celui qui joue en bas avec ce tuyau d'arrosage. Il passe sa vie au salon avec son pote Rey, un Latino plutôt comique – il est avec Gus. Je passe mon temps à me plaindre d'eux et tu n'as rien écouté ? Tu es vraiment...

Il grinça des dents et retint la suite de ses récriminations. Lilith n'était pas la responsable de sa mauvaise humeur. Il secoua la tête et lui caressa la main.

— Excuse-moi, Lil. Ces dernières semaines ont été merdiques, je sais. Tu avais d'autres soucis en tête que m'écouter râler.

Elle lui serra les doigts avec un petit sourire, puis se libéra.

— T'inquiète. En fait, tu me distrayais. Crois-moi, j'ai toujours trouvé passionnant d'en savoir plus sur de beaux tatoueurs. C'est juste… je ne me souviens pas t'avoir entendu dire que ton enfoiré était aussi… sublime. S'intéresse-t-il un peu aux filles ? Ou bien n'aime-t-il que les queues ?

— Mace est à cent pour cent gay.

Il éclata de rire quand Lilith soupira, l'air faussement désespéré.

— Et il ne s'en cache pas, insista Rob. En fait, les cinq frères sont gays, les trois tatoueurs, le pompier et Luke … celui-là, c'est le grand mystère. Il s'occupe d'enfants défavorisés. Ivo est peut-être bi, avec lui, c'est difficile à dire. Mais Mace, ça ne fait aucun doute : il est gay et uniquement gay.

Lilith releva les jambes, posa le menton sur ses genoux et scruta Rob avec attention, ses yeux noirs soudain très perçants.

— Je ne dirais pas que j'aimerais lui faire virer sa cuti, parce que toi et moi savons bien que ça ne fonctionne pas comme ça. Dis, est-ce que tu l'intéresses ? Cette étrange répartie qu'il t'a balancée l'autre jour, c'était peut-être un aveu ?

— Je ne sais pas. Non, je ne crois pas. Peut-être. Quand il passe au salon, c'est plutôt pour agacer ses frères. Il est toujours sous pression. C'est foutrement… bizarre.

Rob ne pouvait quitter des yeux le camion rouge vif et l'homme accroupi à côté d'une des roues, occupé à la frotter vigoureusement.

— Tu sais, chuchota Lilith, il parait plutôt calme en ce moment.

— Non, je…

Il s'interrompit quand lui revint en mémoire l'expression torturée de Mace la nuit passée. Il chercha à s'expliquer :

— C'était la première fois qu'il me paraissait … *humain*, si tu vois ce que je veux dire. Quand il est passé, la nuit dernière, il pensait trouver le salon vide. Alors, il n'a pas pris la peine de porter son… masque. Du coup, très brièvement, j'ai eu l'impression de le voir vraiment. Ça n'a pas duré, il est vite redevenu un enfoiré de première classe !

Lilith plissa le nez.

— Hé, fais attention, Robbie ! Souviens-toi que Ma-Ma disait : *souvent, les gens ne dévoilent que certaines parties d'eux-mêmes, même quand tu penses avoir surpris leur vraie nature.*

— Bébé, répliqua-t-il, ta Ma-Ma aimait pincer le cul des gars qu'elle connaissait à peine. Dire un truc pareil, ce n'est pas son genre. Le jour où je l'ai rencontrée, elle m'a conseillé de m'en tenir aux hommes bien membrés. Étant jeune, elle devait plus baiser en un mois que nous le ferons de toute notre vie.

Lilith haussa les épaules.

— D'accord, d'accord, elle n'a jamais dit ça. Mais elle *aurait pu* le faire si elle n'avait pas été aussi fêtarde… Elle passait ses samedis soir à jouer au mah-jong et à boire. Elle tenait si bien l'alcool qu'elle était la dernière debout quand tous les autres avaient roulé sous la table. Pourtant, je sais que Ma-Ma t'aurait dit de faire attention. Elle acceptait les coucheries à condition de surveiller ses arrières et son cœur. Elle t'aurait conseillé de baiser ton enfoiré, puis de le jeter d'un bon coup de pied à l'arrière-train.

Rob tourna la tête vers la fenêtre : Mace dirigeait le tuyau sur sa tête pour se rincer du savon qu'il avait dans les cheveux.

— Oui, justement, c'est le problème. L'homme que j'ai vu hier soir, celui qui se cache sous la carapace de cet enfoiré, eh bien, il s'est fait jeter plus souvent qu'à son tour. C'est bien pour ça qu'il est aussi prudent désormais. Jamais plus il ne permettra qu'on s'approche de lui.

III

MÊME SI Mace refusait de l'admettre, Rey avait eu raison. Fatigué et trempé, il avait un peu froid, mais il se sentait mieux que la nuit passée, à condition de ne pas évoquer les souvenirs tachés de suie gravés dans sa mémoire.

Une vague de culpabilité le saisit, enfonça ses griffes dans sa poitrine et vida ses poumons d'oxygène. La petite fille était à moitié asphyxiée par la fumée au moment où ils avaient réussi à la ranimer. Par la suite, Mace s'était longuement abreuvé de café sans pour autant effacer des relents d'incendie qui lui brûlaient la bouche. À la suggestion de Rey, il était descendu laver le camion. Au début, il avait refusé, mais son meilleur ami avait su le faire changer d'avis.

— Tu ne peux pas rester enfermé et ne sortir que pour sauver des vies, Mace. Viens nous aider, tu te sentiras mieux ensuite.

Et jusqu'à ce moment, oui, Mace s'était senti mieux. Une fois devant la porte de son immeuble, il se souvint que seul le silence l'attendait chez lui

Parfois, il regrettait de vivre loin de sa famille. Depuis que Rey avait pratiquement emménagé avec Gus, l'appartement qu'ils avaient partagé était devenu bien solitaire. Avec un balcon qui donnait sur une ruelle animée et bruyante, l'endroit n'aurait pas plu à tout le monde, mais Mace s'y sentait bien. Au carrefour, un minuscule bar servait des *ika** et des *arare** que les clients grignotaient avec un verre, le jeudi soir, pendant les tournois de karaoké. C'était de vieilles chansons d'amour américaines, des airs chinois et du K-pop, bien loin du métal et du blues que Mace préférait, mais d'après les rires et les applaudissements qu'il entendait de chez lui, tout le monde était content.

Tout lui semblait préférable au silence.

Il avait beaucoup appris sur le quartier, principalement en se chargeant, avec l'aide de ses frères, de la plupart des rénovations de son appartement. Vivre à Chinatown était coûteux, mais comme la caserne n'était qu'à quelques minutes de chez lui, Mace n'avait plus besoin de voiture pour aller au travail. Ça compensait. Si son immeuble datait des années soixante, ceux qui entouraient la caserne étaient bien plus vieux. Chinatown avait été en partie détruit durant le Grand Séisme. Étant plus jeune, Mace avait fait clandestinement la tournée des ruines enterrées, mais il n'avait pu supporter longtemps le poids du silence pesant sur lui. Il en était sorti tout tremblant et défait.

Il n'y avait pas eu grand-chose à voir. Le vieux Chinatown ressemblait beaucoup à celui dans lequel Mace vivait maintenant.

Le soleil de fin d'après-midi le suivit dans la rue jusqu'à son immeuble. Mace franchit la porte de sécurité, métallique et lourde. L'entrée était envahie d'odeurs et de sons : certains voisins faisaient frire du poisson, d'autres écoutaient un opéra chinois. Mace sortait ses clés de sa poche pour récupérer son courrier dans une des boîtes alignées sous l'escalier lorsque la porte de l'appartement 1A s'ouvrit. Mme Hwang sortit la tête.

Mace adorait la vieille Chinoise ! Il sourit, malgré sa fatigue.

Ce n'était pas la première fois qu'elle surveillait son retour. Toute voûtée sous sa tignasse de cheveux gris, la vieille dame avait entre quatre-vingts et cent ans, et ne dépassait pas le mètre quarante. Son visage était aussi ridé qu'un pruneau *li hing mui* et son sourire toujours accueillant en présence de Mace. Elle avait jadis fumé comme un pompier – comme beaucoup d'ouvriers de l'usine de Chinatown –, des cigarettes sans filtre qui lui avaient bruni les dents et jauni la peau des doigts, et renoncé au tabac après que son mari fut mort d'un cancer. Vêtue d'une robe d'intérieur rose et de jambières magenta, elle sortit de son appartement, les grosses fleurs de ses tongs en plastique claquant au rythme de ses pas.

— *Hǔzǐ* [3], peux-tu m'aider ? J'ai besoin de ma grosse cocotte.

Ses doigts tremblants désignaient la porte ouverte.

Le courrier attendrait, décida Mace. Il offrit son bras à sa vieille amie.

— Bien entendu. Vous savez, je pourrais vous installer des étagères dans la cuisine. Vous auriez plus de place de rangement. Qu'en dites-vous ?

— Je ne veux pas te déranger, répondit-elle d'une voix éraillée, mais si ça te simplifie la vie, pourquoi pas ? J'utilise rarement ma cocotte, mais je n'arrive pas à l'attraper sur le frigo. Je suis toujours obligée de te demander de l'aide.

Mace la comprit à mi-mots. Depuis qu'ils étaient devenus voisins, lui et la vieille dame jouaient un étrange ballet où entraient en compte différences culturelles et règles de courtoisie commune. Seul non Chinois de l'immeuble, Mace avait dû s'adapter et apprendre très vite à interpréter

3 « Brave jeune homme, jeune tigre » en mandarin.

les non-dits, les sous-entendus cachés derrière certaines phrases, les réponses appropriées à donner aux cadeaux et aux questions. Son cantonais était encore limité et la culture chinoise lui échappait totalement, mais Mace devina un terrain miné.

— Je vais vous construire les étagères, répondit-il d'un ton posé, presque nonchalant, et j'y rangerai votre cocotte, comme ça, vous l'aurez facilement sous la main si vous en avez besoin. Ça vous laissera le dessus de votre frigo libre pour y ranger vos conserves de citrons. Et comme j'aime beaucoup vous aider, vous m'appellerez quand vous aurez besoin d'un bocal. J'aurais même peut-être le droit d'y goûter, hmm ?

Il obtint le rire qu'il espérait.

— Je n'arrive pas à croire que tu aimes tant l'amertume du citron, répondit-elle en cantonais. Même mes petits-enfants font la grimace en goûtant à mes conserves.

— Tant mieux ! Comme ça, j'en ai davantage, répondit-il, dans la même langue, conscient de son épouvantable accent. J'essaie de bien prononcer, grand-mère, mais ma langue ne veut pas.

Mme Hwang lui tapota la main.

— Au moins, tu essaies. Viens chercher ma cocotte, je vais faire du thé. Le garçon m'a apporté des *tartes aux œufs**, aujourd'hui, nous allons y goûter.

— Je suis trempé, fit remarquer Mace. Je ne veux pas abimer votre…

Elle passa devant lui pour aller jusqu'à sa cuisine.

— Aucune importance ! J'ai mis du plastique sur le canapé. Ferme la porte.

L'appartement était plus petit que celui de Mace – une kitchenette et une salle à manger à gauche de la minuscule entrée et, sur la droite, un étroit salon en longueur donnant sur la rue. Au fond se trouvaient une petite chambre et une salle de bain. Les murs étaient couverts de photos encadrées. Beaucoup d'entre elles représentaient Mme Hwang et son mari à vingt ans, à trente ans, avec leurs enfants qui grandissaient, en voyage en famille à Disneyland ou sur des sites locaux que Mace reconnaissait.

C'était aussi la vision du vieux quartier chinois que Mace avait espéré découvrir dans les ruines sous-souterraines : visages et souvenirs du passé figés sur du papier photo.

Il descendit la cocotte du frigo et sortit un mètre-ruban – qu'il alla chercher chez lui – pour mesurer le mur où il comptait accrocher des étagères dans l'arrière-cuisine. Il vérifia deux fois ses chiffres pour être certain de ne pas s'être trompé.

Elle le rejoignit en disant :

— Je t'ai apporté une serviette, mais tu dois être déjà sec.

— Je m'assiérai dessus pour prendre le thé, répondit Mace.

Il accomplit ensuite son rituel habituel chaque fois qu'il rendait visite à Mme Hwang : il décrocha un des cadres du mur – une photo où elle riait devant un manège –, puis la lui rapporta et la regarda mesurer des feuilles de thé dans une théière en porcelaine.

— Parlez-moi de cette photo, s'il vous plaît. Vous semblez tellement vous amuser…

— LE COURRIER ! Merde, j'ai complètement oublié !

Une heure et demie plus tard, Mace poussa un juron en ouvrant sa porte d'entrée et tenta de ne pas laisser tomber ses Tupperware. Il finit par insérer sa clé et trouva la serrure déverrouillée. Il fronça les sourcils, mécontent du silence qui l'accueillait alors qu'il avait veillé à laisser sa chaîne stéréo tourner sur du rock classique.

Son appartement différait de celui de Mme Hwang : le précédent propriétaire avait fait tomber les cloisons, supprimant l'entrée inutile pour créer un grand espace où un îlot de marbre et des placards séparaient la cuisine de la pièce à vivre.

Mace n'eut donc aucun mal à comprendre pourquoi sa chaîne stéréo était éteinte : son plus jeune frère, Ivo, était étendu sur son canapé.

Dans la famille recomposée de Mace, Ivo était à la fois le plus différent et celui qui le comprenait le mieux, Bear y compris. Quand Ivo les avait rejoints, c'était un ado mortellement silencieux et buté, prêt à créer des frictions dans son nouvel entourage. Les six premiers mois avaient été difficiles, sinon invivables. Plus d'une fois, Mace s'était emporté contre Bear, exigeant que son aîné force Ivo à participer aux tâches communes et à faire son travail scolaire.

Tous étaient tombés d'accord sur certains points et l'un d'eux était d'élever Ivo et d'en faire un adulte autonome capable de penser par lui-même. À l'époque, Mace avait pourtant l'impression que leur système d'éducation produisait plus de dégâts que de bien, surtout quand Bear s'opposait systématiquement à tout ce que Mace demandait à Ivo. Après d'affreuses querelles, les deux frères s'étaient fait la gueule des mois durant, dans un terrible silence, ponctué d'amers reproches et de réflexions désabusées.

Puis Mace décida de tout laisser tomber : il ne pouvait continuer comme ça.

Il était dans sa chambre, occupé à faire ses valises, quand Ivo vint le trouver.

L'expression habituelle du gamin – mélange de bouderie et d'indifférence – avait disparu, remplacée par une terreur paralysante. Les yeux d'un bleu cristallin brillaient sous un voile de larmes qu'Ivo tentait désespérément d'empêcher de couler. Le tee-shirt qu'il portait appartenait à Mace : il l'avait acquis à un concert bien avant que Bear leur offre à tous un foyer. Une des rares possessions qu'il avait pu garder en passant d'un foyer d'accueil à l'autre, un sac-poubelle à la main, aussi démuni qu'un vagabond, un des rares biens auquel il tenait alors qu'il n'avait pratiquement rien.

Et le vol de ce tee-shirt avait été la goutte de trop, le geste ultime qui poussait Mace à s'en aller. Et voilà qu'Ivo restait planté devant lui, l'évidence de son larcin pendouillant sur ses épaules maigres, encore enfantines, les yeux inondés comme un champ après une pluie d'été.

Une voix cassée brisa le silence qui pesait dans la chambre.

— Ne pars pas. Si tu t'en vas, plus personne ici ne sera comme moi…

Mace en resta sidéré : il ne voyait aucun point commun entre lui et le gamin. Il se redressa et dévisagea Ivo avec incrédulité. Il se racla la gorge, le temps de fouiller dans ses pensées confuses, sans rien trouver. Il finit par pencher la tête et demanda :

— Qu'est-ce que tu racontes, bordel ?

Du doigt, Ivo montra les étagères que Mace avait installées sous les fenêtres de sa chambre.

— Nous sommes les seuls à lire, toi et moi. Qui d'autre le fera si tu t'en vas ?

Mace tenait autant à ses livres qu'à son tee-shirt. Il les avait acquis à grand-peine. Pour certains, il les avait même volés en les glissant dans ses affaires. Il lisait en secret. Étant plus jeune, chaque fois qu'il se faisait surprendre le nez dans un livre, il endurait des railleries sans fin. Il ne comprenait pas pourquoi, mais aujourd'hui encore, il avait du mal à admettre son addiction aux volumes imprimés. Un jour, il avait trouvé à la voirie des étagères en bois qu'il avait rapportées chez lui, montées de ses mains et remplies de livres acquis dans des brocantes et des vide-greniers, négociant au plus serré, parfois à vingt-cinq cents pour un plein carton. C'était pour lui des trésors, des merveilles qu'il prêtait à Ivo sous les conditions les plus strictes – pas question d'en froisser les pages ou d'en corner les coins !

Lorsqu'une larme roula sur la joue d'Ivo, Mace se mit à vider sa valise.

Le temps avait passé depuis lors. Et Ivo ne respectait toujours pas certaines limites.

Sans même lever les yeux de la liasse de documents qu'il lisait, le jeune homme lança :

— Oui, je sais, je sais, tu m'as donné une clé de chez toi pour les urgences uniquement. Oublions ce détail, veux-tu ?

Il pointa une main nonchalante vers une lourde paire de Doc Martens sur laquelle Mace avait failli trébucher, haussa les épaules et enchaîna :

— Je ne supportais plus ces grolles, elles sont trop neuves, trop épaisses. Je ne pouvais quand même pas poireauter à t'attendre dans le couloir alors que tu as un canapé des plus confortables !

Comme toujours, il n'était que contradictions. Pieds nus, il portait une jupe écossaise – qui aurait pu passer pour un kilt sans la ceinture pailletée qui faisait plutôt danseuse du ventre – et était assis en tailleur sur le canapé face à la porte. Ses yeux d'un bleu étincelant étaient lourdement bordés de khôl, touche féminine que contredisait la barbe noire qui ombrait la mâchoire. Avec quelques centimètres de moins que Mace, Ivo était longtemps resté tout en jambes, puis d'un coup, ses épaules s'étaient élargies et son torse s'était étoffé de muscles. Les cuisses et les mollets étaient élancés et solides, sans doute grâce au port régulier de très hauts talons. Quant aux cheveux, Mace ne se souvenait plus de la dernière fois où il avait vu leur couleur naturelle. Celle d'aujourd'hui était encore différente : des mèches rouge brûlé, jaune et orange égayaient la crinière ébène.

Mace ramassa les chaussures et les plaça contre le mur.

— Si je ne te connaissais pas, je jurerais que tu as été volé à Elfhaine !

Son frère éclata de rire.

— Oui, c'est moi. Ivo, du clan Rogers, cinquième de la maison de Bear, bouffon d'Ashbury Heights. Enchanté de te rencontrer. Et puisque tu es debout, peux-tu me faire un café ? Je n'ai pas osé toucher au Transformer qui trône sur ton comptoir. Dieu sait ce qui se passerait si j'appuyais sur le mauvais bouton ! Je ne tiens vraiment pas à voir une Pontiac Firebird surgir dans ta cuisine.

— Cet appareil n'est pas si compliqué. Il suffit de mettre… Bon, laisse tomber, je m'en charge. Ça ira plus vite que des explications, d'autant plus qu'il est évident que tu as décidé d'être contrariant. Je lance le café et je vais prendre une douche. Je pue.

Tout en parlant, Mace se débarrassa de ses chaussures.

— C'est vrai, ricana Ivo. Je te sens d'ici.

— Merci, c'est sympa. J'aurais dû t'étouffer enfant avec un oreiller pendant que tu dormais.

Ivo ne répondit pas, Mace n'en fut pas surpris. Il rangea dans son frigo les Tupperware que lui avait remis Mme Hwang et vérifia la date de péremption de sa briquette de crème. Satisfait de ne pas avoir à la jeter, Mace brancha la cafetière et étudia le salon qu'il avait installé près de sa cuisine plutôt qu'opter pour une salle à manger classique. Il s'était débarrassé des chaises et avait l'intention de tout repeindre, puis de mettre des étagères du sol au plafond. Il avait conservé les planches en cerisier récupérées dans la maison de ses frères.

Sur le papier peint ivoire, une scène sous-marine élaborée était dessinée au marqueur noir, avec des sirènes et de délicats dragons. Les lignes superbes variaient en épaisseur et en intensité, donnant de la dimension à la pièce. Mace voyait presque le courant faire onduler les algues et les filaments des méduses, puis il remarqua un groupe de raies Manta dans le coin supérieur droit, silhouettes à peine esquissées en arrière-plan. L'une avait les oreilles de lapin.

Mace inspira un grand coup.

— Tu étais censé m'aider à arracher ce papier peint, pas dessiner dessus.

— Tu as mal regardé, répondit Ivo, c'est juste du papier blanc que j'ai plaqué dessus avant de gribouiller. Je le récupèrerai en partant. Je m'ennuyais à t'attendre. Quand j'ai fini ça, je suis tombé sur ton dernier manuscrit, ce qui m'a donné de quoi lire. J'ignorais que tu en étais déjà au chapitre six. La dernière fois que tu m'en as parlé, tu avais un problème avec ton scénario, tu le trouvais un peu sommaire.

Mace inspira une seconde fois, sans y trouver le moindre apaisement. Ivo avait le don de l'agacer prodigieusement avec très peu d'effort, un peu comme Gus, son frère aîné. Mais contrairement à Gus, Ivo agissait délibérément.

— Il y a contre ce mur là-bas je ne sais combien de cartons de livres, finit par déclarer Mace. Tu n'étais nullement obligé de fouiller dans mon ordinateur portable, d'ouvrir mes dossiers et d'imprimer mon manuscrit.

Ivo lui adressa un sourire narquois qui n'exprimait aucune contrition.

— Oui, mais il faut parfois se bouger un peu pour se faire vraiment plaisir. Allez, va te doucher. Quand tu reviendras, nous discuterons de ton chapitre deux.

La douche, longue et chaude, fut fort bienvenue après une folle course jusqu'au bas de la colline dans le froid et le vent. Frigorifié jusqu'à la moelle des os, Mace avait du mal à se réchauffer.

Quand il revint dans son salon, la chaîne stéréo était allumée et Stevie Ray Vaughan grommelait sur une inondation au Texas. Quant à Ivo, il était à la porte et signait le bon de livraison de plats chinois venant du bout de la rue. La baie vitrée coulissante qui menait au balcon était ouverte et laissait entrer dans l'appartement les bruits de la rue. Mace s'apaisa enfin, rassuré par les sons qui le submergeaient comme un raz de marée.

Les deux frères s'installèrent face à face sur les canapés, occupés à manger et à siroter une bière glacée sortie du frigo.

Mace leva sa Tsingtao* et porta un toast à Ivo.

— Merci d'avoir commandé. J'apprécie.

Ivo avala ses nouilles et fouilla son bol, y cherchant sans doute d'autres crevettes. Mace en trouva une dans son *chow mein**, il la saisit avec ses baguettes et la donna à Ivo.

— Je ne dirais pas que j'en ai marre de la nourriture chinoise, mais tu devrais apprendre à cuisiner autre chose que le chili, le ragoût de bœuf et le porc effiloché.

— Je sais aussi faire des œufs, du bacon et des pancakes, rectifia Mace. Sans oublier les gaufres. Quand je rate ma pâte, j'y ajoute des fruits, je couvre de crème fouettée et j'appelle ça des crêpes.

Ivo lui jeta un regard sceptique.

— Ça ne marche pas comme ça ! La cuisine est un art délicat, on doit…

— Je ne t'ai jamais entendu te plaindre de mes crêpes au beurre de cacahuète et aux pépites de chocolat quand je suis avec vous le dimanche matin. Et pourtant, c'est juste de la pâte à pancakes avec un peu plus de lait. Et n'oublie pas tes hululements dès tu vois un pot de Nutella. On se croirait un mauvais porno des années soixante-dix, quand le livreur de pizza qui frappe à la porte ne porte jamais aucun carton.

Ayant fini ses crevettes, Ivo se débarrassa des champignons noirs qu'il transféra dans les nouilles de Mace.

— Franchement, tu es le seul gars de ma connaissance qui remarque les cartons à pizzas dans un porno ! Au fait, as-tu remarqué dans ton chapitre trois que tu décrivais Rob dans, tu sais, celui que ton personnage mate d'un œil vorace ?

Mace aurait volontiers puni son frère en récupérant sa crevette, mais c'était trop tard, Ivo l'avait déjà dévorée. Une chance sans doute… Ivo se serait sans doute vengé en lui plantant une baguette dans la rate.

— Quoi ? Non, sûrement pas ! Je… je sais à peine à quoi il ressemble.

— Vraiment ? persifla Ivo, dont le scepticisme s'était aggravé. Parce que chaque fois que tu passes à la boutique, tu lui baves littéralement dessus. À moins que ça aussi t'ait échappé ?

— Tu délires, gamin.

Mace sentit son mensonge peser lourd dans la balance du destin. Oh, il savait exactement à quoi Rob ressemblait. Le contraire aurait été impossible. Le jeune tatoueur hantait ses rêves, le regard d'or sombre et la bouche renflée alimentaient ses fantasmes les plus torrides. Mais bien entendu, il ne pouvait le révéler à Ivo.

— C'est un employé, reprit-il d'un ton sévère. Ne pas coucher avec le personnel est une de nos règles les plus sacrées.

— Je voulais juste te dire que si tu as des vues sur Rob, il serait sans doute préférable qu'il n'apparaisse pas dans un de tes livres.

De ses orteils, Ivo pinça Mace, un véritable exploit vu la distance qui les séparait. Son jeune frère avait une incroyable longueur de jambes !

— Aïe !

— Arrête ! protesta Ivo. Je t'ai à peine touché. Je n'ai pas pu te faire mal.

— Je n'ai pas de vues sur Rob. D'abord, c'est un protégé de Bear, ensuite, les relations romantiques, ce n'est pas mon truc, l'aurais-tu oublié ?

Sachant qu'Ivo allait recommencer à s'en prendre à lui, Mace attaqua le premier et bloqua son pied pour en frotter le dessous. Horriblement chatouilleux, Ivo abandonna vite un combat devenu inégal et replia ses longues jambes sous lui, à l'abri. Mace gloussa gaiement. Puis il retrouva son sérieux pour jeter :

— Mon cas est sans espoir, gamin. Personne ne s'attarde avec moi plus d'une nuit, mes casseroles sont trop lourdes pour être partagées.

— Mace, voyons, c'est…

— C'est la vérité, coupa Mace. J'ai connu pas mal de gars dans le passé, tu sais, et ils ont tous filé dès qu'ils ont réalisé dans quel merdier je pataugeais. J'ai compris la leçon, je ne tiens pas à ce qu'on continue à me cracher au visage. Crois-moi, Ivo, le seul amour que je connaîtrai de mon vivant, je le recevrai de toi et des autres. Je m'en contenterai. Il le faut bien.

IV

Si la vieille maison Craftsman, à Ashbury Heights, était un foyer, le salon shotgun de Fisherman's Wharf était un sanctuaire.

Mace aimait la foule agitée qui déambulait devant la porte et l'ambiance de 415 Ink, les voix impatientes et les pas pressés. Parfois, au milieu de la nuit, il courait de son appartement à le salon de tatouage. Une fois devant la porte verrouillée, il la touchait comme un talisman avant de remonter la colline. En fonction de son état de fatigue, ça lui prenait de quelques minutes à une heure, mais la ville lui tenait compagnie, même à ces heures indues.

C'était encore mieux de passer à 415 Ink en fin de matinée, juste avant l'ouverture au public. Mace y trouvait alors un ou deux de ses frères, ce qui lui remontait plus le moral qu'un talisman en était capable.

En approchant de la porte arrière, il fut accueilli par l'odeur du café. La foule s'entassait déjà sur le trottoir – il avait esquivé cinq enfants et deux chiens, mais heurté une femme vêtue de rose de la tête aux pieds avec un furet sous le bras. Ils avaient eu la même idée de faire un pas sur la gauche et seul le furet s'en était sorti sans une bosse. De justesse, Mace le rattrapa avant qu'il puisse s'échapper et tendit l'extrémité de la laisse à la propriétaire.

Après un bref échange d'excuses, elle sortit une carte et la lui glissa dans la main. Elle était plutôt jolie et de toute évidence à l'aise dans sa peau. Mace avait beau préférer les hommes, les ombres qu'il portait en lui s'éclairèrent un peu devant le lumineux sourire de cette inconnue. Il établit mentalement la liste des raisons pour lesquelles il ne pouvait sortir avec elle. Déjà, elle avait deviné son homosexualité. Il rougit, elle se contenta de rire.

— Gardez ma carte, dit-elle. Je ne refuserais pas un ami qui aime les furets et apprécie le café.

Il glissa la carte dans son portefeuille et ouvrit la porte arrière du salon. À peine avait-il fait trois pas à l'intérieur qu'une sirène retentit – du genre qui annonçait un raid aérien. Du moins fut-ce l'impression de Mace avant qu'il voie un petit blond de trois ans, avec d'énormes yeux bleus qui lui mangeaient le visage, courir vers lui.

— Oncle Mace ! piailla l'enfant. On va au zoo ! Tu veux venir ?

Sa voix aigüe étouffa momentanément les cris d'un groupe de mouettes qui se disputaient des frites. Chris se jeta sur Mace, qui le prit dans ses bras et reçut pour sa peine un coup de genou. Mace ne s'en plaignit pas : c'était mieux dans le ventre que quelques centimètres en dessous, ce qu'il avait déjà subi avec ce bambin enthousiaste.

— Avec qui vas-tu au zoo, petit ? Es-tu sûr de pouvoir d'inviter tout le monde à vous accompagner ? Chercherais-tu par hasard un autre adulte à qui extirper des bonbons pendant la visite ? Serais-tu aussi machiavélique que ton oncle Ivo ?

Gus, le père de Chris, sortit alors du bureau.

— Non, pas encore, soupira-t-il. Pourtant, Dieu sait qu'il est son portrait craché !

Il se tourna vers son fils et ajouta avec fermeté :

— Chris ? Je croyais t'avoir déjà dit de ne pas te jeter sur les gens. Tu risques de les faire tomber ! Si Earl ne doit pas le faire, toi non plus.

— Tu utilises le chien pour élever ton fils ? se moqua Mace. Je te rappelle qu'Earl mange absolument n'importe quoi, même les merdes de chat ou les écureuils morts !

Son frère cadet haussa les épaules avant de récupérer son fils des bras de Mace.

— Au moins, ce sont des règles faciles à comprendre. Comme Earl, Chris ne doit pas rapporter d'animaux morts à la maison, ne pas manger ce qu'il trouve par terre et ne pas sauter sur les gens. Une fois qu'il aura intégré ça, nous passerons à l'étape supérieure : ne manger ni la pâte à modeler ni ses crayons.

Mace leva un sourcil sardonique.

— Vraiment ? Tu le faisais encore la semaine passée, si je ne m'abuse. Je parle de manger tes crayons.

Gus grimaça et esquissa un doigt d'honneur dans le dos de Chris. Puis il bloqua sur sa hanche l'enfant qui s'agitait.

— Mer… *mercredi*, grommela-t-il. Bear est là, il se prépare. Il a un client à midi et demi. Moi, je travaille en soirée, je repasserai donc après avoir déposé le monstre.

Chris éclata de rire. En notant le sourire qu'échangeaient le petit garçon et son père, Mace en ressentit une douleur au cœur. Il ne l'admettrait jamais,

mais il était un peu envieux. Ces deux-là se ressemblaient terriblement. Même si Chris avait les yeux d'Ivo, bleu sombre, alors que ceux de son père étaient gris, il était l'image de Gus enfant, avec le même sourire, les mêmes fossettes au creux des joues, la même implantation de cheveux – ceux de Gus blond doré, ceux de son fils, presque blancs. En grandissant, Chris aurait sans doute le même physique, souple et élancé, tout en jambes avec de larges épaules. Et ils riaient de la même façon, un gloussement d'abord qui explosait vite dans un braiement venu du ventre.

Ce qui les différenciait, c'était la joie innocente de Chris. Un bonheur sans nuages que Gus n'avait jamais connu étant petit, mais Mace espérait le voir atteindre… un jour. Si chacun des cinq frères avait des ombres et de lourds secrets, Gus était celui d'entre eux qui en souffrait le plus : son âme était comme déchirée. Mace doutait d'exorciser ses propres fantômes, mais il aurait tout donné pour permettre à Gus de guérir.

Un peu gêné par ce moment d'émotion, il taquina son jeune frère :

— Chris sera sans doute plus grand que toi d'ici quelques années. Tu n'auras plus que Luke à surplomber.

Gus lui jeta un regard noir et posa son fils à terre en disant :

— Chris, va dire au revoir à ton oncle Bear. Comme ça, je vais pouvoir donner à ton oncle Mace un bon coup dans les…

— Hé ! protesta Mace. Rappelle-toi le règlement : tu es censé te conduire aussi bien que le chien ! Sinon, quel exemple donnerais-tu à ton gosse ?

Il émit un petit bruit de langue réprobateur et avança le genou, prêt à protéger ses bijoux de famille au cas où son cadet oublierait tout bon sens et chercherait à le frapper.

Gus agita un doigt menaçant sous son nez.

— Un jour… un jour, tu prendras un coup là où ça fait mal et j'espère bien être là pour voir ça !

Mace frappa son frère sur le bras.

— Un jour, peut-être, ricana-t-il, mais pas aujourd'hui, et celui qui m'aura ne sera pas toi. Bon, va au zoo maintenant et amuse-toi bien. Bear m'a dit avoir reçu du courrier pour moi et qu'il me l'apporterait ici. Au fait, si tu tombes par hasard sur mon ancien coloc, dis-lui de passer me voir. Il a encore des cartons dans le garage. Je compte y faire du rangement et trouver un endroit où stocker des planches – j'ai des étagères à bâtir –, mais je préfère ne pas bouger les affaires de Rey s'il compte bientôt déménager pour suivre le cirque.

Gus poussa un grognement quand son fils revint et se jeta sur lui.

— D'accord. Je dois justement passer le chercher à la caserne. Il doit avoir fini son service. Je lui ai proposé de rentrer à la maison et dormir un peu, mais il tient à nous accompagner au zoo.

Chris renversa la tête pour regarder son père.

— Rey vient avec nous ? Il est gentil Rey. Il me donne ses frites.

— Il ne pardonnera jamais à Ivo, ricana Gus. Au fait, Mace, tu n'étais pas censé faire un raccord sur ton tatouage ? Si Bear n'a pas le temps, je m'en chargerai en revenant.

Gus lui claqua l'épaule, assez fort pour laisser une marque cuisante.

Une nouvelle voix intervint :

— Mace, si tu ne veux pas attendre Bear, je peux m'occuper de ton raccord. Mon prochain rendez-vous est à quinze heures. Je fais la clientèle de passage jusque-là.

C'était Rob, le fléau de l'existence de Mace. Il sortait de la salle de repos du personnel, une tasse fumante à la main. De l'autre, il ratissait ses cheveux ébène hérissés de pointes bleues.

— Ne l'appelle pas Bear ! aboya Gus.

— D'accord, d'accord, *Barrett*, reprit Rob. Je me demande bien pourquoi toi et Ivo faites tout un plat quand j'emploie son surnom, putain !

— Bravo, un gros mot devant mon gosse ! s'emporta Gus. Bon, je file. À plus, Mace.

— Oui, et n'oublie pas ce que je t'ai demandé concernant Rey.

Évitant délibérément de regarder Rob, il suivit Gus et Chris des yeux le plus longtemps possible. Puis il se retourna et constata que Rob s'était approché.

— Qu'est-ce que tu veux ? grogna Mace.

Il devait maintenir un certain espace entre le jeune artiste et lui. C'était nécessaire, *vital* même. Rob devenait une obsession… que Mace ne pouvait se permettre d'assouvir. Bear avait établi des règles très strictes au salon. Et Mace ne pouvait les briser, il avait trop peur de tout perdre. Bear était son frère depuis des années, d'accord, mais il n'était pas du genre à pardonner une transgression. Mace ne croyait pas en l'amour inconditionnel, il doutait même de mériter qu'on l'aime. C'était une leçon douloureusement apprise dans le passé, chez son père d'abord, puis dans les familles auxquelles il avait été confié. Il aimait trop ses frères pour tout risquer afin de goûter à Rob.

En ce moment, pourtant, un baiser matinal parfumé au café était une tentation presque irrésistible.

Et Mace ne comprenait même pas pourquoi la bouche de Rob l'attirait à ce point. Le jeune artiste ne ressemblait pas aux hommes qui attiraient Mace en général. Désireux de ne jamais s'impliquer ou se compliquer la vie, Mace ne cherchait que des aventures à très court terme. S'il acceptait un échange de numéros de téléphone, c'était pour quinze jours maximum, juste de quoi envoyer un texto en milieu d'après-midi pour décider d'un rendez-vous sur les quais. Et Rob était différent. Même si Mace l'évitait le plus possible, il le savait sociable et ouvert, toujours prêt à accepter ce qu'un nouveau jour lui offrait, s'en gorgeant jusqu'à s'en lécher les doigts. De plus, Rob ne respectait aucune limite privative. Il se rendait dans les autres stalles, posait des questions et cherchait à soutirer aux tatoueurs leurs secrets.

Rob était toujours en mouvement, même pendant qu'il tatouait. Il tapait le sol de son pied libre et bavardait avec ses clients de tous les sujets imaginables. Il parlait aussi avec ses mains – ses doigts à la fois gracieux et forts esquissaient des rafales d'idées pendant que ses mots dansaient et envahissaient l'esprit de Mace.

Mace aurait voulu le faire taire d'un baiser. Putain !

En ce moment, Rob ne parlait pas. Non, il mâchait sa lèvre inférieure et levait le menton d'un air agressif, son regard intense fixé sur le visage de Mace. Le soleil de l'été avait hâlé sa peau dorée et accentué les taches de rousseur qui parsemaient son nez et ses joues. Sous la vive lumière des néons du plafond, les longs cils – si épais et si noirs qu'ils semblaient faux – créaient des ombres sur les hautes pommettes. Mace évoqua une image de Rob entrant un jour au salon après une averse, avec des gouttes d'eau qui coulaient de ses cheveux sur ses joues et restaient accrochées à ses cils.

Malgré sa nature bohème, Rob devait apprécier le bonheur domestique et aimer son confort. Sans doute prenait-il son petit déjeuner au lit le dimanche matin et dégustait-il des pancakes aux myrtilles avant de sortir retrouver des amis au café voisin. Peut-être aussi sortait-il parfois en boîte pour danser quand l'envie lui en prenait, ou quand il avait besoin d'exercice.

De l'exercice ? Mace avait plusieurs idées pour lui en procurer.

— Tu as un problème ? demanda-t-il encore. Qu'est-ce que tu veux ?

Franc et direct, il appréciait peu les jeux mondains. Par exemple : qui, dans un couloir étroit, allait le premier céder du terrain ? Plus grand et plus large que Rob, il hésitait à forcer le passage. Reculer n'était pas dans sa nature.

— Je veux pas mal de choses, répondit Rob. Pour commencer, j'aimerais que tu sois un peu plus aimable envers moi. J'étais sérieux en proposant de faire ton raccord. Ton frère m'a engagé, je te le rappelle, c'est un gage de mes capacités. Si je travaille ici, c'est que je le mérite.

Mace n'arrivait pas à situer son accent… ronronnant. Rob roulait les consonnes et adoucissait les voyelles, comme un torrent passant sur des rochers et atterrissant en cascade dans les entrailles de Mace.

— C'est Bear qui m'a fait ce tatouage. C'est lui et lui seul qui y touchera.

Il sourit, espérant mettre un terme à cette conversation. Rob était plutôt musclé. Malgré sa peau dorée, ses yeux ambrés et sa jolie bouche, c'était un homme, un vrai. Mace se sentait tout à fait capable de le coller au mur et de lui faire oublier jusqu'à son nom. Malheureusement, c'était de la folie. Et si Bear l'apprenait, il risquait de le flanquer à la porte…

Aussi Mace enfonça-t-il ses mains dans ses poches et se força-t-il à oublier que chaque fois qu'il l'approchait le beau tatoueur, il crevait d'envie de le baiser.

Détournant le regard de Rob, il examina au-delà de lui le couloir où il désirait se rendre.

— Si Bear est trop pris aujourd'hui, j'attendrai, reprit-il. Je me suis éraflé l'épaule il y a quelques mois. C'est une entaille assez profonde, alors, je pense qu'il y faudrait de peu de saturation.

Sa volonté commençant à faiblir, Mace décida d'oublier son ego : il repoussa Rob d'un coup de coude et avança, la tête vide et les jambes vacillantes. Il éprouvait une sorte d'ivresse et détestait cette perte de contrôle. Il se demanda ce qui était pire : la frustration de ne pas avoir Rob ou la certitude que s'il cédait à son désir, il risquait de tout perdre, y compris son cœur ?

Puis Rob posa la main sur son bras nu. Ce contact était presque une brûlure. Mace s'arrêta net, la peau frémissante. Il inspira un grand coup et chercha à calmer sa réaction explosive. Il portait un fin tee-shirt dont les manches se relèveraient facilement si son frère avait le temps de travailler sur son épaule. Mais quand les doigts souples du jeune tatoueur se posèrent sur lui, Mace regretta de ne pas avoir prévu une armure : ça lui aurait permis de mieux survivre à la bataille faisant rage en lui.

Rob resserra son emprise et Mace, le souffle coupé, commença à s'étrangler.

— Dis-moi ce que j'ai fait pour que tu me détestes autant. Chaque fois que tu me vois, tu me traites comme une merde, Pourquoi ? J'ai besoin de savoir ! Je travaille ici, tu sais, et comme tu me le rappelles constamment, tu es l'un des propriétaires de 415 Ink. Je…

À contrecœur, Mace dégagea son bras.

— Non, tu n'as rien compris. C'est *à moi* que je rappelle constamment être un de tes patrons, parce que nous ne sommes pas autorisés à coucher avec le personnel. Voilà !

CINQ MINUTES plus tard, Mace sentait encore les doigts de Rob sur sa peau. Assis dans la chaise client de Bear, il surveillait une des roues voilées un peu trop proche à son goût de la queue d'Earl, couché à ses pieds. Le chien avait levé la tête à son entrée, juste le temps de le saluer, mais il était resté vautré sur le gros coussin qu'Ivo utilisait parfois pour soutenir son dos. En principe, Earl n'aurait pas dû être dans une stalle, mais Bear le laissait libre d'errer à sa guise tant que le salon était fermé. Dès que le premier client franchirait la porte, Earl serait renvoyé dans son panier.

Bear revint de l'arrière-boutique avec des flacons d'encre et des aiguilles aseptisées.

— Il nous manque de la crème antiseptique, annonça-t-il. J'ai envoyé Rob en chercher. Tu viens pour ta lettre ? Elle est là, derrière toi.

Mace avait gardé une profonde vénération pour les pompiers qui l'avaient arraché à son ancienne vie, mais plus que tout, il admirait son frère aîné, Barrett Jackson. Tous les deux s'étaient connus dans une famille d'accueil où ils étaient arrivés en même temps. Pour une fois, le sort avait été clément envers le jeune Mace, après six mois d'enfer à se faire hurler dessus et tabasser au moindre prétexte par deux adultes qui n'auraient jamais dû se marier et leurs enfants, pions d'une guerre dans laquelle ils n'avaient aucun contrôle. Mace avait oublié leurs noms, mais parfois, le visage de l'homme revenait dans ses cauchemars. Une brute cramoisie avec des poings d'acier et un caractère déplorable.

Affolé par cette violence tristement familière, le jeune Mace avait eu un lapsus : il avait appelé la brute « *papa* ».

Une heure après, il était dans le bureau des CPS [4], serrant dans ses bras un sac en plastique avec ce qu'il avait pu récupérer de ses maigres biens dans les quelques minutes qu'on lui avait laissées pour rassembler ses affaires.

L'assistante sociale, une femme fatiguée avec une toux rauque de fumeuse invétérée, avait eu un sourire triste. À son insistance, les Johnson avaient accepté de prendre Mace. Chez eux, il avait connu Bear, le frère dont il ignorait l'existence jusqu'à ce jour.

Les deux garçons s'étaient instantanément reconnus. Au premier coup d'œil, Bear sentit la rage frustrée d'un Mace au bord de l'implosion, il accepta donc de partager une chambre exiguë avec la musique du radio-réveil toujours en route. Peu à peu, il réussit à briser le silence fragile dont Mace s'entourait, l'incita à faire ses devoirs et lui promit une famille bien à lui. Un jour…

Une fois majeur, Bear quitta les Johnson, mais il resta présent dans la vie de Mace. Dès que possible, Mace demanda son émancipation, quitta le système fédéral et emménagea dans la maison Craftsman, taudis délabré que Bear avait eu à un prix dérisoire et où il comptait bien créer leur foyer.

Les rénovations prirent des années, car tout était à refaire, mais pour Mace, c'était le plus bel endroit du monde. Il ne l'aurait pas échangé contre un palais, pas plus qu'il n'aurait renoncé à ceux qui étaient venus se joindre à Bear et lui pour constituer la famille que promise.

Bear se chargea de remplir les étagères d'Ivo, pensant sans doute aux rendez-vous que celui-ci avait dans l'après-midi et la soirée.

— As-tu croisé Gus et Chris avant qu'ils partent ? Ils allaient au zoo.

— Oui, c'est que m'a dit Gus. Je lui ai parlé de Rey… je voudrais vider le garage et réorganiser l'espace. Bon sang, vivement que Rey annonce à Gus qu'il a une nouvelle maison ! Je sais bien que tout n'est pas encore signé, mais j'en ai marre d'attendre au milieu des cartons !

— Ça me fait drôle de penser que Gus va quitter la maison, même s'il ne sera pas très loin… juste de l'autre côté de la colline.

Bear leva les yeux, une expression nostalgique sur son visage barbu. Il n'était pas si rare qu'il se montre sentimental. D'eux tous, c'était lui qui avait le cœur le plus sensible. Avec sa haute stature de bûcheron, il paraissait capable d'abattre toute une forêt en quelques coups de hache, ou de creuser un tunnel dans une montagne. C'était un homme un peu rigide, avec une

4 *Child Protective Services* : service sociaux américains pour enfants.

voix grave et profonde, des cheveux bruns touchés d'argent aux tempes, mais dans ses yeux d'un bleu profond brillait parfois une lueur jeune et presque espiègle. Ça prouvait que Bear n'avait pas perdu son enthousiasme malgré les épreuves endurées.

Habituellement, cette lueur signifiait aussi que Mace et les autres allaient être embrigadés dans une tâche dont ils se seraient bien passés, mais comme c'était Bear qui le leur demandait, ils s'exécutaient sans se plaindre.

Ou du moins le faisaient-ils sans que leur aîné les entende.

Earl roula sur le côté et leva des yeux tristes. Mace se pencha pour lui gratter le ventre.

— J'aurais pensé que tu serais heureux d'être débarrassé de ces deux-là. Quand ils sont chez moi, je les entends de l'autre côté du couloir et Dieu sait que mes murs sont plus épais que les tiens.

— Ça ne me gêne pas, répondit son frère avec un sourire. Et puis, Rey fait la vaisselle. J'aime trouver la cuisine propre quand je rentre à la maison. Ivo est un véritable tsunami ! Chaque fois qu'il prend un verre d'eau, il vide tous les placards. Ce n'est pourtant pas sorcier de mettre ses couverts sales au lave-vaisselle !

— Il est épouvantable, je sais. Je te rappelle que j'ai dû fouiller toute la maison il y a deux ans pour récupérer nos tasses. Ça suffit, Earl. J'ai des choses à faire maintenant.

Avec un soupir, Mace repoussa le chien à ses pieds et récupéra son enveloppe.

Dès qu'il retourna la lettre – pleine de tampons officiels, avec des sceaux imprimés dans l'épaisseur du papier –, il comprit pourquoi Bear l'avait fait venir. Ce n'était pas la première lettre de ce genre qu'il recevait. Il en frissonna de dégoût. L'écriture en cursive sur l'enveloppe aurait pu annoncer un mariage.

C'était bien un faire-part, mais Mace ne tenait pas du tout à répondre à cette invitation. Il irait pourtant, comme toutes les autres fois où il avait été convoqué à ces odieuses audiences.

L'ombre de Bear lui coupait une partie de la lumière et Mace était heureux de sentir la présence de frère. Il essaya de se dire que si ses doigts tremblaient, c'était parce qu'il n'avait pas eu sa dose de caféine ce matin, mais il se mentait. Il le savait. Son estomac se tordit.

Il n'arrivait même pas à glisser le pouce sous le rabat. Il chercha à en rire :

— Ces saloperies sont sacrément difficiles à ouvrir !

— Tu veux que je t'aide ?

Cette proposition était touchante. Il aurait été facile d'accepter – trop facile. Mace ne tenait pas à reconnaître qu'il avait peur de découvrir ce qu'il y avait dans cette enveloppe. Bear posa une grosse main sur son épaule, rassurant Mace qui se perdait déjà dans les anciennes terreurs qui hantaient son cerveau. Le rabat céda…

Une vive douleur ramena Mace au présent : il s'était entaillé le pouce, juste sous l'ongle. Il poussa un cri étouffé et mit son doigt dans sa bouche. Puis il secoua l'enveloppe et un papier plié tomba sur ses genoux.

Son frère récupéra l'enveloppe vide, laissant Mace déplier le courrier. Il fallut à Mace près d'une minute pour réaliser qu'il ne lisait pas les mots auxquels il s'attendait. Il n'y aurait pas d'audience cette fois. C'était un cauchemar, des souvenirs horribles et une souffrance jamais oubliée.

Bear s'accroupit devant lui, sa main lui frotta le dos.

— Qu'est-ce qu'il y a, Mason ? Un problème ? Quand veulent-ils que tu y ailles ?

— Jamais.

Mace déglutit la nausée qui lui remontait dans la gorge, noyé dans un océan de panique et d'incrédulité. Bear se rapprocha encore, sa chaleur corporelle entourant Mace comme un cocon protecteur… malgré le froid qui le glaçait tout entier.

— Jamais ? Qu'est-ce que ça veut dire ? Tu n'as pas de date pour une nouvelle audience ?

Soudain, le cauchemar devint réel.

— Non. Ils le… ils le laissent sortir, Bear. Putain de merde ! Après tout ce qu'il a fait, ils lui accordent une libération conditionnelle !

V

Mace ne revint pas.

Bear non plus. Après son rendez-vous de midi et demi, il demanda à Ivo de tenir le salon et fila avec Earl sans un regard en arrière.

Il y avait un problème et ne rien savoir rendait Rob dingue.

Il interrogea Ivo.

— Laisse tomber, ce n'est rien. Tu prendras les clients de passage, voilà tout.

Et des clients de passage, il y en eut beaucoup. En fait, Rob travailla presque jusqu'à l'épuisement jusqu'au moment où Gus revint, après avoir rendu Chris à sa mère. Gus aida Rob à tatouer un groupe de femmes d'âge moyen, choisissant chacune un motif dans les dossiers que proposait 415 Ink. Rob se retrouva à faire un papillon et une nuée d'étoiles filantes et Gus passa deux heures à s'occuper des autres. Ensuite, il reçut un appel de Bear, s'excusa et s'en alla en assurant que son frère prendrait bientôt la relève. Effectivement, Ivo termina avec un client de longue date, puis s'approcha de jumelles rousses qui envisageaient de se faire encrer sur la hanche une boussole en délicat filigrane.

Le groupe finit par partir, échangeant rires et bavardages, les nouveaux tatouages ayant été bien enveloppés de film dermique pour aider à la cicatrisation.

À peine la porte fermée, Dave, l'apprenti, exprima sa mauvaise humeur :

— Bon Dieu, je déteste ces groupes ! Ces bonnes femmes foutent un bordel monstre sans rien connaître au travail sérieux. Elles se prennent pour des dures à cuire parce qu'elles ont un papillon sur le cul, peuh ! On devrait refuser ce genre de clientèle. Ça nous donne une mauvaise image.

Rob sut tout de suite qu'Ivo n'allait pas laisser passer cet éclat et se prépara à subir un sermon.

En rencontrant le plus jeune des propriétaires de 415 Ink, Rob avait vite appris à oublier ses idées préconçues sur le genre et la masculinité. Jeune, versatile et plein de vie, Ivo avait la réputation d'être une diva. Arrogant concernant son art et ses compétences, il méprisait les subtilités sociales. En vérité, c'était à cause d'Ivo que Rob, au départ, avait un peu hésité à travailler à 415 Ink. Il avait été pris dans un dilemme : d'un côté, il savait qu'il apprendrait beaucoup d'un artiste aussi talentueux ayant été élevé dans un salon de tatouage, de l'autre, il craignait l'instabilité d'un homme aussi magnifique et haut en couleur.

Il découvrit rapidement que s'il arrivait à Ivo de piquer une crise, c'était toujours justifié. Bien que plus jeune que la plupart des apprentis et stagiaires, Ivo était un pur génie, aussi doué, sinon davantage, que ses frères aînés et les autres artistes travaillant à 415 Ink.

Il avait juste fallu à Rob un moment pour s'adapter au fait de voir un homme d'un mètre quatre-vingt-deux traverser le salon sur de très hauts talons qui lui allongeaient encore les jambes.

De nature intrépide, Ivo portait ce qu'il voulait quand il le voulait, sa garde-robe et son look mêlant hardiment les genres. Certains jours, c'était tee-shirt, jean et Converses, d'autres kilts, cuissardes à talons et maquillage outrancier. Rob était certain que Lilith aurait tué pour apprendre l'art d'ombrer aussi bien ses paupières. Ivo aimait… expérimenter. Il n'était pas androgyne – il restait *toujours* un homme, dans tous les sens du terme, surtout par sa façon léonine de bouger et de marcher –, mais il se drapait dans une aura de féminité en choisissant ce qu'il aimait, qu'il s'agisse d'un eye-liner ou d'un vernis à ongles. Plus d'une fois, il avait donné à Rob des conseils pour obtenir les teintes capillaires les plus étonnantes.

Sur un point au moins, les rumeurs disaient vrai : Ivo n'était pas du genre à mâcher ses mots quand il avait quelque chose à dire. À en juger par son attitude – il secouait la tête et ses yeux bleu océan s'étaient étrécis –, il avait entendu la réflexion Dave et n'était pas content.

Sans cesser de nettoyer sa machine, il s'adressa au stagiaire :

— Hé, je pensais que Bear t'avait expliqué la politique de la maison ! Nous sommes là pour tatouer, pas pour juger.

— Quelle importance ? Ce genre de clientèle ne revient jamais. Ces bonnes femmes sont passées par hasard, sur un coup de tête parce qu'elles se prennent sans doute pour des rebelles. Elles s'imaginent qu'avec un petit cœur ou une marguerite sur la cheville, elles vont changer de personnalité. C'est idiot !

De toute évidence, il ne réalisait pas qu'il creusait sa tombe et qu'Ivo n'allait pas le rater.

— On a perdu un temps fou, continua-t-il, et pour quoi ? Pour deux cents, peut-être trois cents dollars. Aucun intérêt. On aurait mieux fait de leur donner un tatouage qui se lave à l'eau, ça coûte vingt dollars et leur aurait fait le même effet.

Ivo se tourna vers Rob, qui tressaillit devant le feu qui brûlait dans ce regard profond et assombri. Il comprit qu'une ligne venait d'être tracée : à lui maintenant de choisir son camp. Il avait du mal à concevoir qu'Ivo puisse se mettre dans un état pareil pour un sujet somme toute sans importance – un groupe de femmes se faisant tatouer –, mais bon, il ne pouvait que constater la réalité des faits.

Il secoua la tête et continua à ranger sa stalle.

— Non, non, Ivo, ne me regarde pas comme ça. Le jour où j'ai commencé à travailler ici, Bear m'a très clairement expliqué que si ses règles ne me plaisaient pas, je n'avais qu'à m'en aller. Et tu vois ? Je suis encore là.

— D'accord, mais toi, Dave tu es viré, déclara Ivo, très calmement. Prends tes affaires et dégage. Désolé, mec, mais tu ne respectes pas la clientèle et ça, je ne peux l'accepter.

Dave laissa tomber son balai, le visage ponceau.

— Tu ne peux pas me virer ! protesta-t-il. Tu n'es pas mon patron, c'est Bear qui m'a engagé. Et ces connasses ne valent pas…

Il s'interrompit en voyant Ivo se lever et avancer vers lui, les poings sur les hanches. Quand Ivo s'arrêta à moins d'un mètre, les narines de Dave palpitèrent. Rob sentit que la confrontation risquait de déraper.

— Tu vois, susurra Ivo, tu n'as toujours rien compris. Bear est ton mentor, d'accord, mais ce salon, il est à nous tous. Donc, tu dépends de nous tous. Si tu n'es même pas capable de comprendre comment fonctionne notre famille, tu ferais mieux d'aller travailler ailleurs. Ces femmes sont venues ici pour choisir un dessin qu'elles garderont tout le reste de leur vie. Je me fous de la taille d'un tatouage, parce que tous ont la même importance pour ceux qui les portent. Je suis d'accord avec toi, c'est sans doute le seul que ces femmes auront jamais, mais *justement*, il n'en sera pour elles que plus précieux. Tatouer, ce n'est pas seulement savoir dessiner ou encrer, il faut aussi respecter la personne qui emporte ton œuvre avec elle. Ces femmes méritaient de vivre une bonne expérience et d'être heureuses de leur choix. Et ça, tu ne le comprends pas. Tu comprends encore moins qu'à mes yeux, elles comptent autant que ce client qui viendra la semaine prochaine pour un dos complet. Et c'est pour ça que je ne veux plus te voir ici. Appelle Bear, si tu y tiens, il te dira la même chose que moi.

Jamais Rob n'avait entendu Ivo parler autant. La plupart du temps, Ivo au salon dessinait, un casque sur les oreilles, ou travaillait en silence, penché sur le corps d'un client. Il discutait volontiers avec ses frères et les clients, mais il faisait rarement de longs discours.

Rob vida les pots dans la poubelle et attendit de voir ce que Dave allait répondre. De plus en plus rouge, Dave leva les poings. Mince et dégingandé, avec des genoux et des coudes osseux, il avait dix bons kilos de moins qu'Ivo en muscles, mais sa rage occultait son bon sens.

— Tu te crois le meilleur, hein ? grogna-t-il, le menton en avant. Pourtant, tu ne serais pas là si tu n'étais pas le cousin de Bear. Et vous n'êtes pas des frères, merde ! C'est de la foutaise ! Si Bear t'a récupéré, c'est simplement pour que son copain Mason ait un gamin à baiser quand Gus est devenu ado.

Rob s'élança à travers le salon, mais le poing d'Ivo fut plus rapide que lui. Le sang gicla. Rob hésitait à intervenir : pouvait-il s'impliquer sans se faire arracher la tête ? Puis Ivo esquiva un crochet de Dave et frappa une seconde fois, et Rob ne put rester plus longtemps à ne rien faire. À peine s'était-il approché qu'il reçut le poing de Dave dans la joue.

Il n'était pas dans son élément. Pour lui, un « combat » était juste un échange de réparties cinglantes. Rien de plus. Aveuglé par la rage et la haine, Dave se battait comme un ivrogne, il manquait de coordination et avait sans doute déjà oublié ce qui avait déclenché cette querelle, mais il était acharné à atteindre son adversaire. Quant à Ivo – cet homme si compliqué et si surprenant –, il paraissait prêt à le tuer. Du coup, Rob sut qu'il devait arrêter Ivo, pas Dave.

De son épaule, il poussa contre la poitrine musclée d'Ivo.

— Pas ici, mec, plaida-t-il. On aura tout le salon à nettoyer, sinon !

C'était le seul argument qui lui venait, surtout qu'aucun des frères d'Ivo n'allait passer et le calmer comme par magie.

Ivo frissonna et fit un pas en arrière. Puis il se mit à tourner en rond autour de Dave, comme un fauve, les yeux rivés sur son visage ensanglanté.

— Dégage ! grogna-t-il, d'une voix létale. Je ne veux plus te voir. Si tu as des affaires à récupérer, tu passeras les chercher un jour où Bear sera là. Tu n'es pas digne de rester ici une minute de plus !

— Va te faire foutre ! Tu n'es qu'une merde. Je ne sais pas pourquoi Bear te supporte. En plus, tu es nul. Un jour, tu te feras casser la gueule et ça sera bien fait pour toi !

Son nez commençait à enfler, et ses mots étaient brouillés, déformés.

Ivo fit un pas en avant. Une fois encore, Rob se jeta contre lui. Le retenir n'était pourtant pas facile. Rob pria pour que Dave s'en aille sans plus discuter. Il enroula ses bras autour de la taille d'Ivo et jeta un coup d'œil derrière lui.

— Bon Dieu, Dave, va-t'en !

Dave parut hésiter, puis il cracha du sang sur le sol et finit par céder. La cloche de la porte tinta rageusement et une bouffée d'air froid entra dans le salon.

Ivo suça ses jointures éraflées et grimaça. Il haletait. Rob sentait la colère qui palpitait en lui. Il s'écarta lentement et recula, un peu inquiet. Ivo comptait-il le frapper maintenant que Dave n'était plus là ?

— Tu es calmé, Ivo ? Parce que je préfèrerais que tu ne me casses pas la figure.

— Ce n'est pas mon intention. On peut en dire beaucoup sur Mason, qui se comporte souvent en vrai connard, mais après ce que son père lui a fait subir, *jamais* il ne toucherait à un gosse, et surtout pas à moi. C'est minable de la part de Dave d'avoir dit ça ! Qu'il aille se faire enculer, lui et tous ceux qui prétendent que nous ne sommes pas des frères. Verrouille la porte d'entrée, Rob. C'est fini pour ce soir.

MACE AVAIT une technique pour rester sain d'esprit : il courait. C'était ce que Bear lui avait conseillé autrefois, en guise d'exercice physique, et Mace avait vite découvert l'exaltante sensation de liberté qu'il éprouvait en s'exécutant. Quand il poussait son corps jusqu'à ses limites, son anxiété se calmait enfin, il oubliait son obsession d'être enfermé vivant dans un placard obscur. Au fil des années, sa course évolua et devint en un jeu : il sprintait vers un objectif quelconque, bâtiment ou carrefour, le long de son parcours, slalomant d'un point à l'autre jusqu'à une destination définie. En rencontrant Rey, Mace trouva en lui un partenaire tout aussi compétitif – sans pour autant se prendre la tête s'il perdait. Si Mace aimait gagner, un mauvais perdant lui gâchait son plaisir.

Ce jour-là pourtant, alors qu'il grimpait la colline en courant vers la maison de Bear, il ne s'agissait pas d'un jeu. Mace cherchait juste à se rappeler qu'il était libre.

Rey était derrière lui, quelque part, probablement vanné après un après-midi passé au zoo avec Gus et Chris. Pourtant, il avait accepté de mettre ses sneakers et de l'accompagner quand Bear n'avait plus supporté de voir son frère tourner en rond au salon. Mace avait vraiment besoin de brûler son énergie et de s'épuiser jusqu'à être trop fatigué pour réfléchir. Son esprit était hanté par des fantômes et une colère terrible lui pesait sur ses tripes… courir paraissait une idée sensée. Et la seule solution à sa portée.

Il courait comme un fou, pas parce qu'il tenait à battre Rey en arrivant le premier à la maison, mais parce qu'il avait la sensation d'être poursuivi par un monstre.

Un monstre qui avait le visage de son père.

— Derrière toi, cria Rey une fois sur la colline. Putain, je suis fatigué !

Sa voix était faible, son souffle court et saccadé. En entendant son juron coloré, Mace ne put retenir un rire. Il se retourna et ralentit sa foulée. La distance entre eux diminua. La pente devenait plus facile, tirait moins sur les cuisses. Rey avait l'air épuisé. Après sa longue journée de travail, il avait accompagné au zoo un enfant de trois ans particulièrement énergique. Il avait des poches sous les yeux et ses cheveux noirs, moites de sueur, collaient à son front.

Mace était un peu plus grand Rey, un peu plus large des épaules aussi, mais son meilleur ami possédait une grande endurance. Solidement bâti, trapu même, Rey était capable d'escalader les escaliers les plus pentus. Un don que Mace lui enviait souvent, surtout dans les immeubles de Chinatown à l'architecture des plus labyrinthiques. Mais quand il s'agissait de courir en terrain pentu, c'était généralement Mace qui gagnait, surtout s'il y tenait vraiment.

— Tu n'aurais pas dû grignoter des cochonneries au zoo ! cria-t-il. Une saucisse et une barbe à papa, vraiment ?

Rey accéléra pour le rattraper, ce qui lui coûta visiblement.

— Le petit voulait goûter à la saucisse, haleta-t-il. Et si je l'avais laissé boulotter toute sa barbe à papa, il aurait fait une overdose de sucre. Je ne pouvais pas jeter tout ça, sais-tu au moins le prix que ça coûte ?

— Il aurait mieux valu les jeter que te ruiner la santé.

Mace se remit à courir, puis trébucha sur une fissure du trottoir qu'il connaissait depuis plus de dix ans. Il moulina des bras et se stabilisa sans laisser le temps à Rey de profiter de cette seconde d'inattention pour lui passer devant.

— Dépêche-toi, jeta-t-il à son ami par-dessus son épaule. J'ai très envie de la douche chaude qui m'attend à la maison.

— Va te faire foutre, Crawford ! Je connais bien cette maison, je te le rappelle. Dès que tu seras sous la douche, j'allumerai tous les robinets, histoire de vider le ballon. Tu vas te geler les couilles, mon pote !

QUAND MACE sortit de sa douche, Rey avait disparu et un message presque illisible était collé à la porte de la salle de bain du premier. Bear était dans la maison, quelque part, mais Mace ne partit pas à sa recherche. Ça lui sembla trop compliqué. Il avait laissé ici quelques affaires, jeans et tee-shirts, dans la vieille armoire d'une petite chambre inoccupée où il avait à peine la place de bouger, bien que le lit queen-size ait été poussé contre le mur. La fenêtre fermant mal, un courant d'air froid constant rendait la pièce presque inhabitable en hiver, même sous une tonne de couettes. Bear parlait depuis des années de l'aménager pour en faire une nurserie ou une grande penderie de secours, mais Mace avait prétendu que ça lui convenait très bien en l'état.

En vérité, il détestait cette chambre exiguë, ce placard qui lui rappelait trop ceux dans lesquels il avait été enfermé étant enfant. Il avait beau se répéter qu'il habitait ailleurs et qu'il dormait rarement ici, aussi serait-il égoïste de sa part de réclamer une grande chambre dont un autre de ses frères pourrait avoir besoin.

Et puis, Mace avait un peu peur d'entendre Bear lui asséner cette vérité alors, il préférait ne pas réclamer plus que ce qu'on lui donnait. S'il ne demandait rien, il n'essuierait aucun refus. Il ne voulait surtout pas risquer de perdre sa famille pour un détail sans importance – une chambre dont il avait rarement l'usage.

Il quitta la salle de bain, une serviette nouée autour des hanches et ses vêtements roulés sous le bras, et se dirigea vers sa petite chambre sous l'escalier. Les lames de parquet craquèrent sous ses pieds et le long tapis fané, installé dans le couloir bien des années plus tôt, lui râpa la plante des pieds. Sans doute avait-il besoin d'un bon coup de balai. Earl laissait des traces de son passage partout dans la maison : des poils sur la moquette bordeaux, un vieux canard jaune devant la porte fermée de la chambre d'Ivo. En entrant dans sa mansarde, Mace se figea : le lit avait disparu. À la place, deux fauteuils rembourrés étaient placés devant des étagères garnies de livres qui montaient du sol au plafond.

Une nausée lui remonta dans la gorge. Quelques jours plus tôt, il était passé refaire le lit et tout était comme d'habitude, avec ses affaires dans la vieille armoire. Il avait veillé à ne laisser aucun désordre, alors pourquoi ses frères l'avaient-ils expulsé ?

Mace sursauta – et faillit en lâcher la serviette qu'il tenait toujours au niveau sa taille – quand la voix douce de Luke résonna derrière lui :

— C'était censé être une surprise, mais j'avais dit à Ivo que mieux valait t'en parler. Tes affaires sont dans l'ancienne chambre d'Ivo, elle est plus grande et mieux chauffée. Tu y seras bien mieux.

Un courant d'air froid passa sur la poitrine encore humide de Mace. Il frissonna, puis il secoua la tête :

— Je ne vis plus ici. Je n'ai pas besoin d'une...

Luke l'interrompit en ouvrant une autre porte du couloir :

— Nous n'étions pas d'accord pour que tu gardes cette petite chambre glaciale. Nous avons voté. Ivo s'est installé au grenier en attendant que Gus et Rey terminent leur nouvelle installation. Plus tard, nous verrons. Nous aurons une chambre à aménager pour Chris, quand il restera avec nous. Quant à toi, voilà ta nouvelle chambre. Nous avons tous participé aux travaux de rénovation et tu as intérêt à apprécier nos efforts, parce que j'ai dû demander une journée de congé pour aider à arracher l'ancien papier peint. Je me demande comment Ivo supportait ces paniers de fruits ! Ils dataient des années cinquante et j'étais certain qu'ils te déprimeraient.

Mace osait à peine jeter un coup d'œil à l'intérieur. Il était bouleversé de la belle surprise que ses frères lui avaient aménagée.

— Où est Bear ? grogna-t-il, ému. C'est lui qui t'a demandé de passer ? Je vais très bien.

Luke le poussa dans la pièce.

— Non, mon frère, tu ne vas pas bien du tout. Entre. Bear est sorti nous chercher des sandwichs, mais il est coincé dans un embouteillage et sera un peu retardé. Eh oui, bien sûr qu'il m'a appelé. Nous sommes censés nous serrer les coudes en cas d'emmerdes, non ? Maintenant, dis-moi que tu aimes la peinture de ta chambre, parce qu'Ivo et Gus voulaient du vert et que je leur ai affirmé que tu préférais le bleu.

Gus et Ivo avaient la même mère biologique et Bear était leur cousin germain, côté maternel. Dans leur famille recomposée, Luke, comme Mace, était un frère « de choix », pas de sang. Bear avait trouvé Mace, mais c'était Gus qui avait entraîné Luke dans leurs rangs. Tout le monde aimait Gus, malgré son côté mauvais garçon. À son arrivée, Luke avait été un enfant maigre et silencieux. Né dans une famille hispanique, il parlait l'anglais avec un très léger accent et était déjà en retard scolaire d'un an à force d'être bringuebalé d'une famille d'accueil à l'autre. Quand Bear avait réclamé la garde de l'enfant, les autorités fédérales s'étaient empressées d'accéder à sa demande, malgré la lourdeur administrative proverbiale du système.

Chacun des cinq frères portait un fardeau secret, bien entendu. Luke gardait en lui une tristesse bien ancrée qui assombrissait toujours ses moments de bonheur. Des ombres hantaient ses grands yeux bruns cannelle, une mélancolie passait sur son doux visage chaque fois qu'il assistait à une bagarre physique entre Gus et Ivo, vite suivie d'une étreinte chaleureuse et rieuse après que Bear fut intervenu pour leur demander de se réconcilier. Pendant longtemps, Mace avait eu l'impression que Luke et lui restaient à l'écart, comme condamnés à regarder derrière une vitre, mais alors, Luke participait à ces rires insouciants et Mace se retrouvait seul.

Du moins, le pensait-il.

Maintes fois, Bear lui avait assuré que c'était faux et que Mace était un idiot de croire ça. Pourtant, quand Mace croisait les yeux tristes de Luke, il savait que son jeune frère le comprenait. Il était très difficile d'oublier sa peur. Elle était comme une armure d'acier forgée durant l'adversité, une protection impénétrable qui le distançait du danger, le gardait en sécurité. Pourtant, ses frères semblaient savoir l'atteindre sans effort.

Par exemple en l'installant dans une chambre fraîchement repeinte, lui rappelant ainsi qu'il avait sa place dans la maison familiale, maintenant et toujours.

Mace entra d'un pas hésitant. Les murs de la pièce étaient d'une belle couleur, celle d'un ciel matinal très pur – assez rare à e San Francisco. Ça rappelait aussi les yeux de Gus quand il souriait, le gris virant au bleu.

— J'aime le bleu, murmura-t-il. Et mes livres… ?

— Ils sont dans ton ancienne chambre, répondit Luke. Nous en avons fait ta bibliothèque. Bear affirme qu'il faudrait réparer cette fenêtre, mais avouons-le, ça fait des années que nous le savons tous, sans pour autant passer à l'acte. Te donner plus d'espace et peindre cette chambre nous a paru bien plus facile que réparer cette foutue fenêtre !

Il s'assit sur le vieux lit métallique que Gus avait payé cinq dollars dans une brocante. Repeint en noir et garni d'oreillers, il avait à présent belle allure.

— L'armoire était fichue, enchaîna-t-il. Je me demande même comment tu l'ouvrais sans la prendre sur la tête. En attendant que nous en achetions une neuve, tu vas devoir te contenter de cette commode et de cette tringle à vêtements.

Mace ouvrit les tiroirs de la commode et en sortit un caleçon, un pantalon en coton et un tee-shirt SFFD [5]. Cette fois, il avait la place de se changer sans risquer de se heurter le coude contre un mur. Il aperçut alors un grand panier en osier dans un coin et plissa le nez.

— Cette chambre est très chouette, mais pourquoi ce panier ? Je ne pourrai jamais le remplir ! Je déteste laisser le linge sale s'accumuler !

— Considère ça comme un défi, répondit son frère. On peut changer ses habitudes, tu sais.

Mace enfila son tee-shirt.

— Hé, arrête ! Je ne suis pas un des gosses que tu as le droit de sermonner. C'est crispant, tu sais, cette façon de pontifier. Je n'utiliserai pas ce panier, point barre. J'ai bien d'autres soucis en tête en ce moment. Je ne suis pas…

Luke s'appuya contre les oreillers et croisa les jambes, un pied nu posé sur la couette du lit.

— D'accord, d'accord, fais comme tu veux. Tu y viendras peut-être un jour. Et tu n'es pas un de mes enfants, je sais, mais je peux toujours te prodiguer les résultats d'une éducation durement acquise. Je te rappelle que tu as en partie payé mes frais de scolarité ! J'ai un diplôme de thérapeute, autant l'utiliser. Veux-tu parler de la raison qui t'a poussé à courir aujourd'hui ? Ou vas-tu continuer à prétendre qu'il ne s'est rien passé et laisser tout ça bouillonner en toi jusqu'à l'implosion ?

Mace aurait voulu nier, mais c'était impossible. Luke le connaissait trop bien. Luke les connaissait *tous* trop bien.

— Je ne…

Son frère inclina la tête, ses cheveux presque noirs lui tombant sur la joue.

— Tu comptes m'envoyer me faire foutre ? Fais-le, si ça peut t'aider. Mais je doute que ça suffise à résoudre ton problème ou à dissiper ta colère.

— Au moins, ça me défoulerait.

— C'est vrai, convint Luke en riant. Agis comme tu veux, mon frère, je ne t'en voudrai pas. Je t'aime et je t'aimerai toujours. Je ne suis pas comme le panier, Mace, je ne suis pas un défi à remporter. Je suis ton frère et je veux que tu saches que si hurler, pleurer ou reconnaître tes émotions peut t'aider, eh bien, je peux tout encaisser. Je suis là pour toi.

5 *San Francisco Fire Department* : Corps des pompiers de San Francisco

À travers ses cils baissés, Mace étudiait Luke. Tous deux avaient choisi des voies différentes pour gérer la douleur qu'ils portaient en eux : Mace lui tournait le dos, Luke l'affrontait en face. En apparence, Luke s'en tirait mieux puisque Mace se débattait toujours avec ses démons, mais en réalité, c'était plus compliqué, plus subtil. Tous les jours, les deux frères devaient lutter contre des émotions conflictuelles et chaque heure était un combat. Il était si tentant de reculer, de perdre confiance, d'abandonner le terrain durement gagné.

Mace envisageait souvent de se confier à Luke et à Bear, mais toujours il se reprenait : était-il *vraiment* prêt à risquer de tout perdre ? Ils l'écouteraient, bien sûr, comme ils l'avaient toujours fait. Après des années de lutte et de sublimation, Mace savait que ses frères seraient là pour lui, mais quand il évoquait ses fautes anciennes et sa trahison constante au fil des ans, il en avait le cœur brisé.

Luke se trompait. C'était bel et bien un défi, et Mace était plus que disposé à le relever. Il cherchait à retenir ses larmes, refusant de laisser à son père un tel pouvoir sur lui. Il tenta aussi de contrôler son émotion et n'y parvint pas.

Sa voix brisée le trahissait quand il répondit enfin :

— Non, Luke, je ne suis pas en colère, mais j'ai peur, terriblement peur. C'est complètement idiot, je sais, mais ce putain de connard a été libéré et chaque fois que j'y pense, je redeviens un gamin impuissant et terrorisé. J'aurais préféré qu'il meure en prison. Il aurait été enterré et plus jamais je n'aurais eu à penser à lui, à avoir peur de lui.

Luke se releva d'un bond et traversa la pièce. Il prit Mace dans ses bras et le serra éperdument. Malgré sa minceur, il possédait une force étonnante et son étreinte était farouchement protectrice.

— Nous pouvons nous en charger, murmura-t-il à l'oreille de Mace. Nous pouvons veiller à ce que tu n'aies plus jamais peur.

VI

— Sans blague ? Il t'a proposé de tuer ton père ? Était-il sérieux ?

De derrière le comptoir de la cuisine, Bear leva les yeux, décapsula une seconde bouteille de bière et la tendit à Mace.

Mace sirota la stout qui venait du pub Finnegan.

— Je n'en sais rien. Avec Luke, c'est difficile à dire. Je me demande toujours s'il parle sérieusement ou… s'il blague.

Bear gratta sa mâchoire où il laissait pousser une barbe épaisse.

— Moi non plus. Il est plus doué pour gérer les problèmes des uns et des autres que les siens. Un de ces jours, ça va lui retomber dessus.

Mace leva sa bouteille et porta un toast.

— Je te laisse volontiers la tâche de le lui dire. Je m'y suis risqué une fois et ça m'est revenu comme un boomerang. Luke a un bouclier et il est super bon à renvoyer les boulets qu'il reçoit.

— Oui, c'est vrai.

Bear hocha la tête, s'appuya sur le comptoir et but sa bière au goulot. Puis d'un signe, il incita Mace à la suivre au salon. Ils s'installèrent l'un en face de l'autre dans les grands canapés modulables – où Mace s'endormait souvent quand il rendait visite à ses frères. Après un moment de silence pensif, Bear s'empara de la télécommande stéréo. Il trouva une chaîne de rock classique et baissa le volume.

— Bien, lança-t-il ensuite, revenons-en à toi. Que comptes-tu faire concernant ton père ?

Avec un autre, Mace aurait cherché à éluder la question, mais Bear avait élevé quatre ados à problèmes et il en connaissait bien plus que Luke. Mace n'avait aucune chance de détourner son aîné de son objectif, à moins de devenir moine au Tibet, de faire vœu de silence et de disparaître de la surface de la Terre. Et encore, sans doute Bear le traquerait-il.

Il évita le regard de son frère en faisant semblant de réfléchir.

Dans cette maison que Mace avait si longtemps partagée avec ses frères, le silence n'existait pas même en pleine nuit. La bâtisse était si ancienne qu'il y avait toujours du bruit entre ses murs. Des soupirs satisfaits quand le soleil de fin d'après-midi réchauffait les vieilles briques, des craquements la nuit quand le vent froid soufflait. Le bruit l'aidait à dormir et ces sons familiers lui avaient manqué en quittant la maison, même s'il en avait trouvé d'autres chez lui, quand il ouvrait ses fenêtres pour absorber la vie animée des rues avoisinantes. Ça l'aidait à se rappeler qu'il avait survécu – qu'il était vivant.

De plus, il venait souvent passer la nuit à Ashbury, à une demi-heure de chez lui. Il était très reconnaissant à ses frères de lui avoir aménagé une nouvelle chambre, mais à ses yeux, la plus belle pièce de la maison était le salon où la famille se regroupait.

Au début, quand ils avaient emménagé dans ce taudis en ruines, ils s'étaient demandé comment attribuer chaque pièce. Fallait-il une salle à manger, un ou plusieurs salons ? Ils ignoraient tout des traditions familiales, à part que ce qu'ils avaient vu à la télévision : la famille modèle attablée ou réunie devant un film vidéo, les parents aimants, les enfants turbulents, mais affectueux. Eux ne connaissaient que les parloirs sinistres réservés aux adultes dans les services sociaux, où il n'y avait ni rires ni télé.

Très vite, ils avaient réalisé que leur vie serait ce qu'ils décideraient d'en faire. Il leur fallait un toit sur la tête et des zones communes, certes, mais aussi un espace réservé à chacun pour soigner des traumatismes profondément enracinés et s'abriter de la tempête le temps de forger une relation solide entre des personnalités explosives. Bear, qui d'ordinaire leur demandait à tous leur avis avant de prendre une décision concernant la maison, attribua en priorité une chambre à chacun.

Un ancien salon situé à l'avant de la maison devint la chambre de Luke. Ils abattirent les autres cloisons du rez-de-chaussée pour créer un vaste espace de vie où cinq hommes pouvaient prendre leurs aises. Oh, leur conception du design d'intérieur n'apparaitrait jamais à la page centrale d'un magazine en papier glacé et la maison restait de bric et de broc, mais Mace l'adorait. Les autres aussi.

Aujourd'hui encore, Mace se sentait chez lui dès qu'il ouvrait la porte arrière.

Et il n'avait pas oublié la sensation d'être un intrus qui le saisissait jadis chaque fois qu'il arrivait dans un nouveau foyer d'accueil, alors qu'il se recroquevillait en cherchant le plus possible à se rendre invisible. S'il faisait des vagues, il serait expulsé. S'il provoquait un conflit, délibérément ou pas, il se retrouverait une fois encore devant une assistante sociale au visage dur et perdrait la moitié de ses possessions durant le transfert.

Sur le mur séparant le salon de la chambre de Luke, ils avaient installé des étagères avec des livres, des objets, la chaîne stéréo et un bric-à-brac sans queue ni tête. Sur le mur d'en face, les fenêtres donnaient sur un jardin à différents niveaux – et l'aménager restait un autre projet à accomplir dans un futur plus ou moins lointain. Un jardin potager avait cependant été créé. Après plusieurs essais infructueux, Luke avait fini par comprendre les bases de l'arrosage, du drainage et des plantations en fonction des saisons, aussi depuis lors récoltaient-ils des fruits et légumes, et des herbes aromatiques. Si nécessaire, d'épais rideaux occultants permettaient de plonger le salon dans une totale obscurité, en particulier quand l'un d'eux passait la nuit sur un canapé.

C'était dans cette pièce commune que les cinq frères se réunissaient, qu'ils débarraient et se querellaient avant une décision à prendre, hurlant souvent pour se faire entendre dans le chaos.

C'était là aussi que s'étaient forgés les liens de leur famille reconstituée.

Des indices indiquaient l'arrivée de Chris dans la famille : un panier traînait dans un coin, sans que Mace ne puisse dire si les jouets qu'il contenait appartenaient à Earl ou à l'enfant. C'était d'ailleurs sans importance, car son neveu adorait le chien de Bear, et réciproquement. Earl et Chris partageaient leurs peluches et les rongeaient sans discrimination. Dans l'autre coin, un cerceau de basket avait remplacé une fausse plante en pot. Amusé, Mace réalisa que le dieffenbachia aux feuilles de soie verte était désormais entre les deux fauteuils de la bibliothèque que ses frères lui avaient attribuée. Un jour ou l'autre, il leur faudrait enseigner à Chris les limites qu'impliquait la vie en communauté, mais Mace ne savait pas comment s'y prendre. Étant enfants, ni ses frères ni lui n'avaient connu le luxe d'être élevé par des adultes affectueux et aimants.

Il faillit demander conseil à Bear, puis se souvint de la question qui pesait toujours entre eux. D'après son regard sévère, son frère n'accepterait aucune diversion.

— Mason, ça suffit, grommela Bear. Que vas-tu faire ?

— Je ne sais pas. Je te rappelle que j'ignore où il est et ses intentions à mon sujet.

La bière tourna à l'aigre dans sa bouche. Mace déglutit, heureux de sentir que sa langue s'anesthésier. Bear grogna en voyant Earl sauter sur le canapé, ses pattes massives creusant les coussins entre eux deux. Une fois le chien confortablement installé, Bear se mit à lui gratter les omoplates.

— Il est en liberté *conditionnelle*, reprit Mace. Il est censé pointer régulièrement devant un agent de probation, mais tu sais comment ça se passe. D'après Luke, je devrais demander au juge une injonction pour qu'il ne m'approche pas, mais comment justifier ma requête ? Tu me vois expliquer à un juge : *voilà, je suis un pompier, je sauve les gens d'un immeuble en flammes en les portant sur mon épaule, mais j'ai peur d'un homme âgé qui m'a martyrisé étant enfant, alors, pourriez-vous lui dire de me laisser tranquille, s'il vous plaît, monsieur* ? Je serais grotesque !

Bear soupira et Mace devina sans peine son exaspération.

— D'accord, tu n'obtiendrais sans doute pas cette injonction restrictive, mais sait-on jamais ? Nous pourrions aussi demander à Luke de mener une enquête discrète pour savoir où est ton père.

Mace fit la grimace.

— Crois-tu vraiment que ce soit prudent d'impliquer Luke après qu'il m'a proposé de descendre mon père ?

— Je suis pratiquement certain qu'il ne parlait pas sérieusement, répondit Bear. Il s'est sans doute dit qu'une pointe d'humour pouvait alléger l'ambiance. C'est de l'humour noir, d'accord, mais c'est bien son genre.

Il faisait tourner son doigt sur le goulot de sa bouteille. De son autre main, il caressait son chien. Puis il bougea un peu afin qu'Earl pose la tête sur sa cuisse. Le long corps du chien frissonnait de plaisir.

Mace décida qu'il était temps pour lui d'affronter la vérité. Il avait passé l'essentiel de sa vie d'adulte à ne pas penser à un prisonnier enfermé derrière des barreaux – qui voilà que cet homme était désormais en liberté.

Mace ne savait pas quoi faire.

— Le *pratiquement* continue à m'inquiéter, insista-t-il. Je connais Luke.

— Moi aussi, répondit doucement son frère. Mason, je ne te demande pas de prendre une décision immédiate. Je veux juste que tu saches que nous te soutiendrons, quoi que tu fasses. J'aimerais aussi savoir comment tu te sens.

— Je ne sais pas. Je ne veux pas le voir, ça, c'est sûr. Et je doute que ma mère…

Sa voix se cassa. Il ne supportait pas d'évoquer celle qui aurait pu… il craignait trop de perdre le peu d'emprise qu'il avait encore sur ses émotions.

— Bear, enchaîna-t-il, il ne faut surtout pas le laisser approcher de la famille, de Chris en particulier. Pour être franc, j'aimerais presque que Luke ait été sérieux, comme ça, il… mon père ne pourrait plus jamais me faire mal.

Bear se pencha en avant et lui empoigna la cuisse, serrant fort.

— Il ne te touchera pas, assura-t-il. Nous ferons tout ce qui est en notre pouvoir pour te protéger. Tu n'es plus un enfant, Mason, mais les ravages qu'il a provoqués autrefois t'ont laissé des séquelles. C'est normal que l'idée même de le revoir te terrorise. Ne lui laisse pas ce pouvoir sur toi. Tu as travaillé dur pour surmonter ton traumatisme, tu mérites de vivre au grand jour. Je t'aime, mon frère. Et si pour te protéger je dois aider Luke, je le ferai. Nous le ferions tous.

— Merci, mais j'aimerais autant ne pas passer le reste de ma vie à chercher à vous faire sortir de prison après toutes ces années à vouloir que lui y reste. Nous verrons comment la situation évolue, d'accord ? Je ne veux pas de lui dans ma vie. S'il essaie de s'y immiscer, nous gérerons le problème à ce moment-là.

Il se tourna vers la cuisine : la porte arrière venait de s'ouvrir avec un grincement caractéristique qui résonnait dans toute la maison. Étonné, Mace fronça les sourcils et demanda :

— C'est Gus ? J'avais cru comprendre qu'il passait la soirée avec Rey à Chinatown.

Bear consulta l'horloge, puis il se leva et posa sa bière sur la table basse devant lui.

— Ce n'est sûrement pas Ivo. Le salon ne ferme pas avant une bonne heure.

Ce fut pourtant la voix de leur plus jeune frère qui leur parvint de la cuisine :

— Il reste quelque chose à manger ? Oh, c'est bon, j'ai trouvé ! Si je boulotte un plat chinois, ça ne gêne personne, j'espère ?

— Ah, Ivo et son estomac ! marmonna Bear. Crois-tu que ce que je devrais lui dire que nous sommes ici ?

— Il sait sûrement où nous trouver, répondit Mace.

Il termina sa bière et éleva la voix :

— Apporte-nous les *wontons* et quelques bières.

— Putain, tu me prends pour ta femme de chambre ou quoi ? protesta Ivo. Qui est passé chez Finnegan ? Je prends les crevettes.

Bear plissa le front et demanda à Mace :

— Il restait des crevettes ?

— Un peu, oui.

À peine Ivo les avait-il rejoints que Mace s'empara d'une des bières que son jeune frère avait sous le bras.

— Qu'as-tu fait des emballages ? Les as-tu jetés ou laissés sur le comptoir ?

— Je les jetterai plus tard. Pour le moment, j'ai faim. Au fait, j'ai viré Dave. Je suis passé avec Rob à In-N-Out, mais je n'ai pas eu le temps de commander, un vieux bonhomme sale et barbu nous a coincés dans le parking, il avait un message pour Mace.

Mace sentit son estomac se contracter, une nausée remonta dans sa gorge. Il déglutit sa bile et tenta de garder une voix ferme :

— Que t'a-t-il dit ?

Ivo s'empara d'une crevette et d'une boulette de riz frit.

— Qui, Dave ? Il…

— Non, imbécile, grogna Bear, le gars du parking.

Ivo, la bouche pleine, souleva le coude pour laisser tomber une deuxième bière sur les genoux de Bear, puis il enjamba ses frères et s'installa sur le canapé.

— Rien, je ne lui en ai pas laissé le temps. Rien qu'en le voyant, j'ai su qui il était, cet enculé ! Si Mace tenait à revoir son père, il n'aurait pas assisté à toutes ces foutues audiences pour le garder derrière les barreaux. Bon, qu'est-ce qu'on fait maintenant ? Je vous explique le problème avec Dave ou on cherche la meilleure façon de faire comprendre à l'ex-taulard que s'il nous emmerde, nous lui ferons regretter d'avoir quitté sa cellule ?

UN ENFANT dans la famille avait changé pas mal de choses dans leur vie. Au moindre problème inattendu, les uns et les autres devaient se libérer en urgence – donc, demander un congé à la caserne ou moins de travail à 415 Ink.

Un matin, Gus reçut un appel téléphonique lui annonçant que Julia, la mère de Chris, avait la grippe et qu'il devait s'occuper du petit pendant quelques jours. Il accepta instantanément, mais lui et ses frères durent modifier leur emploi du temps en conséquence. Peu leur importait, tous étaient tombés d'accord sur le fait que le bien-être de Chris était une priorité. N'ayant pas connu ça en grandissant, ils étaient très fiers à pouvoir offrir à l'enfant un amour inconditionnel et un accueil chaleureux à tout moment.

En fin de matinée, ce fut Mace qui ouvrir 415 Ink en attendant qu'Ivo ait fini ses cours, vers quatorze heures au mieux. Quant à Bear, il passerait à dix-huit heures pour assurer la soirée. En principe, il ne devrait pas y avoir trop de travail, quelques rendez-vous seulement étaient prévus en début d'après-midi. Mace était incapable de tatouer, bien entendu, mais il pouvait regarnir les stalles des artistes, tenir la caisse, répondre au téléphone et accueillir la clientèle de passage.

— Il y a des jours où j'aimerais *vraiment* savoir dessiner, grommela-t-il. Mais ma seule œuvre en ce domaine, ce sera ce logo.

Il tapota l'avant de son tee-shirt propre où s'étalaient 415 Ink et l'étoile de marin que les cinq frères avaient jadis dessinée ensemble. Le manque de talent sur les branches de Mace et de Luke était indéniable. Ils avaient eu beau user d'une règle et des mêmes stylos que les trois autres, leurs traits n'étaient pas droits. Bear, Gus et Ivo avaient affirmé que ça donnait du caractère au logo.

Pourtant, plus tard, quand Bear avait suggéré que chacun se fasse tatouer cette étoile à l'endroit de leur choix, Gus avait fait la grimace – avant d'accepter. Il la portait au poignet. Mace, quant à lui, l'avait ajoutée au chevalier qu'il s'était fait encrer sur le bras.

L'étoile un peu bancale et composée de cinq pièces rapportées avait un double sens : le salon et la famille. Mace était prêt à se battre pour les deux.

Et Chris faisait maintenant partie de cette étoile. Voilà pourquoi, au lieu de ranger son garage, Mace était au salon parce que Gus allait passer une bonne partie de sa journée à gérer un turbulent bambin de trois ans qui ne cessait de parler, de poser des questions et de faire des bêtises.

Si Mace adorait l'enfant, il n'était pas fâché de fuir la maison pour le calme relatif du salon de tatouage sur le quai de San Francisco. Quand il sortit de sa voiture, il affronta un véritable déluge. Le ciel déversait des trombes sur la ville, ponctuées de coups de tonnerre et d'éclairs aux relents métalliques.

Une rafale lui projeta en pleine figure l'eau qui coulait sur le trottoir. Le trajet de sa voiture au salon fut bref, pourtant, Mace arriva trempé. Et il eut beau essayer de ne pas penser à son père, il ne put s'empêcher de jeter un coup d'œil en passant au parking, à l'endroit où Ivo lui avait dit l'avoir rencontré quelques jours auparavant.

— Je me passerais vraiment de le revoir, marmonna-t-il, courant de plus belle. Déjà que je vais devoir subir Rob pendant quelques heures !

Il avait accepté de tenir la caisse avant de savoir que le jeune artiste serait de service ce jour-là. Mais une fois qu'un frère s'était engagé, plus question de reculer. Et quelle excuse Mace aurait-il pu donner ? Il avait frissonné en entendant le nom de Rob quand Ivo lui avait lu l'horaire de la journée et… il avait senti le regard suspicieux de Bear peser sur lui.

La serrure de l'entrée fut un peu dure à ouvrir, comme d'habitude. Il pleuvait si fort que Mace hésita à aller chercher des sacs de sable pour protéger le salon d'une inondation. La rue était en pente et les eaux dévalaient le trottoir comme un torrent de montagne. Le bar à champagne du coin de la rue avait une solution d'urgence pendant les tempêtes.

Mace secoua la tête et empocha sa clé.

— Non, pas question de passer la journée à jouer les manœuvres, surtout maintenant qu'Ivo a viré le stagiaire. Déjà qu'en regarnissant les stalles, je vais sûrement me foutre de l'encre partout !

Il comprenait les raisons pour lesquelles Ivo s'était débarrassé de Dave et trouvait au fond un peu bizarre cette tradition chez les tatoueurs qu'un stagiaire en formation soit chargé de toutes les corvées. Bear l'avait subie en son temps, Mace s'en souvenait, quand il avait fait son apprentissage à un salaire de misère, tout en travaillant ailleurs le soir et le week-end pour nourrir sa famille. Plus tard, Gus et Ivo avaient suivi le même chemin en peaufinant leurs talents. C'était un travail dur, physiquement exténuant et émotionnellement éprouvant.

En ouvrant 415 Ink, Bear s'était juré de payer correctement ses apprentis et stagiaires. De plus, il les traitait avec respect. Il n'exigeait d'eux qu'une chose : qu'ils suivent ses règles.

— Quel con, ce Dave !

La porte, gonflée de pluie, était bloquée. Mace l'ouvrit en force d'un coup d'épaule. Quand il entra, l'insert de verre et les stores sifflèrent comme des serpents en colère. Mace n'avait pas fait deux pas que les néons du plafond s'illuminèrent. Il serra le poing et cria :

— Qui est là ? Rob ou Missy, j'espère, parce que je ne suis pas d'humeur à supporter tes conneries, Dave !

Une silhouette d'homme apparut dans le couloir, Mace la reconnut avant même que le doux visage de Rob apparaisse en pleine lumière. Le jeune artiste agita un trousseau avec un sourire.

— C'est moi, Mace. Dave n'a jamais eu les clés et Missy est aujourd'hui à San Jose, où elle rend visite à sa mère. En compensation, elle travaillera plus tard ce soir. Que fais-tu là ?

À cause de la pluie battant sur les carreaux, Mace dut élever la voix pour se faire entendre :

— Je remplace Gus, il a une urgence.

Il fixait Rob avec la même question en tête : *que fais-tu là* ? Bon sang, s'il avait été sensé, il aurait demandé à Luke de prendre sa journée et de remplacer Gus au salon. Merde, il aurait aussi pu recruter un des pompiers de sa caserne ou le premier passant croisé dans la rue pour prendre sa place ce matin, parce que la vision d'un Rob trempé venait de se graver dans sa mémoire. À jamais.

Avec son tee-shirt blanc qui moulait une solide poitrine et un ventre dur et plat, Rob aurait aussi bien pu être torse nu… ou pas, car ce coton que la pluie rendait transparent était d'un érotisme plus subtil qu'une totale nudité. Et Rob se sentait assez bien dans sa peau pour ne pas se troubler d'être ainsi exposé, ce que Mace trouvait sublime. D'une démarche assurée, Rob se dirigea vers le tas de serviettes blanches posées au fond du salon. Il en prit une et s'en frotta vigoureusement les cheveux, la tête en avant, les épaules gonflées. Son jean éclaboussé d'eau moulait des cuisses fermes. Puis Rob se tourna et se pencha, exposant un cul délicieusement pommé. Mace dut se mordre l'intérieur de la joue pour retenir son gémissement. Ce n'était pas juste ! Le jeune artiste était beau à tomber.

Mace tenait à se protéger, mais comment résister à ce sourire ensoleillé ou à ses yeux dorés ? De toute évidence, Dieu était un pervers qui ne cessait de le tenter – et Rob en était la preuve. Il y avait un étrange contraste entre la dureté presque ascétique des pommettes et du menton, et la bouche tendre, les joues douces, ou entre la solidité trapue du corps et la souplesse des membres ! Rob était un fantasme sur pattes, un séducteur irrésistible à la langue bien pendue.

Et il semblait capable d'abattre sans effort les défenses les mieux érigées.

Mace verrouilla la porte d'entrée et se parla à lui-même :

— C'était une très mauvaise idée ! Ça fait trop longtemps que tu n'as pas baisé. Manque de temps, je présume…

À peine les mots sortis de sa bouche, Mace fut conscient du mensonge qu'ils représentaient. Quelques semaines auparavant, il avait accompagné Ivo dans un club récemment ouvert. L'ambiance avait été bruyante et animée, avec une foule de corps échauffés qui ondulaient sous les néons. Et le club avait aussi prévu des zones d'ombres propices aux couples désireux de s'isoler. En moins d'une heure, Mace en avait eu assez. Une fois Ivo sur la piste de danse, déjà moite de sueur et poursuivi par une troupe de fervents admirateurs, Mace avait voulu se lever. Il s'était alors retrouvé coincé par de charmants jumeaux qui ne cachaient pas leur intention de lui faire passer un bon moment. Pourtant, Mace ne rêvait que d'une chose : s'en aller.

Et c'était stupide de sa part, vu que les deux jeunes représentaient exactement ce qu'il recherchait d'ordinaire : du sexe anonyme et sans complications. Une nuit d'ébats torrides qui se terminerait par une tasse de café. Peut-être…

Une fois rentré chez lui, il avait passé la nuit à s'interroger sur le goût des lèvres de Rob le matin au réveil, après une gorgée de café, alors qu'il avait déjà oublié le visage des jumeaux.

Mace se plaqua au comptoir de la réception, heureux que ce rempart dissimule son érection. Au club, il n'avait rien éprouvé pendant que les jumeaux le caressaient sous la table, mais là, il bandait déjà en s'imaginant poser sa langue sur le cou ployé de Rob et lécher les larmes de pluie qui y ruisselaient.

— Putain… très mauvaise idée !

Il poussa un long soupir et secoua la tête, comme pour se remettre les idées en place. Il lui fallait du café, beaucoup de café. Il décida de se rendre dans la salle de repos du personnel et de brancher la cafetière.

— Deux heures à tenir, marmonna-t-il. Dès qu'Ivo arrive, je me barre.

En arrivant au salon une heure avant l'ouverture au public, Rob ne s'était pas du tout attendu à y trouver Mace, pourtant, il reconnut instantanément les larges épaules et le visage aux traits ciselés. Vêtu d'un jean usé et d'un tee-shirt du salon que son torse solide étirait au maximum, Mace était… superbe.

Une fois de plus, Rob ferma les yeux et supplia Dieu d'arrêter de le torturer.

Quand il entrouvrit un œil, il constata que sa prière n'avait pas été exaucée, car Mace était toujours à l'autre bout du couloir, le regardant avec curiosité. Résigné, Rob referma la porte arrière et actionna la poignée, pour s'assurer qu'elle était bel et bien verrouillée. Il offrit ensuite à Mace un sourire accueillant.

Mace le lui rendit. En voyant bouger cette bouche pécheresse, Rob eut un pincement au cœur.

Seigneur ! Mace était le sexe personnifié – sinon déifié. Rob eut du mal à résister à son envie de se jeter sur lui, de le plaquer au sol et d'user à bon escient des quatre-vingt-dix minutes libres qu'il avait avant sa première cliente. Il désirait boire à la bouche de Mace et lui faire tourner la tête, jusqu'à ce que ses yeux s'assombrissent sous le feu de la passion.

Comme si cette attraction ne suffisait pas, il y avait aussi cette voix rauque et autoritaire, une voix que Rob entendait dans ses fantasmes, quand il était attaché aux barreaux du lit avec les vingt-cinq cravates de son placard – qui lui restaient de son ancienne vie, de ses uniformes d'étudiant ou de ses tenues de soirée – à utiliser de façon érotique.

Si Rob avait su ce matin que Mace serait au menu du petit déjeuner, il aurait davantage soigné sa tenue. Puis la raison lui revint : le beau sapeur-pompier n'était pas pour lui, ni maintenant ni jamais, car les frères ne sortaient pas avec le personnel. De plus, Rob était pratiquement certain que Mace le détestait. Tant pis, il avait apprécié ce délicieux interlude : tomber sur l'homme de ses rêves après avoir couru sous la pluie à travers le parking, tandis que le ciel noir déversait sur lui des galons de pluie.

Il ôta son sweat à capuche, dégouttant d'eau. Son jean lui aussi était trempé des chevilles aux genoux. Rob prit une serviette dans le placard près de la porte arrière et tenta d'essorer ses cheveux. Quand il se redressa, le tissu éponge blanc était maculé de bleu.

— *Merde* !

Jamais la javel ne suffirait à enlever des taches pareilles, mais il était trop tard dorénavant. La teinture lui coulait dans le cou et il ne tenait pas vraiment à ressembler toute la journée à un indien sur le sentier de la guerre.

Il réalisa alors que Mace avança vers lui.

— Je suis désolé, s'empressa-t-il de dire. Je vais la remplacer.

— Quoi ?

— La serviette… je l'ai tachée, expliqua Rob, penaud.

Mace se mit à rire, un son que Rob avait rarement entendu chez lui. Le contraste avec la raucité de sa voix était charmant.

— Hé, tu connais mon petit frère, pas vrai ? À la maison, on dirait que toutes nos serviettes ont été utilisées pour éponger le massacre de *My Little Pony*. Ne t'inquiète pas pour ça.

Soudain, Rob eut la bouche sèche :

— Qu'est-il arrivé à Gus ? Il va bien ? Merde, j'ai bu dans sa tasse de café hier. J'ai cru que c'était la mienne. Ne me dis pas qu'il est malade et que je vais aussi me retrouver sur le carreau !

— Non, tu ne risques rien. Je sais que Gus était censé ouvrir aujourd'hui, mais Julia a la grippe, elle ne se sent pas la force de garder Chris. C'est donc Gus qui s'en occupe. Ivo viendra me relever vers quatorze heures et s'occuper avec toi de la clientèle de passage, pour éviter à Bear de faire des heures en plus. Je prendrai bien un café, ajouta Mace avec un mouvement du menton vers la salle de repos. Tu te charges de brancher la cafetière pendant que je m'occupe la caisse ? Ce sera à toi d'ouvrir. D'après Bear, ton premier client est dans un peu plus d'une heure, je te laisserai travailler tranquille en me chargeant du téléphone et... et du reste. As-tu besoin d'un coup de main pour installer ta table ?

— Eh bien, c'est Dave qui m'aide en temps normal, mais puisqu'il s'est fait virer... je vais me débrouiller sans lui. Ivo t'a expliqué ce qui s'était passé avec Dave, hein ? Il y a aussi ce type bizarre qui nous a interceptés dans le parking quand...

Rob se sentait déboussolé. Il savait ce qu'il avait à faire ce matin, mais la présence de Mace était envahissante, oppressante même. Le bel homme paraissait occuper tout l'espace. Rob en avait les genoux vacillants. S'il devait passer devant Mace pour se rendre dans la pièce principale, il n'était pas certain que ses pieds allaient accepter de bouger.

— Oui, je sais, coupa Mace. Ne t'inquiète pas. Si tu revois ce type dans les parages, ne t'approche surtout pas de lui. Eh oui, Ivo nous a aussi parlé de Dave hier soir. Bear va chercher un nouvel assistant. Un stagiaire, ce serait mieux, mais les artistes ont souvent un problème d'égo et ça devient vite pénible. En ce moment, je pense qu'il vaudrait mieux se contenter d'une aide administrative et technique, mais c'est à Bear d'en juger.

Mace paraissait préoccupé. Pas besoin d'être un savant atomique pour comprendre que c'était sans doute lié au barbu très agressif qu'Ivo et Rob avaient rencontré l'autre soir. Tout était allé très vite, mais Rob n'avait pu manquer la tension qui crépitait dans l'air. Juste après, Ivo lui avait donné vingt dollars pour dîner aux frais de 415 Ink, puis il s'était excusé de devoir rentrer – mais il avait à parler à ses frères.

Rob avait acheté deux hamburgers et était rentré chez lui partager son repas avec Lilith. En évoquant avec elle le vieil homme fébrile et d'aspect dangereux, Rob s'était souvenu que le visage ridé ressemblait beaucoup à celui de Mace, les yeux, surtout avaient la même forme et couleur. Il s'était demandé comment aborder le sujet lors de sa prochaine rencontre avec Mace.

Il ne s'était pas douté que ce serait le lendemain.

Il eut un moment de répit pendant que Mace ouvrait la caisse enregistreuse. Rob en profita pour remplir sa palette – il savait de quelles encres il aurait besoin pour sa cliente. Il avait du mal à ignorer Mace qui se déplaçait dans le salon, comme si la chaleur de sa présence rayonnait à plusieurs mètres de distance.

Rob s'assit et récupéra le croquis qu'il avait préparé, un paon en vitrail que sa cliente, une ex-nonne, désirait faire encrer sur la cuisse. Rob lissa le document avec soin. D'un coup de pied, il roula sa chaise jusqu'au placard dont il sortit son matériel, tout en tentant de contrôler ses pensées qui s'éparpillaient.

— Tu as du boulot, aujourd'hui, mon gars, se morigéna-t-il. Il est là, et alors ? Belle affaire ! Il ne cesse de passer, tu le sais très bien. C'est un des proprios, merde ! Tu n'as qu'à…

Un bras passa devant lui et posa une tasse fumante sur sa table de travail.

— Le café est passé, je t'en ai apporté un. Tu as besoin de quelque chose ?

Oui, que Mace s'éloigne. Déjà, Rob ne cessait de penser à cet homme, alors, l'avoir aussi proche, c'était… insupportable. Quand une hanche se pressa dans son dos, Rob se figea, l'esprit aux abois. Il avait maintes fois imaginé la force physique de Mace, mais là, il sentait contre lui les muscles qui gonflaient au moindre mouvement.

Mace recula. Pas assez cependant, pour que Rob retrouve la capacité de respirer. À chaque inspiration, l'odeur corporelle de Mace lui montait à la tête, délicieusement propre et musquée, un peu boisée aussi.

— Hein ? balbutia Rob. Euh, je…

Et soudain, le sol se déroba sous lui. Au sens littéral.

En Californie, rien ne permettait de prévoir un tremblement de terre – sinon, Rob serait resté chez lui ce jour-là. Il détestait se sentir impuissant et à ses yeux, rien n'était pire que sentir le sol bouger sous ses pieds.

Il tomba de sa chaise. La première secousse fut brève, mais violente. D'autres suivirent, paraissant interminables. Il poussa un cri – d'effroi sans doute. Tout se brouillait sous les yeux, les murs bougeaient, les lampes clignotaient, comme à la fin du monde. Puis il y eut un craquement sonore et tout devint noir – d'un noir d'encre, un comble pour un tatoueur.

Il n'eut pas le temps de paniquer pour de bon, car déjà, de grandes mains se refermaient sur lui, le rassuraient, le réchauffaient. Des bras forts le serraient contre un corps chaud et ferme. Rob en oublia les secousses qui vibraient toujours autour d'eux.

— Je te tiens, gronda à son oreille une voix assez sensuelle pour lui dissoudre la moelle des os. N'aie pas peur. Il ne t'arrivera rien. Je ne le permettrai pas. Ça ne durera pas, reste là. Je te tiens.

VII

QUELLE FOLIE de bander à un moment pareil ! pensa Rob, écrasé contre le ciment du sol, la joue droite creusée par le coin replié du tapis antidérapant qu'il avait placé sous son tabouret roulant. La terre ne bougeait plus, mais la vieille bâtisse craquait encore comme pour rétablir un équilibre menacé. Dehors, la pluie continuait et frappait avec rage les carreaux et la vitrine comme si le ciel s'enrageait que la terre ait tremblé pendant sa tempête.

Le sol ne bougeait plus, mais Rob était encore agité de frissons.

Il était terriblement conscient du long corps pesant sur le sien et de la chaleur du souffle qui lui chatouillait l'oreille. Il trembla de plus belle en imaginant à la place une langue – celle de Mace. Une main chaude et ferme se plaquait à son flanc. Rob regrettait l'épaisseur de son tee-shirt : il aurait voulu la sentir sur sa peau nue.

Il se sentait à la fois protégé et excité par un cocktail d'émotions confuses et contradictoires. Il n'eut pas le temps de les analyser, car Mace roulait déjà et le libérait. Rob faillit gémir. La chaleur corporelle de Mace lui manquait, mais plus encore son étreinte, sa présence qui rassasiait tous ses sens. Il voulait sentir Mace contre lui – il en avait *besoin*.

Une bataille faisait rage en lui, entre son côté rationnel et son désir d'embrasser Mace, une idée dangereuse, il le savait. Il aurait pu trouver un million de raisons pour ne pas le faire. D'abord, Mace était un des propriétaires du salon, il n'y avait pas d'avenir pour eux. L'esprit vide, l'estomac noué, Rob chercha à imaginer ce qui se passerait ensuite.

Bien entendu, il céda à la tentation.

Il passa les doigts dans la ceinture de Mace et effleura la toison soyeuse qui partait du nombril, descendait et disparaissait dans le caleçon. Dès le premier contact, il oublia tout. Accroché au denim rugueux, il força Mace à lui retomber dessus. Il lutta ensuite pour libérer son bras et se lança en avant et conquit le mince espace qui séparait leurs bouches.

Il ouvrit les lèvres et embrassa Mason Crawford.

Il découvrit que son goût était aussi exquis que son parfum.

Tatoueur de son métier, Rob connaissait bien le contact d'une peau sous ses doigts, il plantait des aiguilles dans le corps de ses clients, il y versait de l'encre. Il avait l'habitude des muscles et des tendons, de la dureté d'un os sous son pouce. Pourtant, cette mâchoire râpeuse au creux de sa paume était une expérience nouvelle.

Avec Mace, tout était différent.

Rob reconnut le goût du café sur ses lèvres, mais en dessous, il trouva une saveur vitale qui lui monta à la tête. Comme enivré, il en voulut davantage. Quand sa langue força les lèvres serrées de Mace, il les sentit s'ouvrir et faillit pousser un cri de triomphe exalté. Les mains dont il avait rêvé le contact sur sa peau nue trouvèrent rapidement un passage sous son tee-shirt. Rob haleta quand Mace caressa ses flancs. Le temps s'arrêta – du moins Rob en eut-il l'impression. Leurs baisers devenaient plus avides, plus désespérés et Rob en perdait le souffle – et le peu de bon sens qui lui restait encore.

Il était à présent étalé sur le dos, sur son matelas antidérapant.

— Nous ne devrions pas faire ça, gronda Mace dans sa bouche.

Sa voix rauque résonna contre les dents de Rob, qui sourit sans cesser de l'embrasser.

— Je m'en fiche ! murmura-t-il à l'oreille de Mace, avant d'en mordre délicatement le lobe.

— Moi aussi. Tant pis si Bear me tue !

Exactement ce que Rob voulait entendre.

— Je ne dirais rien. Tu n'as qu'à faire pareil. C'est très étrange ce qui nous arrive. Je ne suis même pas sûr de t'apprécier. Et toi, tu me détestes.

Il avait son tee-shirt coincé sous le menton quand Mace cessa de tirer dessus. À genoux, penché sur le torse de Rob, Mace soutint son poids sur ses mains à plat sur le sol et le dévisagea… puis leurs yeux se croisèrent. Rob ne sut pas déchiffrer les violentes émotions qui traversaient le beau visage tout près du sien.

Mace lui effleura la joue dans une longue et érotique caresse.

— Moi, je te déteste ? Qu'est-ce qui a pu te donner cette idée idiote ? Chaque fois que je te vois, le désir me rend fou. Et ça me contrarie, bien entendu, parce que les gars dans ton genre, je les connais, des consommateurs qui utilisent les autres quand ça les arrange avant de les jeter pour un nouveau gadget. Tu joues au dur, mais tu n'es qu'un sale gamin pourri-gâté. Moi, je veux juste baiser. Tu travailles chez Bear, donc, tu es inaccessible, même si je crève d'envie de te sauter dessus. Tu ne peux m'apporter que des emmerdes, mais tant pis, j'ai trop *besoin* de toi.

Dans la vie d'un homme, il existe des moments où la seule bonne réaction est de saisir une opportunité aussi fugace soit-elle. Même si Mace Crawford ne lui offrait qu'un intermède sexuel dans un salon assombri par un terrifiant tremblement de terre, Rob ne comptait pas faire la fine bouche. Ça faisait longtemps qu'il désirait le beau sapeur-pompier, alors, autant y goûter au moins une fois, ce serait toujours ça de pris. Peut-être Rob perdrait-il ensuite son obsession et serait-il libre de se consacrer à des projets plus sains.

Du moins fut-ce l'excuse qu'il inventa lorsqu'il attrapa Mace aux cheveux pour réclamer un autre baiser.

Puis il tenta de récupérer dans sa poche arrière le portefeuille en cuir que sa mère lui avait offert pour ses seize ans.

— J'ai deux préservatifs, haleta-t-il, et dans une demi-heure, ma cliente viendra frapper à la porte. Fais en sorte que ça en vaille le coup, Crawford, parce que si Bear l'apprend, je risque de me faire virer.

Pendant une bonne minute, il n'y eut que tâtonnements, gestes maladroits et halètements, puis Rob se retrouva nu sur un tas de vêtements, avec les mains de Mace partout sur lui. Oh, l'homme était doué, aucun doute ! Il paraissait tout connaître de Rob et savait trouver les bons endroits. Sa bouche et ses doigts étaient un délice sublime.

Mace prit tout son temps pour le caresser et l'exciter. Il comptait bien que chaque seconde compte, même s'ils n'avaient qu'une demi-heure. Rob haleta de frustration. Puis les grandes dents blanches se refermèrent sur un mamelon et Rob se cambra et souleva les hanches. D'une main, il branlait le sexe dur et épais érigé entre les cuisses puissantes de Mace, de l'autre, il s'accrochait Dieu seul savait où.

Mace le mordit à la gorge, trouvant sans faillir l'endroit que Rob préférait, à la jointure du cou et de la clavicule. Peu après, Mace gloussa, amusé de découvrir que Rob n'était pas circoncis. Il fit rouler le prépuce et découvrit le gland hyper sensible. Rob étouffa un cri quand un pouce calleux appuya sur son méat – presque trop fort. Une sensation électrique le traversa tout entier, sa queue palpita d'anticipation. Il n'eut pas le temps de reprendre son souffle que Mace le prenait dans sa bouche. Rob crut qu'il allait mourir.

Mace le léchait, le suçait, l'aspirait. Et Rob se tordit et cria de plus belle. Son plaisir était si intense qu'il en devenait douloureux. Il ne pouvait plus penser. Tout simplement.

— Non… putain… pas le temps ! gémit-il, l'esprit en déroute.

— Si, gronda Mace. Je veux… te goûter. Maintenant, je vais te baiser. Tu ne le regretteras pas. Tu vas t'envoler.

À un autre moment, Rob aurait ri d'une telle arrogance, mais pas aujourd'hui. Mace récupéra la vaseline qu'un tatoueur gardait toujours à proximité de sa table de travail. Il ouvrit le pot et s'en enduisit les doigts. Deux secondes plus tard, il sondait Rob, cherchant l'ouverture de son corps. Les bourses de Rob se contactèrent quand l'anneau de ses muscles céda, laissant entrer un épais doigt. Rob souleva ses hanches, en réclamant davantage, alors même que Mace le reprenait dans sa bouche.

Cet intermède était une erreur, un danger pour sa santé mentale, sinon pour sa carrière professionnelle. Saisi d'un élan de culpabilité, Rob hésita… Il pressa l'épaule de Mace, mais en vérité, il ne désirait pas l'arrêter. Mace avait *besoin* de lui. Rob n'avait pas manqué de remarquer la façon dont la voix rauque s'était cassée en prononçant ces mots « j'ai *besoin* de toi ». Il y existait en cet homme si imposant une sorte de vide intérieur que Rob rêvait de remplir. Dire qu'il avait pris Mason Crawford pour un prétentieux qui avait tout ce qu'un être humain pouvait désirer !

— D'accord, murmura Rob, si bas que ses paroles furent probablement inaudibles à cause de la pluie battante qui martelait le trottoir extérieur. Je vais m'occuper de toi, Mace. Laisse-moi faire…

Il resserra les doigts sur la queue de Mace et la positionna contre son entrée. Il voulait Mace en lui, il voulait le voir perdre le contrôle de ses émotions.

MACE BAISAIT bien. Amant fiable et endurant, il veillait toujours à satisfaire son partenaire. Il avait appris très jeune les ficelles : pour un enfant du système, le sexe était une efficace monnaie d'échange. Alors que Mace passait d'une famille à l'autre, perdu dans une mer de visages d'inconnus plus ou moins indifférents, une chose au moins lui appartenait en propre : son corps. La première nuit où Bear et lui s'étaient retrouvés à partager une chambre, Mace avait fait à ce garçon inconnu plus âgé et plus fort que lui une proposition sans équivoque. À l'époque, il considérait que mieux valait offrir de son plein gré ce qu'un adulte pouvait prendre de force. Avec un peu de chance, il recevait en échange une certaine protection.

C'était devenu chez lui un instinct : à peine arrivé quelque part, il cherchait une connexion qui lui permettait de survivre, de trouver sa voie dans un labyrinthe d'agitation et de douleur. Il fut donc plus que surpris de voir Bear refuser son offre... tout en restant son protecteur.

Ce fut pour lui une surprenante révélation : Bear n'attendait de lui que son amitié. Mace ne croyait pas du tout en sa valeur, mais la foi que Bear avait en lui creusa peu à peu son chemin dans son subconscient. Pour répondre aux attentes de son ami – de son frère de cœur –, Mace chercha de toutes ses forces à devenir parfait. Il travailla dur pour atteindre son objectif. Pour ses jeunes frères, il voulait être un monolithe de fiabilité et de constance, toujours prêt à leur prodiguer des conseils et à les pousser sur le droit chemin.

En même temps, il se tourmentait constamment, craignant de ne pas en faire assez. Sa terreur la plus ancrée était qu'un jour, dans un moment de lucidité, sa famille recomposée réalise enfin le monstre qu'il était et le jette à la rue – la réaction qu'avait eue sa mère en apprenant ce que son père avait fait de lui.

Et voilà qu'au milieu de leurs ébats, Rob voulait prendre les rênes parce qu'il se préoccupait du plaisir de Mace ? C'était inhabituel et donc suspicieux. D'un autre côté, le jeune artiste paraissait... *sincère*. Ça allait pourtant à l'encontre de tout ce que Mace avait prévu. Son plaisir était de donner, de satisfaire un amant, de l'entendre supplier de jouir.

Rob le poussa à l'épaule.

— Soulève-toi, ordonna-t-il. Donne-moi un préservatif et étends-toi sur le dos. Je vais te chevaucher. Tu vas en perdre la tête.

La formule était ringarde, mais délibérée, à en juger par le sourire ravi de Rob. Le jeune artiste agita les sourcils, ses dents blanches contrastant avec sa peau dorée. Il riait ? Pourquoi ? D'après l'expérience de Mace, le sexe n'était pas un jeu, mais une sorte de guerre.

Malgré sa stupéfaction, il accepta de rouler sur le dos et grogna en atterrissant sur le pot de vaseline, dont le plastique craqua sous son poids. Rob parut ne pas s'en soucier. Il déroula le latex sur le sexe de Mace avec une lenteur exaspérante. Depuis combien de temps gardait-il ce préservatif dans son portefeuille ? se demanda Mace. Était-il périmé ? En fait, il s'en fichait, réalisation qui le surprit grandement.

Mace caressa le bras de Rob. Ses mains couvertes de vaseline collante lui laissèrent une trace grasse sur la peau. Puis Rob s'assit sur son ventre et se pencha pour un baiser, et Mace oublia tout. Quand Rob eut besoin de respirer, il se redressa et glissa une main entre leurs deux corps, saisit la queue douloureuse de Mace et commença à la positionner.

Pendant une union, Mace n'était jamais passif. À ces yeux, cette position nécessitait d'abandonner le contrôle, de se soumettre à autrui. Pire encore, il craignait d'être piégé, enfermé dans le noir avec les terreurs fantômes de son passé.

Des cloisons resserrées, le silence, l'obscurité totale, la faim…

Non, plus jamais.

Du coup, il n'était pas totalement à son aise écrasé contre le ciment avec Rob pesant sur lui. Une vague de panique naquit au tréfonds de son être…

Puis Rob commença à s'empaler et le plaisir fut tel que Mace oublia tout le reste. Le plaisir monta en lui, presque aussi sauvage et déchaîné que l'ouragan qui sévissait devant le salon.

Pour Mace, le sexe n'avait rien de calme et de délicat. C'était le plus souvent bruyant et salissant, une lutte ponctuée de cris et de grognements, des peaux moites de sueur et des corps qui se tordaient. Mace avait l'habitude de se concentrer sur son partenaire, surveillant ses réactions pour savoir ce qu'il devait faire. Il y avait toujours un signe, un indice révélateur. Et Mace aimait ce rôle d'observateur un peu en retrait. Émotionnellement, c'était plus sûr. D'abord, ça lui permettait de contrôler la rencontre, d'une certaine façon ; ensuite, ça lui évitait de croire aux mirages et de tomber dans le piège.

Avec Rob, il réalisa vite que le détachement était impossible.

Chaque rebond de Rob sur lui était comme un coup de boutoir contre ses remparts de protection. Ils s'effritaient peu à peu et Mace se sentait arraché au cocon dans lequel il se protégeait d'ordinaire. Le fourreau brulant qui l'enserrait anéantissait son cerveau rationnel et brisait le verrou d'acier qui encageait ses émotions.

Rob porta l'estocade quand il barbouilla ses doigts de la vaseline du pot cassé et força l'anus de Mace.

La double sensation d'être pénétré et enfoui dans les entrailles de Rob envoya Mace sur orbite. Il s'agrippa aux hanches de Rob et le martela avec une fureur renouvelée, enivré par les feulements qu'il arrachait à la bouche pécheresse de son amant. De toute évidence, son pilonnage faisait effet sur la prostate de Rob.

Le couple avait trouvé son rythme. Leurs deux corps claquaient bruyamment l'un contre l'autre suivant presque le tempo des coups de tonnerre extérieurs. Des éclairs éclairaient parfois le beau visage de Rob, juste avant le retour d'une pénombre glauque de fin du monde. Mace sentit son orgasme monter dans son ventre et le long de sa colonne vertébrale quand le corps de Rob se contracta plus fermement autour de lui. C'était trop fort, trop violent...

Mace craignait de ne pas survivre à cette rencontre, du moins avec sa santé mentale intacte. En fait, il n'était même pas certain d'avoir encore tous ses membres.

Il embrassa son jeune amant, addict à ces baisers sauvages et passionnés, à ces combats de langue, suivis de longues et suaves caresses. Il en perdit le souffle. Puis Rob se redressa et le fixa. Un feu doré brûlait dans les profondeurs de ce regard enfiévré. Ravi, enchanté, Mace sentit son âme s'envoler.

La connexion se brisa quand Rob renversa la tête en arrière. Rob cria et Mace en fut déchiré d'émotion. Il s'enfonça si fort et si loin qu'il souleva presque les genoux de Rob du sol.

— Bon Dieu ! haleta Rob. C'est trop, je ne peux plus... Mace, je vais jouir.

Il fut secoué de spasmes et de longs jets de sperme se répandirent sur la poitrine de Mace et sur sa main. L'orgasme de Rob déclencha le sien. Au même moment, la foudre tomba, le ciel devint blanc et le salon s'éclaira d'une vive lumière. Mais Mace ne voyait que le feu d'artifice qu'il avait dans la tête, l'explosion érotique qui le secouait tout entier.

Et Rob continuait à danser sur lui. Il avait une souplesse étonnante, Mace le reconnut malgré son épuisement post-coïtal. Rob prolongea leur connexion le plus longtemps possible, puis s'écarta à regret. Mace se sentit abandonné.

Un grand frémissement le saisit quand Rob ôta son doigt, laissant un grand vide derrière lui. Mace n'y comprenait plus rien. Jusqu'à ce jour, il n'avait jamais aimé être pénétré et voilà que Rob lui démontrait que la sensation pouvait être plaisante, jouissive même. C'était vraiment... stupéfiant.

Du bout des doigts, il suivit les muscles de la cuisse de son amant, arriva au genou, suivit les courbes de l'articulation, puis atteignit le mollet.

La porte d'entrée s'agita, les ramenant à la réalité.

Rob se débattit pour se relever.

— *Merde* ! Ma cliente ! Elle est en avance de dix minutes. *Putain de merde* !

Se remettre debout fut un peu laborieux, mais la panique aidant, les deux hommes ne perdirent pas de temps. Le courant électrique étant coupé, Mace n'y voyait pas grand-chose. Une lumière apparut devant la vitrine. La

71

rue était presque invisible derrière un épais rideau de pluie, mais le déluge n'arrêterait pas une acharnée qui tenait vraiment à se faire tatouer.

Mace aurait préféré rester étendu avec Rob.

Le jeune artiste le prit par le menton.

— Je n'en ai pas fini avec toi, Mason Crawford, chuchota-t-il. Nous avons à parler, mais pas ici, pas maintenant. Tiens, nettoie-toi avec ces lingettes. Il faut que je me rhabille pour aller ouvrir. Je te reverrai quand j'aurai fini de travailler.

VIII

Aussi intense qu'ait été le sexe sur le sol dur de 415 Ink, il n'avait pas réussi à apaiser l'impérieux désir que Mace avait de Rob.

Et ce n'était pas *normal* ! Il s'était déversé tout entier dans Rob ! Il n'avait pas simplement joui, il avait aussi donné à Rob autant de plaisir que possible. Ses coudes étaient tout éraflés de s'être frottés sur la rugosité du ciment, ses genoux eux aussi étaient un peu douloureux – le tapis antidérapant de Rob n'avait rien de très moelleux ! Quant à sa queue, après une satisfaction béate d'environ dix minutes, elle s'était ranimée pendant que Rob et Mace se dépêchaient de faire un brin de toilette, de se rhabiller et de remettre la stalle en ordre. L'espace n'étant pas si grand, Mace n'avait cessé de se heurter à Rob et il s'était illico retrouvé à la case départ, à bander comme un malade. Ses mains impatientes tremblaient du désir d'empoigner le jeune artiste pour tenter d'assouvir le désir inextinguible que Mace avait de lui.

Les heures pendant lesquelles Mace attendit l'arrivée d'Ivo furent parmi les plus longues et les plus douloureuses de toute sa vie.

Pourtant, ça aurait dû être facile. Missy, l'autre artiste de 415 Ink, revint plus tôt que prévu et se mit au travail. Mace espéra donc filer sans attendre son jeune frère, mais il réalisa vite que c'était impossible : les clients sans rendez-vous ne cessaient d'entrer dans le salon, demandant une chose ou une autre. Ils s'entassaient sur trois rangs devant le comptoir de la réception. Mace faillit appeler Bear et lui demander la signification d'une telle affluence – était-ce un jour particulier, celui des soldes peut-être ? – parce qu'il n'avait jamais vu tant de monde au salon. Soit la pluie poussait les passants à se mettre à l'abri, soit la pleine lune affectait leur humeur, mais dans tous les cas, il n'eut pas une minute pour respirer à partir du moment où il déverrouilla la porte d'entrée.

Et chaque fois qu'il se retournait, il cherchait Rob du regard. Celui qui venait de se tordre sur lui et de hurler sa jouissance travaillait maintenant avec une totale concentration à un tatouage élaboré : un paon très coloré. Sa cliente, bavarde et bruyante, riait souvent malgré les aiguilles qui déversaient de l'encre dans son épiderme. Rob lui répondait avec affabilité, tout en restant attentif à son travail.

De temps à autre, il levait les yeux et croisait ceux de Mace.

La chaleur qui brûlait entre eux était encore palpable, assez pour que Mace ait pu la sentir sur ses lèvres en se penchant un peu. Son désir constant mettait de l'électricité dans l'air, les étincelles crépitaient chaque fois que Mace parvenait à croiser le regard ambré, plein d'anticipation et de promesses informulées. Mace s'étonna d'avoir le temps de contempler son amant et de fantasmer sur lui malgré la clochette de la porte qui n'arrêtait pas de tinter, le téléphone qui n'arrêtait pas de sonner et Missy qui n'arrêtait pas de lui demander de l'encre noire ou bleue – elle mésestimait toujours la quantité à utiliser pour le pourtour d'un de ses tatouages !

Rob ne demanda presque rien. Une chance, car Mace n'osait l'approcher. Il doutait de résister à son envie de le toucher… La seule fois où Rob eut besoin de lui, ce fut pour remplacer le pot de vaseline qu'ils avaient cassé. En allant jusqu'au placard à fournitures, Mace passa devant l'artiste, sa hanche effleurant un bras. Il en frémit de tout son corps et entendit Rob hoqueter, avant de marmonner un merci étranglé.

Quand Ivo franchit enfin la porte, Mace lui tend le téléphone sans fil du salon, attrapa son blouson de cuir et sortit sans laisser à son frère le temps de suspendre son anorak trempé.

La tempête faisait rage quand Mace sortit du salon, la rue était noyée de bruine et de brouillard. Très vite, une nouvelle averse se déversa sur lui. Il releva le capuchon du sweat qu'il portait sous son blouson, enfonça les mains dans ses poches et baissa la tête pour traverser la rue.

Il n'aurait jamais dû baiser dans le salon ! C'était une erreur. Pire encore, faire l'amour à Rob était un vrai désastre. Il avait fallu à Mace quatre tasses de café et deux bouteilles d'eau pour que sa langue oublie le goût de son amant. Pourtant, le parfum de Rob s'attardait sur lui, un musc que Mace ne pouvait ignorer.

— Courir sous la pluie n'a jamais tué personne, se dit-il à lui-même. Rentre chez toi, change-toi et cours jusqu'à te vider la tête, mec. Tu es bien trop tendu.

Malgré l'affluence qu'il avait connue au salon, les trottoirs semblaient désertés en ce milieu d'après-midi, les seuls passants à arpenter le quai cherchaient à se rendre le plus vite possible au parking du coin de la rue. Quelques groupes de touristes erraient pourtant d'un magasin à l'autre, abrités de la pluie par les arcades des vieux bâtiments. En arrivant à un tronçon de trottoir non protégé, Mace fut heureux que son blouson soit imperméable. Ce n'était pas le cas de la capuche qu'il avait sur la tête et ses cheveux étaient trempés.

En fait, le froid piquant lui faisait du bien... malgré ses pieds et ses mains gelés, l'air vif lui nettoyait l'esprit, lui éclaircissait les idées. Il anesthésiait aussi son visage et sa poitrine, adoucissant quelque peu son chagrin d'avoir perdu Rob.

Quelques minutes plus tard, Mace arriva au parking, énorme bâtiment en béton de plusieurs niveaux dont le rez-de-chaussée était occupé par des restaurants et des magasins avec pignon sur rue.

Il hésita, tenté par l'appétissant fumet des hamburgers grillés et des frites, puis secoua la tête, impatient de rentrer à la maison. *La maison* ? Irait-il chez lui ou dans la vieille bâtisse qu'il avait longtemps partagée avec ses frères ? S'il se rendait à Ashbury, Bear lui poserait sans doute des questions sur 415 Ink et sur la façon dont ça s'était passé entre Rob et lui.

Mentir à Bear était inconcevable, mais rompre une promesse serait pire.

— Bon sang, je ne sais plus quoi faire ! Je n'aurais jamais dû... Merde ! Quel con ! Ça ne peut pas durer, il faut que je l'explique à Rob. C'est juste... impossible !

Le sol trop sec n'avait pas réussi à absorber la pluie, ou il était trop détrempé pour en accepter davantage. En tout cas, Mace ne cessait d'enjamber d'énormes flaques d'eau sale en se dirigeant vers l'escalier. Sans croiser personne, ce qui ne le surprit guère par un temps pareil, il monta les marches et traversa le premier niveau, ses souliers trempés émettant un bruit mouillé à chacun de ses pas, seul bruit qui troublait le silence sinistre du parking. Une rafale d'air froid le fit frissonner. Les doigts engourdis, il eut du mal à descendre sa fermeture éclair pour chercher ses clés dans sa poche. Au dernier moment, il vit une ombre cachée derrière un pilier : un homme surveillait sa progression. Mace s'arrêta net, un terrible ressentiment le faisant frissonner de plus belle.

C'était son père.

Chaque fois qu'il évoquait le monstre qui, durant son enfance, avait tout fait pour le terroriser et le rendre aussi insignifiant que possible, Mace avait des cauchemars, mais le voir en personne était tout à fait différent.

Mace en resta totalement engourdi, mais cette fois, ce n'était pas à cause du froid. Les rouages de son cerveau s'étaient arrêtés de tourner.

Mémoire et subconscient ont d'étranges effets. Parfois, le passé s'adoucit, devenant un rêve brumeux aux détails flous et la douleur s'émousse pour devenir supportable, ce qui permet à un être traumatisé de faire front et de continuer son chemin. Pourtant, une fois confronté à la réalité, ou au passé reprenant vie, le cerveau a une sorte de … hoquet, il est pris dans un dilemme : doit-il accepter la vérité apparue devant lui ou s'accrocher à l'illusion d'une résilience ?

Au premier regard qu'il jeta sur le visage sévère de son père, Mace comprit que la nouvelle vie qu'il s'était bâtie s'écroulait comme un château de cartes.

Il s'était attendu à ce que son père ait l'air décrépit. D'après la description d'Ivo – *un vieillard sale et barbu* –, Mace s'était forgé l'image mentale d'un homme plein de rancœur et de colère, mais brisé par ses années en prison.

Bien au contraire, John Daniel Crawford était exactement le même que deux décennies plus tôt. La dernière fois que Mace l'avait vu, c'était juste avant que la porte du placard se referme sur lui, le condamnant à une éternité dans le silence et l'obscurité.

Son père était toujours grand, fort et musclé, sa lourde silhouette protégée par plusieurs couches de vêtements chauds. Le visage était en partie mangé sous une épaisse barbe noire grisonnante. À sa vue, Mace éprouva un étrange sentiment de familiarité, bien plus fort qu'un souvenir n'aurait pu l'expliquer. Étant le portrait physique de son géniteur, il voyait ce même visage dans le miroir le matin – sans la barbe et la lividité du teint, dû à ses vingt ans à l'ombre. En le regardant, Mace, horrifié, sut comment lui-même serait dans quelques années, avec les mêmes yeux bleu sombre, la même bouche, les mêmes traits hautains.

Puis son père sourit, l'arrachant à sa transe. Mace déglutit la nausée qui lui remontait dans la gorge et se raidit. Il ne pouvait pas s'enfuir, même s'il en crevait d'envie. Faire montre de faiblesse pousserait son père à attaquer, Mace le savait. Ce serait comme ouvrir une brèche dans un barrage et Mace, emporté par les flots, se noierait sans espoir de secours.

Il faudrait qu'il discute avec Ivo de sa perception d'un « vieillard ».

Le sourire de son père s'accentua, devenant à vomir.

— Je comptais descendre jusqu'à ce salon de tatouage et arracher ton adresse à un des connards qui y travaillent. Comment va, Johnny ?

Johnny… le nom que son père lui donnait autrefois, celui derrière lequel il cachait l'enfant soustrait à sa mère. C'était un écho du passé, comme une porte de placard s'ouvrant avec un grincement atroce sur l'obscurité qui s'apprêtait à engloutir un enfant terrorisé. D'instinct, Mace recula en voyant son père avancer. Il n'avait pas pu s'en empêcher. Ah, il avait bien été conditionné ! Il évoqua la façon dont il jouait parfois avec Earl, faisant semblant de jeter une balle et regardant le chien courir, puis s'arrêter, étonné de ne rien trouver… Il faillit en rire, mais ne le put, trop occupé à dissimuler sa peur et son dégoût.

Pour ne pas avoir à regarder son père, il aurait voulu se rouler en boule, se cacher la tête, se faire tout petit, espérant être oublié. Il dut faire un effort pour garder les épaules droites et le menton levé. Il n'était plus un enfant et l'homme qui se dressait devant lui n'était plus le tout-puissant dominant de la maison.

John Crawford avait gardé la même voix, pourtant, dure et arrogante, toute vibrante d'une rage contenue et d'un illusoire sentiment de supériorité. Cette voix surgie du passé éveillait en Mace des terreurs anciennes, les muscles de son visage tressaillaient.

Il n'y avait même pas eu bataille. En quelques mots, Mace avait presque tout oublié de ce qu'il avait acquis par des années de labeur acharné. Il allait à nouveau être enfermé dans un placard dont la porte serait verrouillée.

Et cette fois, personne ne viendrait le délivrer, le sauver.

Si Mace entrait dans le piège invisible que son père venait d'ouvrir devant lui, il serait perdu. Définitivement. Il en était certain. L'obscurité se refermerait à jamais sur lui.

Non ! Pas question ! Il ne l'accepterait pas. Ni aujourd'hui ni *jamais.* Le passé était révolu.

— Ne m'appelle pas Johnny ! Ce n'est pas mon nom. Tu as essayé de faire de moi un Johnny, mais tu n'as pas réussi.

C'était la première fois qu'il défendait son identité – bataille qu'il aurait préféré éviter.

— J'ai décidé que tu t'appelais Johnny, donc, c'est ton nom. Tu es mon fils. Elle aurait dû te donner mon nom, celui de mon père que je porte aussi. Tu devrais m'être reconnaissant d'avoir le droit de le porter. Elle a sacrément déconné avec toi, cette garce, et j'ai dû réparer les dégâts. Elle a cherché à me priver de mes droits. Je t'ai fait, tu es à moi ! Tu m'appartiens

Le visage crispé, John Crawford lui planta un doigt menaçant dans la poitrine. À ce contact bref, un effleurement à peine, Mace eut la sensation de recevoir une balle. Il fit un autre pas en arrière pour échapper à la rage toxique qui bouillonnait chez son père et ravala les mots d'excuses qu'il avait sur les lèvres – encore un conditionnement ! Son cerveau n'avait pas oublié ce réflexe de survie devant une crise imminente.

Tout tremblant, Mace carra les épaules et s'efforça d'afficher une assurance qu'il savait factice.

— Tu n'as rien fait du tout, affirma-t-il d'une voix un peu cassée. Je me suis fait tout seul en reniant tout ce qui me venait de toi. Je ne veux même plus y penser. Je suis différent aujourd'hui et tu n'existes plus pour moi. Tu n'as rien à faire ici, je ne veux pas te voir. Va-t'en.

— Non. Tu es mon fils, c'est grâce à moi que tu existes. J'ai tous les droits sur toi, y compris celui de t'éliminer si tu ne marches pas droit.

Il se penchait en avant, postillonnant de rage, les lèvres crispées dans un rictus. Ses mots haineux résonnèrent dans la cage d'escalier et rebondirent sur des voitures garées alentour.

Mace le fixait, sans voix, tétanisé d'horreur.

— As-tu oublié d'où tu viens ? continua son père de plus en plus hystérique. As-tu cru les mensonges de toutes ces ordures ? J'ai pourtant cherché à te protéger, je t'ai pris à ta mère, cette salope, parce que…

— … parce que tu voulais lui faire mal, coupa Mace. Tu lui as pris aussi son chien. J'adorais ce chien, alors, tu l'as tué et tu l'as jeté à mes pieds en me disant que tu me ferais la même chose si *je ne marchais pas droit*. Tu as passé ton temps à me diminuer, à me dire que j'étais de la merde, à me prouver encore et encore que je ne comptais pas pour toi. Comment peux-tu prétendre m'avoir *fait* alors que tu as tenté de me *détruire* ?

— Je t'ai endurci, trancha son père.

Il avança encore. Cette fois, Mace refusa de reculer. Les vêtements de John Crawford étaient imprégnés d'une forte odeur de cigarette, d'oignons et de pourriture, son haleine était pestilentielle, mais Mace ne bougea pas.

— Crois-tu vraiment, insista son père, en ricanant, que tu serais aussi grand et fort si je t'avais laissé avec ta mère ? Elle aurait fait de toi une mauviette. C'est grâce à moi que tu es un homme, un vrai, un blanc solide qui tient la tête haute et se sait supérieur aux métèques qui grouillent. Je t'ai rendu fier de ta race. Je t'ai bien formé et au lieu de m'en être reconnaissant, tu me craches au visage ?

Mace le regardait, hébété, le ventre tordu de crampes. Il écoutait ces abominations et n'arrivait pas à en croire ses oreilles. John Daniel Crawford était à lier. N'était-ce pas héréditaire ? N'avait-il hérité de son géniteur que les traits du visage et une forte corpulence, ou aussi cette atroce personnalité dont les graines pourries risquaient de germer un jour ? Des années durant, son père avait tenté de lui inculquer sa vision tordue du monde, un racisme primaire et atterrant. Mace n'avait pas oublié les slogans haineux qui se glissaient sous les portes closes derrière lesquelles il vivait, ni le jour où son père avait brisé son innocence en l'arrachant à sa mère. Auparavant, sa vie d'enfant avait été très différente, emplie de joie et de rires. Sa mère évoluait dans un milieu cosmopolite où se voyaient tous les tons de peau, où se parlaient toutes les langues, où se dégustaient des nourritures exotiques et où les us et coutumes inconnus étaient bien accueillis.

Puis John Crawford était venu, il avait tué le chien, le meilleur ami de Mace, et privé son fils d'une vie normale. Car après les horribles années de son fils en compagnie d'un monstre, sa mère n'avait plus eu d'amour à lui donner. Elle l'avait abandonné au système fédéral, comme un orphelin.

Les bras ballants le long des flancs, Mace serra les poings.

— Tu n'existes plus pour moi, répéta-t-il. Je ne veux pas de toi dans ma vie.

— Ne dis pas n'importe quoi ! Je suis la seule famille qui te reste, l'aurais-tu oublié ? Oui, je sais que ta mère t'a renié, je l'ai appris au fond de ma prison. Hé hé hé ! T'a-t-elle au moins même regardé dans les yeux en décidant que tu n'étais plus assez bien pour elle ?

À ce coup bas, Mace sentit à nouveau résonner en lui la douleur de ce lointain après-midi où il avait vu sa mère pour la dernière fois. Alors que son âme sombrait dans un gouffre d'obscurité, il trouva la force de répondre sans dévoiler la détresse et le doute qui l'étreignaient.

— Putain ! Tu ignores ce qui s'est passé ce jour-là. Tu n'étais pas là ! Elle ne m'avait pas revu depuis des années et quand elle a appris ce tu avais fait…

— J'avais réparé ses conneries ! hurla son père. Les blancs sont une race supérieure avec le droit légitime de…

Mace haussa le ton :

— Arrête ! Je ne veux plus entendre ces absurdités ! Même enfant, je n'y croyais pas. Tu as cherché la briser comme tu as cherché à me briser. Ça n'a pas fonctionné, mais je te ressemble physiquement, alors, me regarder la rendait malade. Je la comprends. Elle a fait son choix et moi, le mien. Je ne veux plus te voir. Tu *n'es pas* la seule famille qui me reste.

— Tu n'espères quand même pas qu'elle va changer d'avis ? ricana son père.

Il avança et coinça Mace contre un pylône à quelques mètres de la cage d'escalier. Un angle en béton s'enfonça dans les reins de Mace, mais il ne s'en plaignit pas : cette petite douleur lui permettait de ne pas perdre sa concentration alors que son père le provoquait délibérément. Il releva le menton et le toisa sans répondre.

Son père s'énerva le premier :

— Tu te prends pour qui, Johnny ? Te croirais-tu plus fort que moi par hasard ? Si je le voulais, je pourrais d'une seule main te casser en deux. Tu as toujours le même problème qu'autrefois ! Tu es faible, tu es incapable de faire ce qui doit l'être. C'est pour ça que j'ai eu tant de mal à faire de toi un homme. Tu ressembles à ta mère, au fond.

Mace réalisa qu'il s'était recroquevillé, comme pour présenter la plus petite cible possible. Il se redressa avant de répliquer :

— Je n'en sais rien, tu ne m'as pas laissé la chance de la connaître. J'ai quand même une question à te poser : pourquoi chercher à me revoir ? Qu'espérais-tu de moi ? Pensais-tu vraiment que j'allais tout abandonner pour te suivre ? Si c'est le cas, tu es encore plus fou que je le pensais.

Il ressentit une vive douleur à l'épaule, à l'endroit de l'ancienne blessure causée par son père – sans doute une réponse psychosomatique à la présence de son bourreau. Malgré lui, Mace évoqua cette nuit atroce dans une minable chambre d'hôtel. Par chance, la scarification s'était mal passée et le message de haine ne lui avait laissé qu'une cicatrice boursoufflée et illisible. Pourtant, le premier médecin croisé en cette nuit lointaine avait refusé de le soigner. Par la suite, Mace s'était fait injecter des produits pour assouplir le tissu cicatriciel. Des années plus tard, Bear s'était penché sur son dos pour lui faire son premier tatouage. Avec ses aiguilles magiques, son frère aîné avait réussi à effacer la marque répulsive de John Crawford.

Un coup en pleine poitrine le ramena au présent.

Son père s'accrochait à ses vêtements et enfonçait des ongles sales dans sa chair. Sous le choc, Mace sentit sa gorge se serrer.

— Tu as une dette envers moi, Johnny ! Je t'ai donné…

Un raclement de gorge les interrompit, ça venait du palier de la cage d'escalier. Rob courait, il était essoufflé. Il ne ralentit pas même quand ses sneakers plongèrent dans une grosse flaque. Son tee-shirt était aussi trempé que le matin même à son arrivée au salon.

Rob jeta un bref coup d'œil à Crawford senior avant de revenir à Mace. Son expression était assombrie et inquiète.

— Un problème, Mace ?

— Non, ça va.

Il vit tout de suite que Rob ne le croyait pas. Mace n'avait jamais su mentir. Il ignorait si c'était une déficience génétique ou s'il était juste nul en ce domaine, mais la réalité était indéniable. Et son père n'était pas plus doué : sans doute se fichait-il qu'on devine quel monstre il était.

— Retourne au salon, Rob, insista Mace. Tu es trempé, prends ma veste, je n'en ai plus besoin puisque...

Quelle folie de sa part de se montrer aussi prévenant envers le jeune artiste ! Avait-il oublié la malveillance et la dépravation de son père ? John Crawford, devina instantanément l'homosexualité de Rob – son regard enflammé était des plus explicites. Il eut un ricanement dédaigneux :

— Merde, le pédé que j'ai vu l'autre jour ! Tu étais avec ce gamin arrogant qui travaille au magasin, hein ? Pourquoi cours-tu derrière mon fils, tapette ? Que lui veux-tu ?

Mace repoussa son père et se plaça devant Rob.

— Fiche-lui la paix, grogna-t-il. Dégage, je ne veux plus te voir.

L'éruption fut violente et rapide, un jaillissement prévisible de la rage qui bouillonnait constamment dans les entrailles de son père. Il frappa fort et laissa dans son sillage un relent de haine aussi électrique que l'odeur métallique qui suit la foudre dans un ciel orageux. Mace ne supportait plus la présence de son père, son racisme, son homophobie, ses convictions pourries, cette boue immonde qui envahissait tous les recoins de son âme maudite. Il espéra ne jamais comprendre jamais les racines d'une folie aussi destructrice.

Il vit arriver un autre coup de poing, à la fois sauvage et puissant, et l'esquiva.

C'était la première fois qu'il refusait d'accepter un coup de son père.

Par pure stupidité, il n'avait jamais osé résister étant enfant. Sa mère n'avait jamais levé la main sur lui, aussi à six ans, quand il découvrit la violence d'un adulte déchaîné, il ne comprit pas et se retrouva avec les oreilles sifflantes et la bouche ensanglantée. C'était arrivé si vite et la douleur était hallucinante, surtout quand la première gifle fut suivie d'un coup de poing, et d'un autre. Affolé, l'esprit en déroute, le petit garçon se roula en boule et se protégea la tête à deux mains.

Son père ne lui avait pas laissé cette protection illusoire. Il avait ramassé l'enfant et s'était remis à le frapper. Mace avait bien cru qu'il allait mourir. Trahi et blessé par un homme censé l'aimer et le protéger, il n'avait su que bredouiller des excuses.

Cette fois, il ne comptait pas s'excuser.

Cette fois, il ne se mettrait pas en boule, recroquevillé et suppliant, surtout alors qu'il connaissait les intentions de son père : s'en prendre à Rob, lui donner une leçon et même le massacrer pour avoir eu l'audace d'exister.

Esquiver le premier coup laissa Mace vulnérable pour le second – qui l'atteignit dans les côtes. Mace grogna sous l'impact et la douleur, puis répondit par un crochet à la mâchoire. John Crawford recula en titubant, les yeux écarquillés de rage. Il se retint d'une main à la rampe de l'escalier et effleura sa lèvre éclatée.

Mace en profita pour pousser Rob à l'abri derrière une voiture, restant toujours en rempart entre lui et son père. Quand il sentit Rob se rapprocher dans son dos, Mace leva la main.

— Non ! Ne bouge là. Ne te mets surtout entre nous, Rob.

Son père ricana et exhiba des dents jaunes tachées de sang.

— Alors, c'est comme ça, Johnny ? haleta-t-il. Tu fais ami-ami avec… eux ? Comment peux-tu fréquenter ce genre de…

Mace le coupa avant qu'il puisse aller plus loin :

— Tais-toi ! Je ne suis pas comme toi. Je ne le serai jamais. Tu me répugnes. Je ne veux pas de toi dans ma vie. Combien de fois faudra-t-il que je te le répète ? Je ne veux pas te voir tourner autour de ma famille, de mon salon, de mes amis et connaissances. Je ne sais pas où tu vis et je m'en fiche. Retourne dans ton trou pourri et restes-y. Ils n'auraient jamais dû te laisser sortir de prison ! Si je te croise encore une fois, ça finira mal pour toi, je te le garantis.

IX

ROB GARDAIT des égratignures à l'âme de l'attitude de son père envers lui durant son adolescence – réflexions sarcastiques, ricanements supérieurs, attitudes visant à le rapetisser. Il saignait encore des batailles impitoyables qu'il avait dû mener, surtout après avoir définitivement tourné le dos au chemin que son père avait décidé pour lui. Parfois, sa mère avait été un otage, sommée par son mari de choisir entre lui et son fils. En vérité, il arrivait à Rob de contempler son portefeuille vide et d'avoir des regrets ou des doutes corrosifs sur la validité de ses choix, surtout après une longue et difficile journée, quand les clients avaient été rares.

Mais le sort avait été infiniment plus clément pour lui que pour Mace, il commençait à le réaliser.

Le père de Mace le toisa d'un œil mauvais, puis il gonfla les épaules et aboya :

— Je suis un peu à court, Johnny. Combien as-tu sur toi ?

— Je ne te donnerai rien, répondit Mace, exaspéré, ni argent ni autre chose. Dégage, c'est ce que tu n'as de mieux à faire.

La tension montait entre les deux hommes. Si Rob ignorait le différend qui les séparait, il ne pouvait manquer la ressemblance entre eux. Connaissant un peu mieux Mason Crawford, il savait que sous son armure se cachait un amant attentif qui l'avait baisé quelques heures plus tôt avec une patience infinie et une science inoubliable.

Pourtant, il était à présent un homme dur qui grinçait des dents et cherchait à le protéger. Et Rob avait bien besoin de sa protection ! Sans tout comprendre de la scène ayant lieu devant lui, il devinait la malveillance et la violence qui émanaient du vieil homme. Une brute pareille, sans âme ni conscience, n'hésiterait pas à lui arracher la peau et à piétiner ses restes. Quand Rob se faisait malmener dans sa famille, c'était toujours de subtiles agressions verbales visant son intelligence et ses capacités. Aujourd'hui, il faisait face à un danger mortel. C'était une expérience qui dépassait tout ce qu'il avait connu jusqu'à ce jour.

Le vieil homme le regarda, par-dessus l'épaule de Mace, avec un sourire mauvais : la promesse explicite d'une violente correction la prochaine fois où il lui tomberait dessus. Rob vit trembler les poings de Mace, ces poings aux jointures écorchées par le crochet dont il avait frappé son adversaire.

Père et fils se fixaient, séparés de quelques mètres à peine. Le barbu céda le premier, il haussa les épaules et se dirigea vers l'escalier, sans quitter Mace des yeux :

— D'accord, je m'en vais. Je te laisse à ton *ami*. Je reviendrai Johnny, c'est ton devoir d'assister ton paternel !

Les lourdes bottes tambourinèrent dans l'escalier de ciment, un bruit bientôt effacé par le martèlement de la pluie. Alors seulement, Rob réalisa qu'il avait retenu son souffle trop longtemps et que ses poumons réclamaient de l'oxygène. Il en avait même un douloureux point de côté. Tremblant de soulagement et de terreur réprimée, il inspira bruyamment. Et Mace fit la même chose.

Ni l'un ni l'autre ne bougea malgré le froid et le vent glacial. Ils restèrent tétanisés à se fixer pendant un long moment. Puis une VW Rabbit émergea de la rampe d'accès, parcourut une ou deux rangées et vint se garer non loin d'eux, les arrachant à leur transe. Une jeune blonde aux cheveux longs sortit du véhicule et claqua vigoureusement la portière. Elle parlait toute seule, sans regarder devant elle. Du coup, elle heurta Rob, recula et marcha sur le blouson que Mace avait laissé tomber. Elle s'excusa avec précipitation et courut vers l'escalier en attachant à sa taille un tablier qui portait le logo d'un restaurant du rez-de-chaussée. Rob n'avait pas écouté un mot de son discours.

Avant de prendre les marches, la jeune femme jeta un coup d'œil apeuré par-dessus son épaule. Elle croisa le regard de Mace et dévala l'escalier à toute allure.

Rob ouvrit de grands yeux.

— Seigneur ! Qu'est-ce qui lui prend ? À aller aussi vite, elle va se casser une cheville !

Puis se tournant vers Mace :

— Dis, ça va ?

Non, ça n'allait pas du tout. Le visage de Mace était crispé de peur et de dégoût. Rob en perdit le souffle. Puis Mace s'écroula comme un arbre abattu : il tomba à quatre pattes, le corps secoué de spasmes. Son estomac vide luttait pour expulser son contenu. Au bout d'un long moment, Mace s'assit contre un pilier de béton et déglutit plusieurs fois, les yeux au plafond.

Rob se précipita vers lui.

Mace se remit à vomir. Cette fois, ce fut productif : il cracha de longs jets de bile. Rob ne savait que faire. Quand il voulut aider Mace à se relever, il fut repoussé – et le beau pompier était infiniment plus fort que lui. Rob se contenta donc d'aller chercher une poubelle qu'il apporta à l'homme prostré. Le pilier où s'appuyait Mace était contre la rambarde extérieure du parking, mal abrité de la pluie. Les épaules trempées, Mace ne semblait pas remarquer la pluie froide, trop pris par les nausées qui le faisaient trembler.

À nouveau, Rob l'empoigna pour l'éloigner des intempéries. Cette fois, Mace se laissa faire. Ses doigts étaient glacés. Il vomissait toujours.

Rob hésita.

— Je vais appeler Ivo. Il saura…

Il sortit son téléphone et commença à composer le numéro de 415 Ink quand Mace tendit la main et fit tomber son appareil. Le téléphone rebondit sur le ciment, heureusement protégé par sa coque épaisse. Il atterrit à quelques mètres, face cachée.

— Putain, Mace ! s'emporta Rob. Tu as besoin d'aide !

Mace tourna la tête et le dévisagea. Une lueur sauvage brillait dans ses yeux bleus. Ses cheveux sombres et mouillés paraissaient noirs, contrastant violemment avec sa peau livide. Ses lèvres tremblaient. Manifestement, sa rencontre avec son père l'avait secoué.

— Ivo est avec un client. Il travaille. Laisse-le tranquille. Je veux juste… rentrer chez moi.

— Laisse-moi au moins contacter un de tes frères, insista Rob.

Il ravala sa frustration en voyant Mace secouer obstinément la tête.

— Non !

— Mais je ne peux pas te laisser comme ça ! Bon, dans ce cas, je t'accompagne. Pour qui me prends-tu, bordel ? Seul un parfait connard te laisserait seul après une histoire pareille. Tu es dans un état lamentable ! C'est normal après ce que tu viens de vivre…

Un éclat de rire rauque l'interrompit – un rire plus amer encore que l'odeur de bile qui émanait de la poubelle.

— Ça ? Ce n'était rien du tout. J'ai connu bien pire. Ma propre mère m'a abandonné, pourquoi te soucierais-tu de mon sort ?

EN ACCEPTANT que Rob le ramène chez lui, Mace savait avoir commis une erreur, une de plus ! En fait, sa vie n'était qu'une série d'erreurs qui s'enchaînaient les unes après les autres, décida-t-il en arrivant dans son salon, les jambes vacillant encore du choc d'avoir revu son père. Il tremblait de froid et d'énervement.

En temps normal, jamais il ne ramenait chez lui ses amants de passage. Il partageait avec eux son corps, pas sa vie privée. Le sexe restait ainsi anonyme.

Et pourtant, voilà que Rob était dans son appartement, un bras autour de ses côtes endolories, lui conseillant de prendre une douche bien chaude.

Au cours de la journée, Mace avait appris une chose : Rob était un emmerdeur qui refusait de lâcher prise. Assis sur son lit, tout frissonnant de la tiédeur de son appartement, Mace toisa l'entêté accroupi devant lui qui écartait ses genoux d'un coup d'épaule pour dénouer ses lacets.

— Je vais t'aider à te déshabiller, annonça Rob. Sinon, tu vas te transformer en glaçon. Si tu deviens un bonhomme de neige, vais-je avoir droit à une chanson ? J'en doute.

Mace le regarda avec des yeux ronds.

— Quoi ? Qu'est-ce que tu racontes ? Je ne comprends rien.

— Ah, oui, bien sûr, j'oublie toujours que Chris est arrivé très récemment dans la famille. Eh bien, il m'est arrivé de faire du babysitting pour les filles de mes voisins. Figure-toi qu'un enfant regarde toujours *en boucle* ses films d'animation préférés ! J'ai dû me taper les mêmes films pendant cinq ou six semaines et je t'assure que certaines chansons me sont restées gravées dans la tête ! Je parlais du bonhomme de neige qui chante ou du rat qui sait cuire les pâtes.

Il fit la grimace et enchaîna :

— Tu dois boire chaud pour te réchauffer. Je vais te faire du thé pendant que tu prends ta douche, d'accord ? À moins que tu préfères du café ?

L'appartement étrangement silencieux était drapé de grisaille. Dans son état d'esprit, Mace avait du mal à le supporter. Il se pencha et voulut allumer la lampe de chevet, mais Rob était en train de lui ôter son tee-shirt. L'oreille de Mace resta coincée, créant une vive douleur au niveau du lobe. Avec un juron sonore, Mace leva la main pour vérifier ce qui n'allait pas. De l'autre, il tâtonna et alluma, cachant son soupir de soulagement quand la lumière brilla. En même temps, son tee-shirt disparut.

Rob se pencha sur lui et poussa un cri.

— Oh, mon Dieu ! Que t'est-il arrivé ? Qui t'a fait ça ?

Mace, paniqué, comprit que Rob parlait de son épaule et en particulier du tissu cicatriciel. D'ordinaire caché sous le tatouage de Bear, la lumière rasante devait le mettre en relief.

Rob caressa doucement les cicatrices anciennes. Mace tressaillit, non parce que le contact était douloureux, mais parce qu'il préférait ne pas réveiller ces atroces souvenirs.

Pourtant, il ne put y échapper : c'était comme si les couteaux chauffés à blanc tailladaient à nouveau sa chair. L'odeur lui donnait mal au cœur, la douleur était... au-delà des mots.

Il se sentait nu à plus d'un titre – dépouillé de son tee-shirt et de sa dignité –, et son humiliation empirait à chaque nouvelle caresse de Rob sur sa peau abimée. Son estomac se souleva, bien qu'il n'ait plus rien à rendre. Sa gorge était à vif à cause de la bile vomie, bien sûr, mais aussi du sel des larmes qu'il avait ravalées pendant le trajet du parking à son appartement.

Le silence devenait trop pesant, la pénombre insupportable. Même la porte de la chambre mi-close et ses gonds bien huilés ajoutaient à son anxiété. Mace l'aurait volontiers arrachée de son cadre, mais il arrivait que Rey occupe encore l'autre chambre – bien que ce soit plus rare depuis que Gus et lui s'étaient remis ensemble – et il avait parfois besoin d'intimité.

Comment expliquer les terreurs qui le guettaient derrière chaque porte, ou les cauchemars que lui donnait le simple « *clic* » d'un verrou se refermant ? Les gens normaux ne craignaient pas le silence ou l'obscurité, ayant depuis longtemps vaincu les monstres créés par l'imaginaire d'un enfant. Mace, quant à lui, n'était pas certain d'y parvenir un jour. Pour lui, les monstres avaient un visage humain – et son père en faisait partie. Et même quand il tendait l'oreille en écoutant les murmures du monde, jamais il n'entendait sa mère l'appeler. Il s'était résigné à son destin.

Une main douce passa encore sur l'énorme cicatrice de son omoplate et Mace souhaita une fois de plus qu'un miracle le délivre de la douleur associée à ces dégâts irréversibles. Il ferma les yeux, incapable de croiser le regard de Rob, d'y lire son jugement – sa condamnation.

— Est-ce ton père le responsable ? haleta Rob d'une voix éraillée par l'émotion. Écoute, je comprends que tu n'aies pas envie d'en parler, mais la scène à laquelle je viens d'assister était... inadmissible. Et maintenant, tu me fais peur, tu es complètement renfermé sur toi-même. Ce n'est pas sain. Depuis que je te connais, je t'ai toujours vu très proche de tes frères... Mec, parle-moi. Pourquoi refuses-tu que je les appelle ?

Mace se frotta les yeux, étonné de trouver une croute de sel maculant ses cils. Ses souvenirs de la dernière demi-heure étaient assez flous. Il avait donné ses clés de voiture à Rob et... il se retrouvait assis sur son lit sans trop savoir comment s'étaient passés le trajet en voiture et la montée en ascenseur. Sans doute avait-il beaucoup pleuré. Ses yeux étaient gonflés, son nez bouché.

Il aurait voulu oublier cette scène atroce avec son père, se rouler en boule sous sa couette et se cacher du monde entier. Peut-être prendrait-il aussi Rob dans ses bras pour prétendre qu'il existait sur cette terre un être tenant à lui malgré son cœur brisé et son âme déchirée.

Non, bien sûr que non. Mentir ne servait à rien. Une vérité implacable que revoir son père dans ce parking lui avait rappelée. Alors, Mace releva la tête et regarda autour de lui, il se trouvait dans sa chambre spartiate et Rob, planté devant lui, attendait une explication. Mace doutait d'avoir la force de la lui donner.

— Bon, ça suffit ! décida Rob. J'appelle Bear. Tu as besoin d'aide et si je ne peux rien faire, il faut que…

Mace l'empêcha de bouger en l'attrapant par le poignet.

— Non, attends… bredouilla-t-il, la tête vide. Laisse-moi le temps de prendre une douche… Je ne peux pas… parler aux autres en ce moment. Mon père… m'a fait des trucs horribles, mais le pire… est ce qu'il m'a forcé à faire. Si mes frères l'apprennent … ils ne voudront plus de moi. Et je n'ai qu'eux au monde. Sans ma famille, je ne suis plus rien. Je ne veux pas… *je ne peux pas* les perdre. Alors, par pitié, laisse-les en dehors de cette histoire, sinon, je suis foutu.

Il referma les yeux, horrifié à cette idée. Une peur affreuse lui serrait la gorge. Il ne pouvait plus respirer.

MACE RESTA sous la douche assez longtemps pour vider son ballon d'eau chaude. Pourtant, il n'avait pas envie de sortir. Dès qu'il quitterait cet abri relatif, il devrait affronter Rob et se retrouver nu et vulnérable. Malgré l'eau bouillante, il n'avait pas réussi à se réchauffer, un bloc de glace continuait à lui comprimer la poitrine. Il fuyait la vérité depuis bien trop longtemps, il avait couru et couru, mais il arrivait au bout de sa course.

Épuisé, écœuré, il ne se sentait plus capable d'assurer la solidité des remparts qui le protégeaient de ses cauchemars. Avec leur effondrement venait la libération de ses souvenirs : ils se jetaient sur Mace et enfonçaient leurs crocs empoisonnés dans son psychisme, le vidant de sa confiance en lui, détruisant la vie qu'il s'était bâtie.

Une fois séché, il eut à peine la force, d'enfiler un pantalon et un tee-shirt. Il jeta à son lit un regard lourd de regret, puis se rendit au salon où Rob l'attendait.

Son visage expressif – ce si beau visage que Mace avait embrassé quelques heures auparavant – était tout crispé d'inquiétude. Ça, Mace s'y était attendu. En revanche, il fut surpris de constater que toutes les lampes de la pièce étaient allumées et qu'une musique à la fois douce et rythmée sortait des haut-parleurs de sa chaîne stéréo.

Rob lui avait préparé une grande tasse de thé. Mace ignorait en avoir dans sa cuisine. C'était probablement Ivo qui en avait laissé une boîte pour pouvoir s'en préparer au petit déjeuner, quand il passait de temps à autre la nuit sur le canapé du salon. Ayant aussi trouvé un plateau, Rob l'avait installé sur la table basse avec du sucre, des rondelles de citron et la bouilloire enveloppée d'un torchon. Il y avait même des serviettes en papier, soigneusement pliées en deux, et quelques petites cuillères pour compléter le tableau !

C'était étrangement domestique et très inattendu. Mace jeta un coup d'œil éberlué à Rob, occupé à se sécher les cheveux avec une vieille serviette de plage. Rob jeta la serviette – marbrée de bleu – sur le comptoir qui séparait le salon de la cuisine, se laissa tomber dans le canapé et prit une des tasses dans laquelle un sachet trempait.

— Assieds-toi, déclara-t-il et dis-moi ce que tu veux dans ton thé. Tu changes sans arrêt d'avis sur la façon dont tu aimes le ton café. Ça dépend de ton humeur. Gus fait la même chose.

— Du sucre, répondit Mace, juste du sucre. Quelle excuse as-tu donnée à Ivo pour quitter 415 Ink et te lancer à ma poursuite ? Faut-il l'appeler pour lui dire que tout va bien ?

Pensif, il prit la tasse que Rob lui tendait. Était-il vraiment en état de parler à son frère ? Il n'en aurait pas mis sa main à couper. Ivo avait le don de sentir un point vulnérable et de s'y acharner jusqu'à découvrir la vérité qu'on cherchait à lui cacher. Un mot maladroit et il risquait de débarquer, prêt à pourfendre les démons de Mason. Malheureusement, le danger était réel et pour rien au monde, Mace ne voulait voir Ivo approcher de son père. Il avait déjà des frissons en évoquant leur première rencontre. Pour une fois, Ivo avait été « presque » normal, même si Mace se détestait d'employer ce mot-là pour désigner son jeune frère, le bébé de la famille. Si Ivo avait porté un kilt et des talons hauts, Dieu seul savait quelle réaction aurait eu John Crawford ! Aux yeux de cet homophobe fanatique et psychorigide, c'était un péché de dévier des conventions sociales et dans son esprit malade, il était naturel d'user de violence pour ramener l'ordre dans le monde.

Envahi d'une nouvelle vague d'angoisse, Mace se remit à trembler. Dans son métier, il était renommé pour son calme et son sang-froid. Il entrait sans hésiter dans un immeuble en flammes, même si une conduite de gaz menaçait d'exploser, mais il ne supportait pas l'idée qu'on touche à sa famille. Il savait *exactement* ce dont son père était capable. Sans doute commencerait-il par s'en prendre aux plus jeunes avec des complices aussi brutaux et inhumains que lui, il coincerait Ivo et Gus dans une ruelle et les travaillerait à la batte de base-ball. Il prétendait œuvrer pour la justice, aussi pervertie soit-elle, mais déjà à l'époque, Mace savait que c'était un mensonge. Son père était un sadique qui prenait un malsain plaisir à massacrer autrui.

Du coup, il repensa à la proposition de Luke : même s'il s'était agi d'une simple plaisanterie macabre, ça lui semblait attirant.

— Je lui ai juste dit que je devais te rattraper, répondit Rob. Il m'a envoyé un texto pour me demander si j'étais encore en vie. En voyant que je ne revenais pas, il a dû penser que tu m'avais réglé mon compte. J'ai répondu que tu ne te sentais pas bien et que je te raccompagnais chez toi. Il ne m'a pas cru. D'après lui, tu n'es pas du genre à admettre une faiblesse de ce genre. Il est certain que nous nous sommes mis sur la tronche.

Mace ne put s'empêcher de grimacer. Rob souffla sur la vapeur qui sortait de sa tasse et gloussa.

— Quoi ? Tu connais Ivo. Bref, il dit que Missy et lui sont capables de gérer la clientèle de passage, mais que nous avons intérêt à arrêter de déconner – je cite – parce que sinon, Bear ne va pas nous rater. Pour une raison ou une autre, Ivo est persuadé que tu me hais. Pour être franc, je ne suis pas certain qu'il ait tort, même après la façon dont tu m'as baisé tout à l'heure.

Mace serra les dents – ce qui n'arrangea pas son élocution :

— Il a tort ! Tu n'as pas idée à quel point ! Bon, tu peux retourner au salon, je vais très bien et…

— Non, je ne bouge pas. Je pense mieux te comprendre à présent. Tu as la tête à l'envers, alors, tu repousses tout le monde, tes frères y compris. Mais je ne vais pas te laisser faire. Pendant que je préparais le thé, j'ai découvert que je tenais à toi – va savoir pourquoi ! Bref, je reste. Va falloir t'y faire !

Il sirota une gorgée de thé, dévisagea Mace et reprit d'une voix plus basse :

— J'aimerais quand même que tu m'expliques ce qui s'est passé avec ton père. Cette scène était terrifiante et je ne savais quoi faire. Parle-moi. Je ne comprends pas comment tu peux imaginer que tes frères te tourneraient le dos. C'est dingue ! Regarde un peu ce qui est arrivé à Gus : il s'est pointé avec un bébé-surprise et personne ne lui a rien dit. Ton père est une belle ordure et je suis certain que tes frères seraient les premiers à vouloir lui mettre un bon coup de pied au cul !

Mace serra les mains sur sa tasse brûlante. Ses jointures étaient rouges et enflées, éraflées même. Il avait frappé son père ! Ça avait été un réflexe, mais il en gardait une vague culpabilité. Ses pensées étaient trop confuses pour qu'il y trouve un sens, mais il était au moins certain d'une chose : il ne pouvait retomber dans le bourbier d'où il s'était si péniblement extirpé. Pendant deux décennies, il avait pu ignorer son passé parce que John Crawford était derrière les barreaux d'une prison fédérale, mais dorénavant, Mace devait affronter la réalité.

Quelle vie atroce il avait connue avant que Bear intervienne pour l'appeler son frère et lui offrir une vraie famille ! Il pensa à cette lumière constante dont il avait besoin pour éviter d'être englouti par l'obscurité ou à ces bruits qu'il lui fallait en permanence pour ne pas entendre son cœur battre à ses oreilles…

Il en avait assez de fuir.

Il posa sa tasse et fléchit la main, la douleur était la bienvenue.

— Mon père est une ordure, reconnut-il à mi-voix, mais ce n'est pas ça le vrai problème. De toute façon, ce que j'ai fait jadis finira par se savoir. J'étais au courant des activités de mon père, je n'ai rien dit… je l'ai même assisté quand il m'y a obligé. Tu crois que mes frères comprendront et pardonneront, pas moi. J'ai déjà vu ma mère me tourner le dos. Quand les services sociaux m'ont enlevé à mon père, ils ont retrouvé ma mère, ils lui ont expliqué ce que j'avais subi. Elle a refusé de me regarder. J'étais son fils, elle était censée m'aimer… mais elle n'a pas pu. Elle m'a abandonné…

À nouveau, il pleurait. Il ferma les yeux, non pour arrêter ses larmes, c'était impossible, mais pour se sentir plus fort. Étrangement, ce fut efficace. Il baissa aussi la tête, peu soucieux de constater la réaction de Rob à son aveu. Sans doute serait-il dégoûté – comme sa mère l'avait été autrefois, comme ses frères le seraient une fois au courant. Ils partiraient tous et Mace se retrouverait seul. Une fois de plus.

Comment le supporterait-il ?

Rob posa sa tasse, glissa sur le canapé et se rapprocha de Mace pour prendre ses mains dans les siennes. Glacé, Mace tressaillit au contact de la peau de Rob qui lui parut brûlante. À sa profonde stupeur, Rob posa la tête sur son épaule, le visage niché contre son cou.

— C'est lamentable ! chuchota le jeune artiste. Tu n'étais qu'un enfant ! Tu n'étais pas responsable, personne ne peut te reprocher ce qui s'est passé.

Mace déglutit et ne put retenir la vérité :

— Si, moi. Je m'en veux terriblement. J'étais jeune, c'est vrai, car je n'avais que sept ans la première fois, mais quand même, j'avais conscience de mal agir. J'ai eu tellement peur ! Et après, j'ai vomi. Mon père représentait tout pour moi, je l'aimais. Ou du moins, je croyais l'aimer. Ça a été horrible, Rob, tellement horrible ! Deux ans plus tard, il m'a tendu une batte de base-ball et m'a ordonné de frapper un homme à terre. J'ai obéi.

X

C'ÉTAIT LE plus lourd fardeau que Mace portait, son pire cauchemar parmi tous ceux, réels ou pas, qui hantaient sa mémoire – il ne faisait pas toujours la différence. Vingt ans avaient passé depuis cette horrible nuit et Mace se réveillait encore en pleine nuit, avec dans les oreilles l'écho des coups portés et sur les mains du sang virtuel, un sang que rien n'effacerait jamais, semblait-il.

Il n'avait jamais pu toucher à nouveau une batte de baseball. Ce souvenir lointain était un des anneaux rouillés de la chaîne qui le reliait à son passé, qui l'attachait à cet égout où il avait jadis vécu. Il ignorait comment s'en libérer d'autant plus que de nouveaux anneaux semblaient se forger chaque fois que Mace fermait les yeux.

Et voilà que Rob lui demandait de démolir le voile fragile dont tous les matins, il protégeait son esprit d'un passé noyé d'obscurité. Mace n'osait toujours pas regarder Rob, assis à ses côtés.

S'il ne méritait ni sympathie ni empathie, il restait fermement convaincu qu'il était temps pour lui d'assumer ses actes passés et leurs conséquences sur sa vie actuelle. Le secret devenait trop lourd à porter, Mace ne pouvait plus se taire. Il se voûta, fixa ses mains et continua son récit :

— Le jour où mon père est arrivé, je jouais avec mon chien dans le champ derrière la maison. J'avais six ans... À l'issue d'un procès entre lui et ma mère, il avait obtenu un droit de visite. Elle avait cherché à l'éloigner de moi, elle avait échoué, mais elle continuait à se battre. J'ai reconnu mon père. Ma grand-mère – sa mère – venait régulièrement me voir et me parler de lui. Elle me montrait des photos, elle disait qu'il était gentil et qu'il m'aimait...

Mace ricana amèrement. En fouillant dans sa mémoire, il retrouva un visage de femme, dur et fané, une odeur de lavande et des pincements sur ses cuisses quand il ne portait pas suffisamment d'attention aux paroles de sa grand-mère.

Il n'avait bu que quelques gorgées de thé, pourtant, il avait des pierres dans l'estomac.

— Mon père m'a dit de monter dans sa voiture, reprit-il, parce que maman avait eu un accident et que nous devions aller la voir. Je me suis mis à courir vers la maison, c'était juste à côté. Mon père a hurlé, exigeant que je m'arrête. Je n'ai pas écouté, j'avais trop peur. C'est en entendant mon chien gémir que je me suis retourné. Mon père venait de l'égorger, il avait un couteau ensanglanté à la main. Il m'a dit qu'il me ferait la même chose si je lui désobéissais encore. J'étais affolé, terrorisé. C'était il y a longtemps, j'ai oublié le nom de ce chien. En revanche, je n'ai jamais oublié ma terreur. Aujourd'hui encore, je me fige en voyant mon père.

Rob lui posa la main sur la cuisse. Rien de sexuel dans son geste, juste une connexion d'homme à homme. Mace en eut les larmes aux yeux. Il trembla quand Rob se serra contre lui et passa le bras dans le dos. Il faillit dire qu'il ne méritait d'être ainsi tenu, parce qu'il se sentait trop sale à l'intérieur, mais alors Rob se pencha et posa la joue sur son épaule. Ce contact intime chassa le froid en Mace quand le thé chaud n'y était pas parvenu.

— Ce que tu me diras restera entre nous, chuchota Rob. Mais j'espère vraiment que tu as vu un psy, ou au moins que tu l'envisages. Ta réaction est tellement extrême !

— Je n'ai jamais pu en parler… je ne supportais même pas d'y penser. Je me suis senti mieux après avoir rencontré Bear. Je ne voulais pas qu'il sache ce que j'avais fait, c'était trop odieux.

— Combien de temps es-tu resté avec ton père ?

— Jusqu'à mes onze ans… donc ça fait quatre ans, peut-être cinq. Il m'enfermait chaque fois que quelqu'un entrait dans la maison. Plus tard, j'ai compris que la police me recherchait. À l'époque, il prétendait que c'était pour me protéger, ou que ma mère ne voulait pas de moi… Il changeait souvent de version, mais je croyais qu'il mentait pour ne pas me faire de la peine.

Mace parlait la tête baissée. Il s'étrangla de dégoût en sentant les doigts de Rob sur son omoplate.

— Non ! hoqueta-t-il. Ne touche pas ces cicatrices ! C'est là qu'il… Seigneur, comment t'expliquer ? Par où commencer ?

Sans tenir compte de sa demande, Rob continua à le caresser. Très ému, Mace avait du mal à respirer. Il se sentait un peu perdu. Il aurait voulu s'écarter, mais ça faisait bien longtemps qu'on ne l'avait pas touché. Et sa cicatrice lui paraissait particulièrement sensible.

— Qu'est-ce qu'il y a ? demanda Rob. Que représente cette cicatrice ?

Mace se rebella à l'idée d'admettre ce qu'était son père. Il parla avec peine :

— C'est... c'était censé être une rune viking... Ça s'est mal passé et la cicatrisation a déformé le sigle. C'est un soulagement pour moi, bien sûr, mais... je connais le sens de ce symbole, alors, j'y pense constamment... J'ai tellement cherché à oublier ma vie avec mon père et voilà qu'il revient et que tout recommence !

Rob frottait sa cuisse d'un geste léger, apaisant, réconfortant même. Sans doute ne réalisait-il pas ce qu'il faisait, mais ce contact intime évoquait un amant à l'écoute.

— Tout recommence ? Que veux-tu dire ? Explique-moi. Fais-le à ton rythme, mais parle. Je vois bien que ça te déchire, ces conneries, mec, il faut que tu t'en libères. Si tu veux que je t'aide, donne-m'en les moyens.

Mace finit par relever la tête. Il se tourna vers Rob et se noya dans des prunelles dorées. Ainsi, le jeune artiste n'était pas seulement un beau visage et une bouche tentante, il possédait aussi une âme de lumière. Le désir que Mace avait pour lui évolua et devint une émotion plus vive, plus intense, un incendie dans lequel il craignait de se consumer s'il osait s'en approcher.

Seigneur, il avait tant besoin d'être aimé ! Il aurait tout donné pour combler son vide intérieur. Même s'il s'était férocement battu pour se tailler une place parmi ses frères, il restait conscient que leur affection reposait sur un mensonge, car loin d'être celui qu'il avait prétendu être, il était un monstre. Une fois son passé révélé au grand jour, jamais ses frères ne lui pardonneraient. La purulence de ses aveux entacherait les souvenirs qu'ils avaient en commun, souillerait tout ce qu'ils avaient partagé. Et Mace resterait seul, avec un trou béant à la place du cœur.

Tant pis, il était temps de casser sa chaîne, de se libérer de ses mensonges comme Rob le lui avait demandé. Le bel artiste serait le premier récipiendaire de sa confession. Ensuite, Mace irait se soumettre au jugement des quatre hommes qu'il aimait plus que tout au monde en espérant leur pardon.

— Nous roulions en camionnette, commença-t-il. Je me souviens qu'il n'y avait pas de vitre latérale. Mon père était à l'avant, avec trois de ses amis. J'avais neuf ans, je crois. C'est un peu flou parce que, comme je te le disais, il m'enfermait dans un placard ou dans la salle de bain dès que quelqu'un passait à la maison. Personne n'était censé me voir. J'étais aussi enfermé à titre punitif, pour une raison ou une autre. Du coup, je passais des heures à me morfondre dans l'obscurité sans rien à manger.

Mace se mordit l'ongle du pouce, un geste de son enfance qui le réconforta un peu. Il n'avait jamais oublié la faim atroce d'autrefois, ce vide dans son ventre qui lui remontait dans la colonne vertébrale et jusqu'au cerveau.

Il reprit :

— Je ne savais jamais combien de temps j'allais rester enfermé, mais parfois, j'avais tellement faim que c'était insoutenable. Alors, j'arrachais la peinture des murs pour la manger. Il m'est arrivé aussi de me pisser dessus. Quand mon père me trouvait comme ça, il devenait enragé, il me tapait dessus comme un forcené en prétendant que j'étais pire qu'un chien. Je plaquais l'oreille à la porte, j'entendais parfois des voix dans l'appartement, mais le plus souvent, il n'y avait rien… que le silence. Il s'est mis à s'absenter de plus en plus longtemps. Il me laissait une bouteille de Gatorade et un paquet de crackers au beurre d'arachide. J'avais intérêt à les faire durer, parce que je n'avais rien d'autre pendant des jours. Je me demandais s'il m'avait oublié et si j'allais mourir comme ça, tout seul, dans le noir. J'avais encore plus soif que j'avais faim !

Mace eut un petit rire sans joie.

— Aujourd'hui encore, ajouta-t-il, j'ai toujours une bouteille d'eau sur moi et je ne supporte ni le silence ni l'obscurité. Je déteste fermer la porte de ma chambre. Je déteste le son d'une serrure – même si je suis bien obligé de fermer ma porte d'entrée. Quand j'entends du bruit, je sais que je suis vivant.

— Tu parlais d'une camionnette, chuchota Rob. Est-ce en rapport avec ta cicatrice dans le dos ?

Mace tressaillit et s'écarta de Rob. Sinon, il ne pourrait continuer son récit. Il aurait pourtant voulu se serrer contre lui et oublier cette horrible nuit en écoutant la pluie heurter les carreaux. Un son apaisant…

— Oui… Il a voulu me donner une leçon parce que je… Il m'avait entraîné dehors en parlant de chercher à manger. Il mentait. Nous avons roulé au hasard, il était tard, la ville était pratiquement déserte. À un moment, nous nous sommes arrêtés faire le plein. Le caissier était afro-américain. Les autres parlaient de lui « régler son compte », mais mon père a refusé. C'est trop public, disait-il. Il ne voulait pas de témoins… Plus tard, j'ai compris qu'ils avaient décidé de franchir une étape cette nuit-là : ils comptaient tuer. Un passant, n'importe lequel.

Rob haleta et serra les doigts sur sa cuisse.

— Putain. Mace !

— Je m'étais endormi à l'arrière de la camionnette. Il n'y avait pas de place pour moi sur la banquette, j'étais par terre, roulé en boule. Quand la camionnette a pilé, ça m'a réveillé. Je me suis cogné la tête…

Pris par son récit, Mace grimaça et se frotta l'arrière du crâne.

— J'avais une sacrée entaille, reprit-il d'une voix cassée. Ça saignait. J'ai eu peur, j'ai gémi, mon père m'a crié de la boucler. Ensuite, ça a été la cata…

Il pleuvait cette nuit-là. Un vrai déluge, comme aujourd'hui. Mace se demanda si sa sinistre évocation du passé n'avait pas conjuré la tempête. Il se revoyait enfant, affolé et meurtri, recroquevillé contre la paroi métallique et glacée de la camionnette, ses jambes maigres repliées sous lui.

Il pantela, un engourdissement se répandit dans ses membres.

— Cet homme… chuchota-t-il. Je n'ai jamais su son nom. Il était Latino, ça a suffi à mon père et aux autres pour le condamner. Il était deux ou trois heures du matin, il n'y avait personne dans les rues… sauf cet homme qui marchait vite. Peut-être avait-il raté son bus. Mon père a ouvert la porte latérale, la camionnette roulait encore. J'ai crié, j'avais peur de tomber et me faire mal sur la chaussée. J'ai cru qu'ils voulaient faire monter cet inconnu, parce qu'il pleuvait, parce que c'était peut-être leur ami…

Il secoua la tête et enchaîna :

— Je n'étais pas très futé, hein ? Peut-être que tous les gosses sont comme ça, à essayer de donner un sens décent aux actes les plus étranges des adultes… je ne sais pas. En fait, non, je savais très bien que quelque chose n'allait pas, je le sentais dans mes tripes. Mon père a brandi une batte de baseball et a attaqué le gars par derrière – il l'a frappé à la tête. Un bruit que j'entends encore dans mes cauchemars. L'homme est tombé comme une masse. Ils se sont tous jetés sur lui à coups de pieds. Il n'est pas mort sur le coup, il les suppliait de lui laisser la vie sauve. Alors, j'ai hurlé. Je voulais les arrêter. Mon père a levé les yeux, son visage était… éclaboussé de sang et il paraissait au bord de… l'extase ! Comme s'il venait de voir Dieu !

Mace se mordit la lèvre assez fort pour se faire saigner. Rob émit un son inquiet et pressa le pouce sur sa bouche.

— Arrête ! Ce n'est pas de ta faute. Tu n'es pas responsable des atrocités que ton père a commises.

Mace écarta la main de Rob, posa un baiser sur les doigts gracieux et les libéra.

— Il est revenu vers la camionnette et il m'a empoigné par l'avant de mon tee-shirt… de l'autre main, il tenait toujours sa batte ensanglantée.

Il m'a traîné dehors, je n'arrivais pas à marcher, alors, il m'a traîné et m'a jeté aux pieds des autres. Je n'ai pas bougé. Il m'a pris par les cheveux et m'a tendu sa batte… il me la mise de force dans la main. Il pleuvait tellement fort !

Depuis ce jour, la pluie avait pour lui une odeur de sang. Il s'étranglait de plus en plus, les mots avaient de la peine à sortir de sa gorge contractée. Il continua pourtant :

— Et là, il m'a dit de faire mes preuves. J'étais son fils, je devais lui obéir. Comme je ne bougeais pas, il m'a collé un coup de poing en plein visage et a levé sa batte. Il m'a promis le même sort que cet homme. Alors… j'ai fait ce qu'il exigeait, avoua Mace d'une voix à peine audible.

ÉCOUTER CES aveux était atroce, mais regarder Mace était encore pire. Pourtant, Rob sentait qu'il ne pouvait se détourner. Mace n'avait toujours connu que l'abandon, la condamnation, le déni. Rob avait du mal à imaginer les séquelles d'un traumatisme aussi profond. Le beau visage était ravagé d'angoisse, les cils sombres maculés de larmes et la lèvre coupée et sanguinolente.

Le voir revivre cette nuit lointaine était douloureux. Pourquoi un ange serait-il condamné pour des fautes qu'il n'avait pas commises ? Pourquoi Mace ne croyait-il pas à la grâce divine et à la rédemption ?

Rob était certain d'une chose : Mace était bien le seul à se sentir coupable alors que le vrai responsable, c'était son fou furieux de père, celui qui aurait dû l'aimer et le protéger. L'homme que Rob avait rencontré tout à l'heure au parking ne semblait pas éprouver le remord d'avoir brisé l'existence d'un enfant – parmi d'autres crimes et délits. Pour la première fois de sa vie, Rob fut reconnaissant à son propre père. Il avait grandi en subissant des brimades et des insultes subtiles, certes, mais au moins personne n'avait essayé de le transformer en monstre.

De toute façon, Crawford senior avait échoué.

— Tu n'es pas responsable, répéta Rob.

Il eut la sensation de parler dans le vide, Mace avait le regard fixe, perdu dans le passé, son attention très loin de Rob. Il passa les mains dans ses cheveux courts, mais tout emmêlés et collés de pluie.

Rob résista à son envie de les assouplir, ce n'était pas le bon moment. Mace était trop tendu.

— Hé ? reprit Rob. Tu m'écoutes ? Il faut que tu comprennes que…

— Ma mère m'a renié, murmura Mace. Elle a refusé de me regarder dans les yeux. Elle avait une nouvelle famille, d'autres enfants, elle ne voulait pas que je m'approche d'eux. Elle avait vu la cicatrice sur mon épaule... C'est là que j'ai compris : c'était son but, il l'avait fait exprès. Cette nuit-là, il avait demandé à ses amis de me tenir, il m'a dit que j'étais l'un d'eux désormais. Sur le coup, j'ai juste eu mal, mais plus tard, le médecin a reculé et ma mère... Les services sociaux m'avaient parlé de mes frères et sœurs, j'étais impatient de les rencontrer, je pensais que j'aurais enfin une vraie famille... loin de mon père. Mais elle n'a pas voulu de moi, j'étais souillé... alors, elle m'a abandonné au système.

Mace ferma les yeux et détourna la tête.

— Une fois seul, reprit-il, j'ai eu l'idée stupide que si j'arrivais à effacer cette cicatrice, ma mère reviendrait me chercher. J'ai pris une fourchette à la cafétéria et je me la suis plantée dans le dos. C'est pour ça que le tissu cicatriciel est aussi boursoufflé.

Après ce dernier aveu, il s'effondra pour de bon. Il était parvenu jusqu'ici à rester stoïque, comme une belle statue de marbre pâle sculptée par une main de maître, avec d'infimes fissures structurelles imperceptibles à l'œil nu, mais il n'était qu'un être de chair et de sang. Il se roula en boule et éclata en sanglots incontrôlables.

Rob pleura avec lui.

Il souffrait pour l'adulte brisé, mais aussi pour le petit garçon qui on avait tout volé et qui avait dû tenter tout seul de recoller les morceaux de sa vie. Dans un moment de lucidité, Rob remercia un Dieu auquel il avait cessé de croire depuis des années d'avoir permis à Mace de rencontrer Bear et de se recréer une famille.

— Je ne me pardonnerai jamais ce que j'ai fait ! hoqueta Mace. Et mon passé a laissé des séquelles. Certaines sont visibles – comme mes cicatrices, ou la lumière dont j'ai toujours besoin, ou le bruit de la stéréo, de la télévision. Étant enfant, il m'a fallu cinq ans pour arrêter de cacher des provisions et aujourd'hui encore, alors que je hais ces foutus crackers, je les achète encore parce que... on ne sait jamais... ils sont très nourrissants. Je ne les mange pas, mais je les stocke, ça me rassure. Je les jette quand ils sont moisis ou pleins de mites alimentaires et j'en rachète d'autres, tout en me jurant que c'est la dernière fois, parce que je suis assez fort pour m'en passer.

Il secoua la tête et enchaîna :

— Rob, je suis taré, j'en suis conscient. Je ne mérite pas d'être aimé ou d'avoir quelqu'un dans ma vie. Mais mon père est sorti de prison et je suis terrorisé à l'idée qu'il va s'en prendre à ceux que j'aime. Je ne supporterais pas qu'il arrive quelque chose à Bear ou aux autres. Quant à toi, continua-t-il en plaquant la main de Rob sur son ventre dur, tu me rends fou. J'ai eu envie de te goûter depuis... merde ! Depuis ton premier jour au salon.

Rob était pris dans un dilemme : il tenait à réconforter Mace, mais devait-il avouer une vérité qu'il avait tenté de se cacher ?

— Tu me rends fou aussi, finit-il par admettre. Même quand tu te comportes en connard autoritaire, ça m'excite. Et te croire indigne d'être aimé est une idiotie totale. D'accord, ton père est un grand malade et alors ? Tes frères t'adorent, mec, ils seront là pour toi, maintenant et toujours. Et j'aimerais bien avoir une famille aussi soudée ! Et moi aussi, je suis là pour toi. Après ce qui est arrivé aujourd'hui – *tout* ce qui est arrivé aujourd'hui – tu es condamné à me supporter. Tu es l'homme le plus fort que je connaisse. Tu es aussi le meilleur.

XI

MACE N'EN pouvait plus, ses émotions étaient trop intenses, sa crise de larmes trop douloureuse. Rob se sentait emporté par le chagrin de l'homme assis à ses côtés. Il serra Mace contre lui jusqu'à ce que le flot se tarisse, puis l'enveloppa dans une couverture et le mit au lit. Il laissa une machine tourner et la porte de la salle de bain entrouverte, veilleuse allumée, afin que Mace ne soit pas dans le noir s'il se réveillait au cours de la nuit.

Alors qu'il refermait la porte de l'appartement sur lui, Rob se fit une promesse : il guérirait Mace. Il débriderait la plaie purulente, viderait l'abcès et ferait tout son possible pour que le cœur de cet homme brisé retrouve enfin la paix. Mace devait vivre au grand jour sans cacher son vrai visage derrière un masque.

CINQ JOURS s'écoulèrent avant que les deux hommes aient l'occasion de discuter de ce qui s'était passé entre eux. Rob était à peu près sûr que Mace n'avait pas parlé à ses frères ni de son père ni de la rencontre dans le parking.

Pour être franc, Mace était très occupé ces temps-ci : il ne quittait pratiquement jamais sa caserne. Il faisait des heures sup et remplaçait Rey qui aidait Gus à garder son fils pendant que Julia était souffrante.

Ce soir-là, il y avait une fête à 415 Ink. À l'insistance d'Ivo, Rob avait même dû reprogrammer deux de ses clients. En fait, Ivo l'avait fixé droit dans les yeux en disant : « Le menu, c'est hamburger et bière à volonté. Viens à seize heures, tu m'aideras à préparer les tables. Tu auras droit au premier hamburger qui sortira du grill, j'y veillerai. »

Ce n'était pas tant que Rob ait envie d'un hamburger, mais il appréciait cette opportunité de parler à Mace.

Une fois les tables en place, Rob se rendit avec un gros container au café voisin pour y chercher de la glace. Quand il revint, le salon était déjà rempli d'invités. Il reconnut certains visages ... vus jusque-là sur un boîtier de CD ou des vidéos online. Apparemment, les frères avaient parmi leurs amis intimes des stars du rock, mais aussi des policiers et d'autres artistes. L'un d'eux arriva avec de longs ballons à gonfler dont il faisait des animaux. Son dernier en date était un énorme morse aux yeux exorbités.

À peine entré, Rob repéra Mace dans la foule.

Malgré ses traits tirés de fatigue et ses yeux las, il était si beau dans ses jean et tee-shirt que Rob en eut l'eau à la bouche.

Rob tira son lourd container en grommelant entre ses dents :

— C'est bien ma veine, bordel, qu'il soit irrésistible ! Rien qu'à le regarder, j'ai le cerveau qui déraille.

En plus, il savait maintenant ce que Mace cachait sous ses vêtements, ce qui n'arrangeait pas son état. Il évoqua le ventre plat aux muscles bien dessinés qu'il avait léché et embrassé, les mamelons si sensibles que les doigts de Mace s'étaient serrés dans ses cheveux pendant que Rob s'y attaquait. Puis la façon dont Mace lui avait renversé la tête pour mordre à sa gorge exposée…

Lilith coupa court à son fantasme :

— Tu ferais mieux de changer d'expression, on croirait que tu vas le dévorer sur place. Si un de tes patrons te repère, tu vas te faire virer. C'est vrai qu'il est aussi appétissant qu'un gros cupcake couvert de noix de macadamia et de crème fouettée !

Affolé, Rob jeta un coup d'œil alentour, espérant que personne n'avait rien entendu.

— *Tais-toi* ! C'est toi qui vas me faire virer ! J'aime ce travail, j'aime ce salon et j'aime les frères. Non seulement ce sont de vrais artistes, mais en plus, ils partagent volontiers leur savoir avec moi. Je te rappelle que j'ai des factures à payer, j'ai besoin de mon salaire !

— Restons positifs. Tu ne risques pas d'avoir des problèmes de loyer puisque c'est moi qui t'héberge. Tu sais, ajoura Lilith d'un ton langoureux, les yeux fixés sur Mace, il est encore plus chouette de près que vu d'en haut, pendant qu'il lavait son camion.

— Arrête, Lil, murmura Rob. Tu ferais mieux de m'aider à soulever ce truc…

Mais déjà, Bear arrivait. Il salua Rob d'un mouvement de tête et déclara :

— Laisse, je m'en occupe. Merci de nous avoir donné un coup de main, Rob, c'est très sympa de ta part, tu n'étais pas obligé. On va se débrouiller maintenant. Prends un verre, sers-en un à ta copine, mangez un morceau… Bref, amusez-vous.

Il souleva le coffre à glace avec autant d'aisance que s'il était vide. Le mec était incroyablement fort et musclé ! Son tee-shirt au logo 415 Ink moulait ses biceps épais.

Lilith émit un petit gémissement extatique. Bear ne régit pas, soit il n'avait pas entendu, soit il jouait les sourds – par politesse.

Dès que Bear s'éloigna, Rob envoya un coup de coude à Lilith.

— Tiens-toi bien ! Je te rappelle qu'il est gay. Et depuis quand t'intéresses-tu aux gros muscles ? Ne disais-tu pas qu'un homme grand et imposant te faisait penser à un néandertalien ?

Elle prit Rob par le coude et s'appuya lourdement sur lui pour traverser la foule sur ses talons immenses.

— Cet homme sublime n'a *rien* d'un néandertalien ! Et je suis *omnisexuelle*, ça veut dire que j'aime tous les genres, hommes et femmes confondus. C'est très pratique. Je suis les conseils de Ma-Ma : ne limite pas tes goûts à la facilité.

Rob leva les yeux au ciel.

— Elle parlait des *dim sum**, pas des hommes. Elle le disait aussi pour les *sushi*, les *tacos* et tous les restaurants à carte limitée. Du coup, tu inventais une histoire quand tu allais lui chercher un hamburger, tu te souviens ?

Dans un des lavabos remplis de glaçons, Rob prit deux spéciales Finnegan, les décapsula et en donna une à Lilith.

— Cela s'applique aussi aux hommes, affirma-t-elle.

Elle haussa les épaules, repoussa de son front les boucles de sa perruque rose, tira l'ourlet de sa courte robe noire et afficha un air prédateur. La connaissant, Rob se prépara au pire ;

— Quoi encore ?

— Je vais tenter d'approcher un des gars du groupe Crossroads. J'ai peut-être une chance…

— Lilith, je ne crois pas que ce soit une bonne idée !

Il s'interrompit en l'entendant soupirer, puis reprit d'une voix pressante :

— Écoute, j'ai du mal à croire que c'est moi qui te parle de conduite raisonnable, mais fais attention. Je t'ai invitée parce que j'ai cru que ça t'amuserait de connaître l'endroit où je travaille et les artistes que je fréquente, sans compter que ça nous fait un repas gratis. Mais quand même, je suis employé ici, alors ne déconne pas. Pas question de sauter sur les musiciens – et surtout pas sur Miki St John. Il te boufferait toute crue. Et ne drague pas non plus les frères. Un ou deux sont bi, je te l'accorde, mais je ne veux pas en trouver un à poil dans notre appartement au petit matin – sauf si c'est Mace et qu'il est là pour moi. Tu me promets d'être sage ?

Elle esquissa une moue boudeuse, accentuée par son rouge à lèvres écarlate. Elle battit aussi ses cils lourdement maquillés.

— Oui, d'accord, d'accord. Ai-je au moins le droit de caresser le chien ?

— Si tu veux, mais je te signale qu'il bave beaucoup. Je te laisse, tiens-toi bien, si tu peux !

Avec un rire amusé, il esquiva le coup de poing qu'elle lui lançait. En laissant Lilith vaquer dans la foule, il prenait un risque, mais Mace venait de sortir par derrière, des pincettes à la main – sans doute comptait-il s'occuper du grill, placé dans la cour à l'arrière du salon. Rob s'intéressait peu aux invités qui bavardaient avec animation dans la salle bondée, seul comptait pour lui le beau pompier aux yeux tristes.

Un enfant de trois ans se jeta dans ses jambes. Rob baissa la tête et sourit à Chris, puis salua Gus qui surveillait son fils. Il y eut un mouvement de foule. Bousculé, Rob recula et se heurta à quelqu'un.

— Excusez-moi…

— Ce n'est rien, c'est moi. Attends, je vais te faire de la place…

Luke, un des frères de Mace, posa la main au creux des reins de Rob et l'écarta gentiment. Du coup, Rob se trouva devant un beau brun aux yeux noisette ourlés de très longs cils. Miki St John ! Rob le fixa, le cerveau court-circuité. C'était sur un des titres de Miki qu'il avait fait son coming out, bien des années plus tôt.

— Euh… salut…

De temps à autre, Miki passait à 415 Ink se faire tatouer par Ichiro Tokugawa ou accompagner un ami à un rendez-vous. De sa stalle, Rob lui jetait des regards admiratifs. Il lui était arrivé de lancer quelques mots dans une conversation de groupe, mais jamais encore s'était trouvé face au chanteur.

— Salut. Tu es Rob, pas vrai ? Je me souviens, tu travaillais à côté de Gus à mon dernier passage. Tu exécutais un tatouage *New school*.

La voix très reconnaissable était aussi riche et enivrante qu'un vieux whisky. L'esprit en déroute, Rob parvint cependant à se remémorer son dessin.

— Oui, c'était… le lapin de Monty Python. Euh… je vais sortir vérifier si Mace n'a pas besoin d'un coup de main.

— Excellente idée, répondit Luke avec un petit rire. Mace a tendance à carboniser la viande, une déformation professionnelle sans doute : à force de passer sa vie dans les flammes, il ne sent même plus le goût du charbon. Bon, Damien nous a apporté une bouteille whisky arrangé, je vais la faire circuler pour la vider au plus vite. Tu veux y goûter, Rob ?

Rob était tenté d'accepter. Une dose de courage liquide après sa rencontre éprouvante avec Miki St John lui paraissait une bonne idée. Surtout alors qu'il s'apprêtait à affronter Mace, ce qui n'était pas gagné d'avance.

— Pourquoi pas ? Lilith et moi sommes venus en taxi. Déjà, ça nous évite de chercher une place, ensuite, nous n'avons pas à surveiller notre taux d'alcoolémie. Juste une goutte, dit-il en tendant son verre.

Les yeux pétillants, Luke lui versa une bonne rasade de liquide ambré aux arômes de cannelle et de sucre.

— Ces verres en plastique sont une horreur, lança-t-il, mais au moins nous n'aurons pas à faire la vaisselle.

Rob vida son verre trop vite.

— Waouh ! haleta-t-il. C'est... *fort* !

L'alcool lui brûla la gorge et le goût s'attarda sur sa langue. Il s'enflamma tout entier, la peau crépitant d'étincelles – comme sous les caresses de Mace, ici même, quelques jours auparavant pendant qu'ils baisaient. Rob hésita à demander une autre rasade, puis se ravisa : s'il ne se décidait pas très vite à sortir, Mace risquait de revenir et Rob aurait perdu sa chance de lui parler.

— Oui, convint Miki dans un feulement sensuel. C'est contre le bon goût irlandais Aucun des Morgan n'y touchera... du moins, aucun ne l'admettra. Damien n'achète cette saloperie que pour les emmerder. Je l'adore, mais c'est un enfoiré.

— Rob, va retrouver Mace, dit Luke. Il a sûrement besoin de toi.

Sa voix était teintée d'humour. Inquiet, Rob se demanda ce que savait au juste le frère de Mace. De toute la tribu, il était le plus difficile à déchiffrer. Déjà, il passait rarement au salon et quand par hasard c'était le cas, il venait à la fermeture, pour être sûr de ne déranger personne.

Luke marmonna quelques mots en espagnol, Miki éclata de rire. Rob en fut déconcerté, mais sans doute n'était-ce qu'une plaisanterie sans conséquence, car le sourire de Luke restait discret et détaché.

— Je risque de mettre du temps à vider cette bouteille, reprit Luke. Surtout si Miki refuse d'y goûter.

Le chanteur grimaça.

— Sûrement pas ! J'ai essayé une fois, j'ai failli crever. Je n'y touche plus. Hé, Rob, salue Mace de ma part, veux-tu ?

— À tout à l'heure, Rob ! lança Luke en se détournant.

Rob s'éloigna, la bouche encore brûlante. Il passa devant Ivo et surprit une bribe de sa conversation avec une petite rouquine aux cheveux bouclés dotée d'un accent irlandais très marqué et de talons aiguilles presque aussi hauts que ceux du jeune tatoueur. En voyant, Ivo, sans cesser de parler, plissa des yeux suspicieux. Par prudence, Rob ralentit le pas, comme s'il n'avait pas de but précis en tête. Dès qu'Ivo ne lui prêta plus attention, Rob fonça vers la porte arrière.

Il poussa le ventail épais et le laissa claquer derrière lui.

Tous les frères étaient attrayants, chacun dans leur genre. Bear était musclé, d'aspect bourru avec un cœur d'or ; Luke était intelligent, très intense et sexy à tomber ; Gus et Ivo se ressemblaient, jeunes et beaux, audacieux avec une pointe de vulnérabilité – épicée chez Ivo d'un sarcasme lourdement dosé. Mais c'était le visage d'archange de Mace et son corps solide qui faisaient battre plus fort le cœur de Rob et enflammait son sang dans ses veines.

Quel dommage vraiment que Mace ait passé son enfance avec un monstre acharné à lui scier les ailes ! Rob allait devoir se battre contre des fantômes et contrer un flux continu de pensées négatives, sinon toxiques, dans l'espoir qu'un jour, Mace reconnaisse sa valeur et admette mériter tout l'amour qu'il recevait.

Parfois, la réalité frappait durement – un coup en plein dans les couilles. Rob sentit les siennes vibrer tandis que son cœur évoquait des réveils dominicaux à deux, avec Mace. Puis les images devinrent plus torrides : Rob se vit planter les dents dans le cul ferme de Mace, même s'il devait pour ça lui arracher son jean usé, porté bas sur les hanches.

— Je tombe amoureux, murmura-t-il entre ses dents. Merde, je suis mal barré !

Malgré le bruit métallique de la porte, Mace n'avait pas relevé la tête. Il continuait à touiller le barbecue portable de Randy.

— C'est bientôt prêt, Bear. Encore dix minutes. Je n'ai plus assez de braise, j'ai dû rajouter du charbon. Pourrais-tu préparer le fromage dès que les hamburgers seront…

— Bear discute avec ses copains flics, coupa Rob. Et j'ignore où se trouve le fromage, désolé. Ça va devoir attendre. J'ai claqué la porte derrière moi, nous ne pouvons retourner dans le salon avant qu'on nous ouvre de l'intérieur... hum...

Il se mit à bredouiller, car Mace s'était enfin retourné pour le fixer d'un air méfiant. Très vite, son expression se modifia, devenant enflammée. Pris par l'incendie que Mace déclenchait en lui, Rob en oublia la brûlure du whisky à la cannelle dans son ventre.

Le silence perdura un moment, troublé par le crépitement du feu et l'animation de la jetée. Puis Mace secoua la tête.

— Tu n'aurais pas dû me suivre, marmonna-t-il. Tu devrais retourner à l'intérieur avant que je...

Rob en avait assez de ce jeu de cache-cache. Il existait entre lui et Mace une indéniable tension sexuelle, il aurait aimé en explorer les tenants et aboutissants au lieu de se heurter sans arrêt à un masque. Il savait désormais la vulnérabilité et les doutes que Mace cachait sous cette dureté affichée.

— Tu ne me fais pas peur, coupa Rob. En fait, ce serait mieux qu'on parle une bonne fois pour toutes, ça t'éviterait d'avoir à te planquer pour m'éviter. Ça ne pourra pas durer éternellement ! Je t'ai dans la peau, merde, je suis prêt à le reconnaître, moi !

LA RUELLE derrière le salon était étroite et sombre, l'espace en grande partie occupé par leurs voitures. Il restait à peine la place d'installer le grill portable que Randy leur avait prêté. Dans ce contexte, Mace doutait d'être surpris en flagrant délit, mais il restait quand même une chance, surtout avec ses quatre fouineurs de frères juste derrière la porte.

Mace empoigna Rob et l'embrassa à en perdre la tête. Quand il le relâcha à contrecœur, il avait le vertige. Et Rob haletait.

— Merde... je n'arrête pas de penser à tout ce que tu sais faire avec tes doigts. Je... je...

— Non. D'abord, je n'ai pas le temps, ensuite, nous sommes tous les deux morts si Bear nous tombe dessus. Impossible de continuer. C'est... trop *dingue*. Je ne suis même pas sûr de t'apprécier.

Il mentait. Il en voulait plus, mais Rob méritait mieux qu'un homme comme lui.

Rob essaya d'arranger ses cheveux ébène, mais ses pointes hérissées teintées en bleu refusaient de se soumettre.

— Sans blague ? marmonna-t-il. T'es pas non plus un cadeau. Je n'aurais jamais dû te céder l'autre fois, encore moins espérer que...

— Oui, laissons tomber, ça vaudra mieux. Tout est fini entre nous.

Mace refusait d'évoquer le jour – cette *unique* fois – où ils avaient baisé à même le sol du salon. Depuis lors, il ne pensait qu'à Rob. Ça avait été magnifique, éblouissant, et il en restait totalement obsédé. Même la crainte qu'on les surprenne à poil et en sueur avait ajouté à son excitation. N'ayant que deux préservatifs, ils avaient dû se montrer inventifs, mais maintenant, Mace tenait à ce que Rob l'oublie et passe à autre chose. Leur vie à tous les deux redeviendrait plus facile, se répétait-il.

Pas question de laisser Rob s'attacher à lui. C'était trop dangereux. Il ne se faisait pas confiance… Il avait été élevé par un père cruel et sans âme, et renié par sa mère. Il passait son temps à maîtriser la colère qui bouillonnait en lui, inquiet des conséquences en cas d'éruption. Serait-il comme son père, aveuglé par la rage et porté à blesser son entourage ? Finirait-il les mains couvertes de sang chaud avec le corps inconscient de Rob étalé devant lui ? Il ne pouvait en courir le risque. Il avait trop à perdre : sa famille, son travail et sa santé mentale.

Rompre dès à présent était la meilleure solution, aussi bien pour lui que pour Rob. Il le savait, alors pourquoi éprouvait-il tant de souffrance en voyant Rob baisser les yeux et secouer la tête.

— Tu as sans doute raison, marmonna le jeune artiste d'une voix rauque. Nous avons baisé, mais nous n'aurions pas dû. Maintenant, c'est fini.

Il changea de ton et se mit à hurler :

— N'importe quoi ! Qui cherches-tu à convaincre avec des conneries pareilles ? Pour le moment, lâche-moi, parce que le lieu est mal choisi pour une explication au sommet, mais ça viendra, crois-moi. Ça viendra. Prépare tes arguments, mon vieux, parce que je ne compte pas te ménager. Contrairement à toi, je n'ai pas peur d'affronter mes désirs. Nous sommes ensemble, c'est un fait. Admets-le, ça sera mieux que te mentir.

XII

Chez Frankie était un petit restaurant de quartier au rez-de-chaussée d'une vieille maison retapée, au fond d'une ruelle anonyme. Seuls les locaux le connaissaient et le fréquentaient. Le bâtiment datait des premiers temps des transports en commun, la gare routière était abandonnée depuis des lustres et les voies ferrées désaffectées. Les employés de la station de tram, située à proximité, venaient y déjeuner. Il y avait aussi un important parking urbain destiné à dégager le centre-ville : les usagers étaient censés y laisser leur voiture pour prendre le tram – BART de son petit nom.

La première Frankie, ex-prostituée new-yorkaise, était descendue en Californie au temps de la ruée vers l'or. Elle avait légué son restaurant à sa petite-fille. Un instantané en noir et blanc encadré trônait sur le mur derrière la caisse enregistreuse : les deux femmes posant devant l'établissement. Elles avaient la même forte mâchoire qui évoquait une vie dure et beaucoup de détermination.

La seconde Frankie travaillait en cuisine, une rousse aussi aimable qu'un bouledogue avec une rage de dents.

Les banquettes en vinyle rouge étaient d'origine et ça se voyait. Effet rétro absolument authentique ! La devanture du restaurant était un peu perdue dans la brique rouge du bâtiment qui l'abritait, mais l'intérieur était une révélation : une grande salle toute en longueur avec la cuisine au fond et un comptoir faisant office de passe-plats. Les clients avaient le choix entre les stalles particulières, le long des murs, ou la table commune en forme de L, centrale et surélevée.

Peu auparavant, Mace avait fini de faire cuire ses hamburgers, puis prévenu Rey qu'il s'absentait un moment. Pendant ce temps, Rob faisait ses adieux à Lilith. Les deux hommes s'étaient donné rendez-vous dans la ruelle où ils s'étaient séparés une demi-heure plus tôt, assez fraîchement.

— J'ai annoncé à Lilith que je m'en allais, elle n'a même pas tiqué. Elle est trop occupée à flirter avec de charmants musiciens pour s'intéresser à mon sort, lança Rob avec un gloussement.

Quand ils arrivèrent au restaurant, c'était le coup de feu, aussi durent-ils traverser une foule assez dense pour atteindre le comptoir. Entre les conversations animées et le claquement des casseroles, des poêles et de la vaisselle, le restaurant était plutôt bruyant. L'air sentait la viande grillée, les épices et les frites chaudes. Autour des tables, les serveurs s'activaient fébrilement, remplissaient les tasses de café, déposaient les additions, puis s'occupaient de placer de nouveaux arrivants à peine une table libérée.

L'ambiance chaleureuse évoquait calories en excès, estomacs trop pleins et *doggy bags* à emporter à la maison.

Mace adorait cet endroit !

Une Chinoise petite et mince dont il n'avait jamais bien compris le nom tenait la caisse enregistreuse. Il l'avait aimablement saluée à peine la porte franchie et deux secondes après, un petit ordre fluté traversa la salle et sa table fut prête. Une adolescente les y conduisit.

Mace la remercia et accepta les deux menus qu'elle lui tendait. Rob et lui s'installèrent. La table étant minuscule, les deux convives durent se serrer l'un contre l'autre pour ne pas gêner le passage des serveurs entre la cuisine et la salle.

Rob ôta son blouson, l'accrocha au dos de son siège et regarda autour de lui.

— Quand tu as parlé d'un endroit parfait pour discuter, j'ai cru que nous irions chez toi, remarqua-t-il. Nous y aurions été plus au calme.

Mace ne retint pas son rire.

— Tu parles ! Nous deux chez moi, avec un lit à proximité, tu crois vraiment que nous aurions pu parler ?

— Sans doute pas, reconnut Rob. Dis-moi, si tu manges souvent ici, comment se fait-il que tu ne sois pas obèse ? Je me sens grossir rien qu'à l'odeur.

— Je cours beaucoup, répondit Mace. Et je te rappelle que dans mon métier, je trimbale sur mon dos un équipement sacrément lourd, pas loin de vingt-cinq kilos. Avec ce genre de dépense physique, pas question de se contenter d'une salade. Et tu n'es pas gros. Pourquoi t'inquiéterais-tu de ton poids ?

Rob souleva son tee-shirt et pinça à sa taille un léger bourrelet.

— Je surveille mon poids parce que j'en ai trop bavé étant jeune. J'ai hérité des traits de ma mère, mais aussi de son métabolisme. Petit, j'étais plutôt dodu. J'ai mis du temps à perdre mes kilos. Quand j'ai abandonné mes études universitaires, mon père m'a coupé les vivres. J'avais juste de quoi m'acheter des légumes et des nouilles *ramen,* ça m'a aidé à maigrir.

Sans compter que je n'avais pas de voiture, alors, pendant deux ans, je suis allé travailler à vélo.

— Si tu ressembles à ta mère, elle doit être superbe, chuchota Mace. Et tu serais magnifique même avec des kilos en plus. Ceux qui ne sont d'un autre avis n'ont qu'à aller se faire foutre. Prends ce qui te tente, je me fiche que ce soit une salade ou un hamburger, je veux juste…

Il se tut parce que Rob venait de tourner la tête, l'épinglant d'un regard ambré plus enivrant que le plus délicieux des whiskys. Mace n'avait pas l'habitude de connaître la vie privée de ses amants de passage, mais depuis le premier jour, le jeune tatoueur à la langue bien pendue avait été différent.

Mace savait bien que les gens sont toujours plus compliqués qu'il n'y parait et que souvent, la vulnérabilité se cache derrière une arrogance de surface – son frère Gus n'en était-il pas le meilleur exemple ? Mais Rob… Jamais Mace n'aurait imaginé que le bel artiste doutait de son physique.

Après tout, peut-être n'étaient-ils pas aussi différents qu'il l'avait cru.

Il s'adossa dans son siège et étudia le menu :

— Je doute qu'il y ait de la salade César. Je vais donc vivre dangereusement et opter pour un cheeseburger-bacon avec de la poutine* avec l'espoir de dépenser tout à l'heure les calories ingurgitées, hmm ?

— Eh bien, comme j'ai ma voiture, je n'avais pas prévu de courir dans les hauteurs, mais si tu y tiens vraiment, je te suivrais.

— C'est une proposition très tentante, mais non merci. Je n'ai pas encore ma concession au cimetière local. Parlons plutôt de toi.

Mace se tourna vers Rob, qui se mordillait la lèvre.

Leur serveuse, Marge, avait d'étonnants cheveux magenta. En vraie pro, elle prenait les commandes, apportait les boissons et disparaissait en laissant à ses clients l'impression qu'ils ne la reverraient pas avant l'addition – sauf s'ils faisaient une crise cardiaque pour s'être laissés tenter par le dessert. Or Mace lorgnait déjà sur un cheesecake exposé dans une vitrine réfrigérée non loin de leur table.

Malgré sa nonchalance affichée, Marge travaillait vite et bien, et avait l'œil partout. Elle revint remplir le verre de Mace de thé glacé à peine l'avait-il posé sur la table après en avoir siroté la dernière gorgée. Il eut droit aussi à une tranche de citron et de la glace pilée. Rob avait opté pour un capuccino au caramel salé, le spécial du jour.

Marge vanta la sauce « basses calories » des cheeseburgers maison et Rob se laissa tenter. Mace se garda bien de rire ou de faire une réflexion.

Marge lui tapa sur l'épaule avec son crayon et demanda :

— Tu travailles ou pas, aujourd'hui, mon grand ? Si c'est le cas, je peux aller vérifier ce que nous avons comme poisson. Sinon, je demande à la cuisinière de te faire des dumpings au poulet.

Rob feuilleta le menu.

— Du poulet ? Je croyais n'avoir vu que des burgers…

Marge lui adressa un clin d'œil.

— Cherchez pas, ce n'est pas au menu. Frankie n'en fait que pour Mason Crawford. Elle est folle de lui depuis qu'il a sauvé son chien !

— Tu parles ! Elle essaie de me tuer en obstruant mes artères. D'accord, je prends le poulet, mais avec de la purée plutôt que des frites. Et ajoutez-moi des légumes verts, s'il vous plaît.

Il rendit son menu à Marge, qui le glissa sous son bras, puis récupéra celui de Rob.

— Vous goûterez le poulet de votre copain, vous verrez, c'est très bon. Comme légumes, des haricots grillés, Mason, ça te va ?

— Très bien, merci, répondit-il avec un sourire.

— Je vous apporte aussi de l'eau, ajouta la serveuse. Maintenant, je vous laisse. Votre commande sera prête d'ici un petit quart d'heure. Désolée, c'est la panique en cuisine. Pour vous faire patienter, je vous apporte des olives et des jalapeño. Ça réchauffe les papilles. Quand on apprécie ce qui est hot, bien entendu…

Elle toisa Rob d'un œil spéculateur.

Il ne se laissa pas démonter :

— Je suis avec lui, répliqua-t-il, désignant Mace. Ça devrait répondre à votre question.

Elle éclata de rire et rangea son crayon derrière son oreille.

— Il a de la répartie, ça me plaît. Tu devrais le garder, Mason. Tu as besoin de peps dans ta vie, tu commences à t'encroûter, mon grand. Bon, si vous avez besoin de quelque chose, criez. On finira par vous entendre malgré tout ce boucan.

Rob la regarda s'éloigner sans cacher son ravissement.

— Ben, dis donc ! Elle a son franc-parler. Je la trouve très sympa.

— Elle n'est pas la seule à me dire mes quatre vérités, répliqua Mace. Je te rappelle que j'ai quatre frères. À la maison, les insultes volent sans arrêt, ne serait-ce que par affection. J'en prends une dose tous les matins en même temps que mon café. Deux, si Ivo est déjà levé.

112

Le silence retomba le temps qu'on leur apporte un plateau avec des coupelles d'olives, d'oignon et de jalapeños tranchés et frits et des sauces sriracha* et ranch. Mace engloutit un beignet pimenté et en savoura le croustillant. C'était si fort qu'il en eut les larmes aux yeux. Il remarqua alors que Rob le scrutait.

— Quoi ?

— Sommes-nous censés faire semblant qu'il ne s'est rien passé… sur le sol du salon ? demanda Rob.

Il parlait bas. Derrière eux, la porte battante menant à la cuisine ne cessait de s'ouvrir et le flux du service était continu, les plateaux circulaient, remplis d'assiettes bien garnies et fumantes.

— Oui.

Rob prit un oignon, le trempa dans la sauce et y mordit avec un petit murmure de plaisir. Quand il eut dégluti, il enchaîna :

— Comme tu veux. Considérons donc que c'est notre premier rendez-vous romantique. J'ai très faim ! Manger m'aide un peu à oublier combien tu es bandant dans ce jean. Quand je serai rassasié, je compte te convaincre de parler à tes frères.

LE DÎNER fut assez contraint : un malaise pesait entre les deux hommes, mélange de frustration et de tension sexuelle. Pourtant, assez curieusement, ils rirent souvent. Les émotions que Mace avait si soigneusement mises sous clé plus tôt dans la soirée émergeaient de leur boîte sans qu'il puisse les en empêcher. Rob se chargea d'animer la conversation, tandis que Mace se détendait et dégustait son poulet en écoutant des anecdotes pleines de verve sur 415 Ink, les clients les plus dingues et leurs horribles tatouages. Il entendait souvent ses frères parler boutique, mais c'était différent venant de Rob, car son point de vue n'était pas lié à la rentabilité de l'entreprise familiale. Au bout d'une demi-heure, Rob se sentit assez à l'aise pour donner son opinion sur Bear, Gus et Ivo, et ce salon dont Mace possédait un cinquième sans vraiment le connaître.

— Chaque salon a une ambiance qui lui est propre, déclara Rob, qui sirotait son capuccino. Là où je travaillais avant, c'était vraiment merdique. Je ne parle pas du travail en lui-même, ça allait, la clientèle était bonne, mais il fallait sans arrêt surveiller les autres, sinon, ils vous piquaient vos clients en prétendant que vous n'aviez pas de place pour les recevoir. Et le proprio laissait faire ! On m'a même annoncé de fausses annulations, alors, je ne venais pas et j'apprenais par la suite que mon client avec été récupéré par un autre !

— Un coup pareil avec Bear, ça finirait sacrément mal, remarqua Mace. Je le sais, même si je ne travaille pas au salon. En revanche, ça ne doit pas être facile tous les jours avec Gus et Ivo : ce sont de sacrés emmerdeurs quand ils s'y mettent !

— Quand je suis arrivé, j'avais un peu la trouille d'Ivo. Dans le milieu, il a la réputation de s'emporter facilement, mais on disait aussi que c'était un artiste sérieux et extrêmement doué. Ce qui ne court pas les rues. Quant à Gus, je ne savais que penser de lui. Garde ça pour toi, mais j'envisage depuis un bail de lui demander de me faire une manchette. Il a une façon unique de manier ses aiguilles pour créer des ombres et de la lumière ! C'est assez bizarre, parce qu'il est plus distant qu'Ivo. Sauf quand il est avec vous tous : là, il se sent libre de faire le clown.

Rob repoussa son assiette et vida un verre d'eau. Puis il sifflota et enchaîna :

— Quant à Bear, c'est une légende, putain ! Personne ne lui arrive à la cheville dans le Néo-Traditionnel. J'ai plus appris en quelques mois avec lui sur l'encre noire et les différents types de peau que pendant tout le reste de ma carrière. Ta famille est incroyablement douée, tu sais. J'ai eu une chance folle d'avoir été accepté à 45 Ink. C'est comme si Dieu avait décidé : « Laissons Rob Claussen rencontrer ces gens exceptionnels, il apprendra d'eux son métier... et l'humilité. » Pour me perfectionner, je serais prêt à tout accepter de tes frères, tu vois !

Son visage exprimait une passion à couper le souffle. Mace se sentit un peu ringard de penser à un tel cliché, mais un fait restait indéniable : le jeune artiste rayonnait en parlant d'un métier qui le comblait. Les néons du plafond illuminaient sa peau dorée et mettaient des étincelles dans ses yeux ambrés. Ses mains animées accentuaient ses paroles dans une gestuelle rapide, expressive et gracieuse.

Il parlait des avantages des récents dermafilms par rapport aux anciennes techniques quand il s'arrêta net et secoua la tête.

— Quoi ? s'étonna Mace.

— Je dois t'ennuyer à mourir !

— Pas du tout ! Je te trouve très intéressant. Je me souviens d'une discussion sur le même thème à la maison, il y a quelques années : mes trois idiots de frères n'étant pas d'accord, ça a fini en hurlements hystériques, chacun engueulant les deux autres.

Il poussa ses couverts sur le côté et déplaça son coude, car un serveur leur préparait un *doggy bag*. Après un bref merci, Mace reporta son attention sur Rob.

— Au début, reprit-il, j'étais chargé d'acheter les fournitures du salon. Ça me prenait pas mal de temps et j'ai beaucoup appris sur la question. Je connais donc les avantages et inconvénients d'une technique par rapport à une autre. Le film est plus cher de premier abord, mais à la longue, c'est un investissement qui rapporte. Les pads sont hors de prix !

Rob posa son verre sur ta table et esquissa un sourire amusé.

— Dire que j'étais censé te convaincre de parler de ton père à tes frères ! Tu sais, je te trouvais dur envers Ivo et les autres, mais maintenant, je comprends mieux : tu ne faisais qu'épauler Bear. Depuis le tout début, tu as dû l'aider à élever les trois autres.

Mace haussa les épaules et évoqua d'anciens réveils difficiles, quand il tentait de faire avaler à ses jeunes frères un bol de flocons d'avoine avant de les mettre à temps dans le bus scolaire.

— C'est vrai, reconnut-il. Nous avons partagé les responsabilités « adultes » dans l'objectif d'élever ces jeunes fous. Il travaillait dur à son apprentissage et tapait la nuit des heures sup, pour se faire le plus d'argent possible. Moi, je m'occupais des tâches domestiques. La maison était dans un sale état, mais au moins, le toit ne fuyait plus – ça avait été notre priorité au niveau des rénovations. Nous avons dû tout apprendre sur le tas, au fil des ans, ça occupait tous nos week-ends… et c'était parfois la guerre ouverte.

Rob secoua la tête en riant.

— Connaissant Ivo, ça ne m'étonne pas, il ne devait pas ménager ses coups ! Je ne comprends pas pourquoi lui et Gus refusent que j'appelle Bear par son surnom.

— C'est important pour eux, mais je ne peux t'en dire plus. C'est trop personnel. Ivo t'en parlera un jour, peut-être.

Le serveur revint avec le *doggy bag*. Mace le remercia, puis lui tendit un chèque pour l'addition et un billet plié pour le service.

Il se leva en disant :

— Je dois repasser chez moi chercher un tricycle que Rey a acheté pour Chris. Ensuite, je me rendrai à Ashbury. Où veux-tu que je te dépose : chez toi ou au salon ?

— Vas-tu parler à tes frères des conneries de ton père ? demanda Rob d'une voix lourde de scepticisme.

— Non, pas ce soir, ce serait vache de gâcher leur fin de soirée avec un truc pareil, mais bientôt, c'est promis. Putain ! J'en ai vraiment pas envie ! J'ai la sensation d'être couvert de merde, je préférerais qu'ils ne me voient pas comme ça.

À l'idée d'affronter ses frères, Mace eut l'estomac serré et son repas devint une masse de graisse pesant sur ses tripes. Pourtant, Rob avait raison, il en était conscient. Il devait raconter à sa famille recomposée ce qu'il avait fait enfant et espérer s'en sortir sans trop de dégâts. Il s'inquiétait tout particulièrement de la réaction de Luke, mais si Ivo le regardait avec dégoût, il en mourrait aussi.

— Allons-y, reprit-il. Le tricycle est dans mon garage, je n'aurai pas à monter jusqu'à mon appartement. Tu vis à Chinatown, je crois ?

Rob repoussa sa chaise avec un bruyant grincement sur le linoléum.

— Oui. Et tu n'auras pas de mal à trouver : c'est juste en face d'une caserne. Figure-toi que les pompiers sortent régulièrement laver leur camion. C'est un spectacle que j'apprécie grandement !

— Je n'arrive pas à y croire ! s'exclama Mace, pour la cinquième fois au moins depuis qu'ils avaient quitté le restaurant. Tu t'assois vraiment dans son salon pour me regarder manier le tuyau ? C'est complètement…

— Je ne voudrais pas te vexer, corrigea Rob, mais tu n'étais pas le seul à t'exhiber dans un tee-shirt mouillé et un short minimaliste. Quant à Lilith, elle est bi et vorace, alors, elle vous considérait comme un… disons un buffet avec des tas de propositions alléchantes. Sinon, je vais être franc avec toi : j'ai beaucoup aimé te voir accroupi sur le toit de ton camion occupé à frotter avec vigueur. Ensuite, tu t'es fait arroser, alors, tu as ôté ton tee-shirt pour l'essorer et là… hmm… Lilith voulait te filmer pour revoir ensuite la vidéo en mangeant de la glace. Je l'ai convaincue de renoncer à cette idée. Tu devrais m'en remercier.

Mace tourna la tête et lui jeta un regard interloqué.

— Te remercier de ne pas fantasmer sur moi devant un bac de glace chocolat-menthe ?

— Non, non, ça aurait été de la Rocky road au caramel. Remarque, j'aime bien aussi la glace rhum-raisin. Rocky road ou rhum-raisin, deux R à chaque fois, c'est marrant. Chocolat-menthe, ça fait plouc.

Mace se garait devant son immeuble.

— N'importe quoi ! J'aime beaucoup la glace chocolat-menthe.

Rob émit un petit bruit de langue réprobateur.

— Manifestement, tu n'y connais rien. Je vais devoir t'entraîner du côté rhum-raisin de la Force. Pour la Rocky road, il te faudra peut-être plus de temps, mais je ne désespère pas... En tout cas, ce ne sera pas pour tout de suite. Ce soir, tu vas te conduire en bon petit sapeur-pompier : tu vas prendre le jouet de ton neveu, me déposer chez moi, puis te rendre chez Bear où tu devras te creuser la tête pour monter ce tricycle avant de remarquer que Chris, comme tout gamin de trois ans qui se respecte, s'intéresse plus au carton qu'à son contenu.

— Ah, tu connais Chris ? Oui, tu as sans doute raison. Il adore les cartons !

Minuit n'avait pas encore sonné, mais Mace était pratiquement certain que la plupart des résidents de l'immeuble étaient déjà couchés. Ses phares éclairèrent la petite benne à ordures de l'immeuble. Derrière, le néon de l'escalier extérieur clignotait, prêt à rendre l'âme. À chaque étage, un palier en demi-lune profitait de l'éclairage urbain dont les ampoules jaunâtres luttaient contre l'obscurité envahissante. Dans le parking, les voitures étaient rares, les résidents n'ayant pas trop les moyens d'en posséder une. De plus, ils travaillaient en général à Chinatown, facilement accessible à pied.

Dans le siège passager, Rob se pencha en avant et regarda autour de lui.

— C'est plutôt mort, remarqua-t-il. Ça fout la trouille. Tu sais, j'ai très envie de demander à monter chez toi. Et je résiste. Je sais bien que je passerai un bon moment, mais à mon avis, toi et moi avons besoin de plus.

Mace coupa le moteur et pivota dans son siège pour faire face à Rob. Il avait tant de choses à lui dire... il le voulait – il le *fallait* –, mais les mots se bousculaient dans sa tête sans parvenir à se former sur ses lèvres. Il soupira.

Puis se lança :

— J'ai bien aimé te parler pendant le dîner, Rob. Et... ça ne ressemble pas à ce que je cherchais avant de te connaître. En plus, tu me fais bander en permanence. J'ai parfois envie de te sauter dessus et de te prendre à même le sol. J'aime t'entendre hurler mon nom quand tu jouis.

Il passa la main dans ses cheveux courts et enchaîna :

— En même temps, j'aimerais... m'assoir à tes côtés sur le canapé et regarder un film, ou lire. Tu fais du bruit même quand tu ne dis rien, j'aime ça parce que j'ai toujours besoin de bruit. Et puis, tu... tu n'as pas peur de moi. Tu ne te laisses pas marcher sur les pieds, tu réponds aussi sec et ça compte pour moi. Alors oui, je suis d'accord : toi et moi méritons plus que du bon temps.

Rob lui sourit.

— Parfait. Maintenant, allons chercher ce tricycle et tu me ramèneras chez moi, je m'endormirai devant la télé, le nez dans mon bas à glace au lieu de faire la fête avec des rock stars.

Mace éclata de rire.

— Je doute que Lilith ramène un musicien chez elle ce soir, si ça peu te consoler. Viens m'aider à porter ce tricycle. Je me méfie des idées loufoques de Rey. Il doit y avoir des morceaux éparpillés dans tout le garage !

Le sol était un peu humide sous leurs sneakers et dans la faible lumière, Mace eut du mal à ouvrir son garage. Alors que le verrou cédait, un « *clic-clic-clic* » qui venait de l'escalier retentit dans le parking, comme si on traînait Dieu seul savait quoi sur les marches métalliques.

Rob haleta de stupeur quand une longue ombre se projeta sur le mur de l'immeuble, étrangement éclairée de plusieurs côtés. Enfin, une silhouette émergea de l'obscurité : c'était une petite dame âgée avec un casque de bigoudis rose dans un peignoir à fleurs aux tons assez criards pour brûler les rétines. Aux pieds, elle avait des pantoufles en plastique jaune avec deux grosses fleurs en vinyle que la lumière fit scintiller. Au niveau des lèvres, un petit cercle flamboya dans l'obscurité, puis s'atténua, un filet de fumée cerna le visage fané.

Surpris, Mace lâcha son cadenas, qui tomba bruyamment sur l'asphalte.

— Mme Hwang ! protesta-t-il. Votre médecin ne vous a-t-il pas conseillé de cesser de fumer ? Et pourquoi sortir vos poubelles aussi tard ? Je m'en serais chargé pour vous demain matin.

— Ne dis rien à mon médecin ! ordonna Mme Hwang.

Elle sortit de grosses lunettes de la poche de son peignoir et chercha à voir celui qui se trouvait derrière Mace. Elle demanda en cantonais :

— Qui est avec toi ? Ton petit ami ? Tu t'es enfin trouvé un petit ami ? Tu vivais avec un autre jeune homme, mais ce n'était pas ton petit ami, c'est celui de ton frère, le blond, celui qui a une moto. Alors, celui-là, qui est-ce ?

Rob ne put retenir un petit rire amusé. Mace lui jeta un coup d'œil dubitatif en espérant que le jeune artiste ne comprenait pas le cantonais. Mace hésita : devait-il répondre à la vieille Chinoise qui tirait ses sacs-poubelle dans l'escalier ou faire semblant de ne pas l'avoir comprise ?

Rob sourit, exhibant ses fossettes. Il chuchota à l'oreille de Mace :

— Peu importe la langue, je sais reconnaître une curieuse qui demande à savoir qui je suis…

Il contourna Mace et tendit la main :

— Bonjour, madame, je suis Rob, l'ami de Mace. Laissez-moi vous aider avec ces poubelles.

— Donnez-moi cette cigarette, dit Mace en cantonais. Fumer n'est pas bon pour vous…

La vieille dame laissa Rob lui prendre les sacs, mais elle leva le menton en regardant Mace. Il comprit qu'elle ne lui céderait pas si facilement ses cigarettes illégales… si elle comptait le faire !

Mme Hwang continua à descendre l'escalier, un bruit que Mace avait appris à reconnaître, devenu au fil des ans aussi familier que la sonnerie de sa caserne. En revanche, un autre bruit attira son attention.

Il se figea.

De lourdes bottes montaient le chemin piétonnier menant de la rue au parking. À une heure pareille, il était rare qu'un résident sorte de son appartement. Et même si l'un d'eux l'avait fait, pourquoi serait-il passé par le parking alors que l'ascenseur était plus proche de la porte d'entrée ?

Mace se retourna. Il vit une voiture arrêtée le long du trottoir et un homme grand et massif avancer vers leur trio. Rien qu'à sa silhouette, Mace sut de qui il s'agissait.

Ces poings serrés, il les connaissait, il les avait maintes fois reçus sur le corps ou le visage, il reconnaissait aussi ces bottes qui l'avaient piétiné une sinistre nuit d'hiver, vingt ans plus tôt.

— Rob, jeta-t-il d'une voix pressante, lâche ces sacs et fais remonter Mme Hwang chez elle. Qu'est-ce que tu attends ? *Dépêche-toi !*

Il était déjà trop tard, car son père les avait rejoints. Et la voiture leur bloquait la sortie. Un autre homme en sortit.

— Voyons, voyons ! persiffla son père. Est-ce une façon d'accueillir son vieux père, Johnny ?

Mme Hwang demanda ce qui se passait dans un cantonais fragile – la peur la faisait bégayer.

— Mme Hwang, répondit Mace, de plus en plus affolé, rentrez chez vous. Rob va vous accompagner. Je vous rejoins dès que je peux.

Il tenta de rester ferme, mais un léger tremblement vibrait dans sa voix – une supplication venait du tréfonds de son être.

Son père sortit de sa ceinture un énorme pistolet et le brandit en ricanant.

— Non ! Personne ne bouge. Toi, là-bas... Rob, c'est ça ? Je te conseille d'empêcher la vieille Chinetoque de faire une connerie, sinon, je lui fais sauter la cervelle.

Connaissant son père, Mace savait qu'il ne s'agissait pas d'une vaine menace. Si Rob et Mme Hwang tentaient de s'enfuir par l'escalier, ils seraient abattus sans sommation. Son père avança et son visage apparut dans la lumière, marbré de bleus sur la joue et la mâchoire.

— Mon garçon, susurra-t-il, toi et moi avons à discuter.

Mace s'interposa entre ses amis et son père. Désormais, c'était sur lui qu'était braqué le pistolet. Quelques mètres le séparaient de son père, pourtant, Mace sentit la puanteur émanant de lui, mélange de gin, de fumée rance, de sueur et de corps non lavé.

— Laisse-les tranquilles ! Et partez, ton pote et toi. Tu tiens vraiment à avoir des emmerdes avec ton agent de libération conditionnelle ? Si tu t'en vas tout de suite, je ne lui dirai rien.

La main de John Crawford trembla sur l'arme qui visait la poitrine de Mace.

— Tu n'as pas l'air de comprendre, Johnny. J'ai comme qui dirait un problème. Après tout ce temps en prison, j'ai plus un rond et depuis que je suis sorti, je ne trouve rien. Je dois mendier pour des boulots de merde et ces foutus salopards préfèrent engager des immigrants et des métèques ! Quand je suis passé te voir l'autre fois, tu as refusé de m'aider, alors, je me suis dit que j'allais revenir avec Bruce te donner une leçon. Tu as le choix, mon gars, tu casques ou je bute ces deux enfoirés. Des gens comme ça, ça ne devrait même pas exister ! J'espère que tu n'as pas oublié tout ce que je t'ai appris !

XIII

C'ÉTAIT PRESQUE ironique, pensa Mace, de se trouver comme ça, en pleine nuit, entre un homme dont il était amoureux, une vieille Chinoise qu'il avait adoptée comme grand-mère – ces deux êtres qui représentaient son avenir –, et le fou furieux responsable des cauchemars qui perduraient dans sa vie adulte – le passé qu'il avait renié. C'était presque ironique parce qu'en ce moment où son destin était en jeu, Mace éprouvait avant tout d'intenses regrets. Il se promit donc que s'il sortait vivant de cette escarmouche, il passerait le reste de son existence à exprimer ses sentiments à ceux – *à tous ceux* qu'il aimait. Il espérait juste ne pas avoir à mourir en essayant de prouver son amour à Rob et à Mme Hwang.

Le visage de John Crawford n'exprimait que dureté et entêtement, aucun signe d'affection pour son fils, ou d'inquiétude pour sa vie. Il tirerait aussi facilement qu'il enverrait au passage un coup de pied à un chien – geste que Mace l'avait vu faire bien souvent autrefois.

Mace leva les mains.

— Je n'ai pas beaucoup d'argent sur moi. Je peux te donner mon portefeuille et mes cartes de crédit si tu m'assures qu'ensuite, tu partiras.

Son père se racla bruyamment la gorge et envoya un gros crachat à ses pieds.

— J'ai appris de sales trucs sur toi, Johnny. Tu es pédé, c'est vrai ? Non seulement tu fréquentes les animaux, mais en plus, tu les baises ?

— Ma vie ne te regarde pas, trancha Mace, restant ferme malgré la terreur qui lui remontait le long de la colonne vertébrale. Tu n'obtiendras de moi ni excuses ni justifications. Je n'ai que mon portefeuille à te donner. Prends-le et barre-toi.

Derrière le père de Mace, l'autre homme se rapprocha. Il paraissait agité et faisait passer son poids d'une jambe sur l'autre.

— Non ! grogna-t-il. Danny, il va appeler les flics dès qu'on aura le dos tourné. Son portefeuille, ça ne suffit pas. Je parie que la vieille a ses économies cachées sous son matelas. Les Chinetoques, à ce qu'on dit, ça ne fait pas confiance aux banques. On a qu'à monter avec eux...

Mace se raidit. Pas question que son père et Bruce les piègent dans l'appartement de Mme Hwang, c'était le meilleur moyen de se faire abattre discrètement. Les deux assassins s'enfuiraient et personne ne saurait jamais ce qui s'était passé. Mace refusait de faire tuer ceux qui lui avaient fait confiance.

Il ne voulait pas non plus mourir derrière une porte close.

Mme Hwang dut sentir sa décision de réagir, car elle tira sa manche. Mace n'osa pas la regarder.

— Non, Tiger, dit-elle en cantonnais. Ne meurs pas pour quelques babioles. Je n'ai pas d'argent. Ils ne trouveront rien.

Malgré l'ouragan qui soufflait dans son crâne, il la comprit. Mais elle ne connaissait pas John Crawford. Lui, si.

Il répondit dans la même langue :

— Ce sont des hommes mauvais, grand-mère. Restez avec Rob. Laissez-moi faire.

Son père agita son pistolet.

— Nom de Dieu ! Tu parles comme eux ! Comment oses-tu ? Tu n'as donc aucune fierté ? J'ai essayé de t'enseigner, mais c'était comme donner des perles à un cochon !

Mace fixait le trou noir du canon, un trou dans lequel il espérait ne pas sombrer, mais vu l'agitation de John Crawford, ses chances de s'en sortir sans dégâts diminuaient à vue d'œil.

Quant à Bruce, il en avait assez d'attendre. Il avança donc et apparut en pleine lumière, grand et lourd, avec des cheveux blancs ébouriffés et un visage rond tavelé de plaques rouges. Ses yeux bulbeux lui donnaient un faux air innocent, mais sa bouche mince et serrée trahissait sa vraie nature. Il jeta un coup d'œil nerveux par-dessus son épaule et s'exclama :

— Ça suffit les parlottes, Danny ! Agis, bordel. Nous sommes pressés... tu sais bien. Dépêche-toi, merde ! Sinon...

Il y eut un grand « *boum* ». Bruce venait de tirer, choquant tout le monde.

Une douleur atroce frappa Mace à l'épaule, le sang jaillit. Sous l'impact, il recula d'un pas, stupéfait. Il resta cependant debout.

Il leva la main pour empêcher Rob de lui venir à l'aide. Mme Hwang se débattait, essayant de rejoindre Mace tandis que Rob tentait de la retenir. Les rouleaux de la vieille dame se détachèrent. L'un d'eux tomba sur le sol taché d'huile et roula, perdant ses poils fuchsia.

Ce n'était pas fini. Mace tenait à voir ses amis à l'abri pour enfin affronter les démons de son enfance, ceux qui l'attendaient dans le noir, dans le silence. Il devait être seul.

— Partez ! cria-t-il à Rob. Fais-la remonter et enfermez-vous à clé avant que…

Un autre coup de feu retentit, aussi bruyant que le premier. Pour Mace, le monde disparut. Il ne sentait plus rien, il n'entendait plus rien, il était englouti par le pire silence qui soit. Une sonnerie lui parvenait au loin, mais le reste, les bruits de la rue, les cris de douleur de Mme Hwang et les beuglements enragés de son père… tout avait disparu.

Il ne voyait plus qu'une chose : le sang qui coulait sur la poitrine de Mme Hwang. Il se rua vers elle.

— Non, non, non ! haleta-t-il.

Rob, agenouillé, serrait dans ses bras le corps fragile de la vieille Chinoise. Il leva des yeux horrifiés. Mace faillit s'écrouler.

Rob parlait, hurlait même, mais Mace n'entendait rien, assourdi par le tambourinement qui retentissait dans ses oreilles et le battement affolé de ses tempes. Avec beaucoup de difficultés, il se pencha sur sa vieille amie. Il avait mal, terriblement mal… aux flans, à l'épaule, mais aussi au cœur.

C'était Mme Hwang qui l'accueillait à son retour chez lui après une longue et difficile journée, elle qui lui préparait des petits plats à déguster – et mentait en prétendant en avoir trop fait pour une œuvre bénévole.

Elle était la grand-mère qu'il s'était choisie.

Et l'homme qui la tenait contre lui, Rob, était tout aussi précieux à ses yeux. Grâce à Rob, Mace se sentait… vivant. Pour la première fois de son existence, il se sentait libre – ou plutôt libéré –, fier de ses maigres accomplissements. Désormais, il savait que Rob avait eu raison tout du long : jamais ses frères ne se détourneraient de lui. Grâce à Rob, Mace comprenait mieux l'amour, celui qu'il recevait et celui qu'il avait à offrir. En quelques semaines, sinon en quelques jours, Rob avait abattu les remparts derrière lesquels Mace s'était longtemps barricadé.

Jamais il ne laisserait John Crawford lui enlever ça, jamais plus il ne souffrirait à cause de ce monstre !

Le monde se remit en place. Mace comprit que le souffle rauque qu'il entendait, c'était celui de Mme Hwang luttant pour respirer, son visage affolé devenant de plus en plus pâle. Lui aussi avait été touché, son torse était en feu, la douleur le faisait loucher. Malgré le chaos dans lequel il se débattait, il serra les poings – le gauche seulement, car son côté droit semblait anesthésié – et chercha à désarmer son père.

Ça hurlait de partout, le tintamarre était assourdissant, mais les mots incompréhensibles. Son père insultait Mace et Bruce s'en prenait à son complice, échange furieux auquel Mace ne comprenait rien. La douleur lancinante dans son épaule empirait, devenait intolérable.

Du coin de l'œil, il vit Rob étendre Mme Hwang. Une traînée de sang maculait le béton, comme une rivière dans laquelle Mace se sentait tomber, assez profondément pour se noyer. Il en perdit le souffle.

Sa vision commençait à se brouiller. Étrangement, les lumières du parking devenaient plus vives, sans réussir à percer dans la nuit qui s'épaississait.

— Je ne te laisserai pas faire, gronda Mace. Tu m'en as pris assez. Tu n'auras ni Rob ni ma grand-mère.

— Dan ! Putain ! Les flics arrivent ! cria Bruce, d'une voix frénétique. Tue-le, merde, tue-les tous. Prends les bijoux de la vieille et ramène ton cul !

Il lâcha son complice et courut vers la voiture garée dans la rue.

De sa main couverte de sang, Mace parvint à bloquer le pistolet de son père. D'aussi près, il fut presque asphyxié son haleine pestilentielle aux relents d'alcool.

Surexcité par les cris de son complice, son père le fixa avec des yeux fous.

— Lâche ça ! Oh, putain ! Non !

Il recula, les traits crispés de dégoût : le sang de Mace venait de l'éclabousser en pleine figure. Les poils de sa barbe grisonnante étaient rougis et souillés.

Enragé, il gifla son fils.

La claque retentit aussi fort qu'un coup de feu. D'un geste instinctif, John Crawford avait lâché son arme. Mace aurait voulu la jeter, mais son épaule ne répondait plus. Peu à peu, tous ses orgasmes le lâchaient.

Son père se frottait les joues avec son vieux sweat-shirt taché.

— Fils de pute, ordure ! hurlait-il. Ton sang est pourri ! Salopard de pédé !

Malgré son état de fatigue, Mace leva le bras et braqua le lourd pistolet sur son père. Il fut tenté de presser la gâchette et de mettre fin à ses cauchemars, ce serait si facile. Sans doute dormirait-il mieux après avoir vu ce crâne maudit exploser sous l'impact d'une balle. Son père hurlait toujours, sans réaliser le danger immédiat qui le guettait. S'il mourait, là, maintenant, sa haine mourrait avec lui.

À l'idée de se libérer enfin du poison qu'il portait en lui, Mace sentit une démangeaison sur son épaule mutilée, à l'endroit où ce monstre l'avait entaillé autrefois. Appuyer serait tellement simple... et celui qui avait tenté de détruire sa vie disparaîtrait enfin.

Une voix brisa la transe dans laquelle il sombrait :

— Mace, ne fais pas ça. J'ai appelé les flics, ils arrivent.

Mace mit deux secondes à absorber le sens de ces paroles.

Son père comprit alors qu'il avait perdu l'avantage. Il recula précipitamment, s'éloignant de Mace. Il n'avait pas ôté tout le sang qui le maculait, son front et sa joue restaient poisseux, mais à présent, il surveillait l'arme qui tremblait dans la main de son fils.

Mace toussa pour retrouver sa voix.

— Dégage, jeta-t-il à son père. Tu devrais remercier Rob, tu sais, il vient de te sauver la vie. Je t'aurais abattu comme un chien enragé. Si tu reviens foutre la merde et menacer les miens, tu ne t'en sortiras pas aussi bien. Pour supprimer une ordure dans ton genre, j'irai volontiers en prison ! À ma sortie, mes frères m'attendront, ils dérouleront le tapis rouge et me prépareront un gâteau.

Les sirènes se rapprochant, John Crawford ne put répondre, il tourna les talons et courut vers la voiture, puis les roues crissèrent et le véhicule s'éloigna le plus vite possible.

Mace vacilla, ses jambes ne le portaient plus et son bras insensible pesait une tonne le long de son flanc. Il se pencha avec l'intention de déposer le pistolet doucement sur le sol, mais ses doigts eurent un spasme et lâchèrent l'arme qui claqua sur le béton.

Mace s'écroula à son tour. Il ne sentit rien quand ses genoux heurtèrent le sol.

Machinalement, il voulut tendre les mains en avant pour amortir sa chute, mais il perdit conscience, cédant à l'obscurité qui menaçait de l'engloutir depuis la minute où son père était apparu sur le parking.

AVANT MÊME d'ouvrir les yeux, Mace savait qui lui tenait la main. Durant toute son adolescence, il s'était accroché à ces mêmes mains, il avait senti leurs callosités s'accentuer et leurs phalanges s'épaissir chaque fois que Bear devait intervenir physiquement pour défendre l'un ou l'autre de ses frères. Mace avait même coûté quelques ongles à son aîné : sa nullité avec un marteau était devenue légendaire dans la famille ! Pourtant, Bear s'était obstiné à travailler avec lui jusqu'au moment où il avait eu les moyens d'acheter des outils plus perfectionnés. Ces mains-là avaient nourri Mace, l'avaient réconforté et consolé, l'avaient même lavé à quelques occasions quand il ne savait plus où il en était.

Aujourd'hui, ces mains rugueuses s'accrochaient à lui. C'était comme si Bear craignait que Mace profite d'une inattention de sa part pour se laisser mourir. Sa poigne était ferme, à la limite de la douleur, mais Mace la savourait.

Ça signifiait qu'il vivait.

— Si tu me serres comme ça, croassa-t-il, je vais perdre mes doigts.

Parler lui était difficile. Il tenta de déglutir et découvrit qu'il avait la gorge à vif. Pourtant, Bear le comprit, car la pression se détendit. En guise de merci, Mace grommela un son rauque.

— Attends, dit Bear, ils ont laissé de la glace pour toi.

Il se leva et alla jusqu'à la table roulante. Mace chercha à le suivre des yeux, mais sa vision restait brouillée à cause de ses cils collés. La lumière lui faisait mal, tout lui faisait mal…

Les yeux fermés, Mace fit le décompte de ses maux : une douleur sourde et lancinante à l'épaule, une migraine, la gorge en feu, les yeux douloureux…

Un linge frais et humide passa sur son visage. Soulagé, il put enfin cligner des yeux

Son frère se penchait sur lui, le visage marqué d'inquiétude.

— Ouvre la bouche et suce, mais doucement, d'accord ? Mets-le sur ta langue et attends qu'il fonde. Ensuite, je t'en donnerai d'autres.

Quand un glaçon toucha ses lèvres, Mace l'absorba avec avidité.

La pièce était petite et banale, avec des murs jaunes, des rideaux bleus, une fenêtre ouverte sur un autre bâtiment et des appareils médicaux bourdonnant tout autour du lit pour mesurer les signes vitaux du patient étendu. C'était une chambre particulière, Mace en fut heureux. Il y avait une porte au fond, Mace se souvenait vaguement d'avoir vu Ivo en sortir. Des images et des sons lui revenaient, mais embrouillés : des infirmières, ses frères, des murmures affolés, des mains sur son front…

— Comment te sens-tu ? demanda Bear. Tu as déjà repris conscience deux fois, mais sans prononcer un mot. Tu me parais mieux réveillé cette fois, ton regard est plus lucide.

Mace avait beau creuser sa mémoire, il ne revoyait pas Rob dans le chaos qui avait suivi son arrivée à l'hôpital. Il souffrait de son absence. Il adorait sa famille, mais Rob était une nouvelle étape dans sa vie, une découverte qu'il tenait à approfondir.

Comment annoncer à Bear son amour pour un homme qu'il n'aurait jamais dû approcher ?

— Tiens, ouvre !

Bear lui glissa entre les lèvres un autre glaçon, plus épais que le premier. Il paraissait épuisé, seule sa volonté exceptionnelle le maintenait encore debout. Mace avait passé des années à regarder Bear se tuer au travail. Il reconnaissait les signes : ces épaules voutées, la façon dont Bear se massait les doigts, tournant parfois la bague qu'il portait à l'auriculaire – un simple anneau d'or, le seul souvenir matériel qui lui restait de ses parents.

Les autres devaient être à proximité, probablement hors de la chambre à cause du règlement. Gus devait faire les cent pas dans le couloir, sans écouter les infirmières lui conseillant de s'assoir, Rey le surveillait sans en avoir l'air ; Ivo et Luke étaient sans doute assis côte à côte dans une salle d'attente… ou alors au salon, s'ils avaient préféré travailler pour éviter de ressasser. Ces deux-là étaient toujours partants pour aller de l'avant, confiants que Bear leur montrerait la voie pendant que Gus vagabondait au gré de ses lubies, sachant que la porte lui était toujours ouverte et que sa famille l'attendait. Par chance, il avait dorénavant Rey pour le garder sur le bon chemin.

Et lui avait Rob pour éclairer son avenir – à condition d'accepter de franchir cette étape.

Bear rapprocha sa chaise du lit avec un sourd grincement sur le sol. Il se pencha, assez près pour que l'odeur de son savon à l'orange et aux épices soit perceptible. Il semblait avoir pris dix ans depuis la dernière fois que Mace l'avait vu, à la fête de 45 Ink. Ses traits étaient creusés, des fils d'argent marquaient ses cheveux noirs au niveau des tempes.

Mace le regarda éperdument.

— Ça va, petit frère ? demanda Bear, les yeux embués. Tiens, prends encore un glaçon. Dès que tu seras suffisamment réhydraté, ils t'enlèveront cette perf.

Mace accepta volontiers la fraîcheur qui apaisait sa gorge douloureuse.

— Mal à la gorge, souffla-t-il. Et à l'épaule.

— Pour la gorge, c'est normal, tu as été intubé pendant ton opération. Tu t'es débattu, alors, le toubib te l'a enlevé. Il s'est dit que tu ne risquais plus des fluides dans les poumons. Et pour la balle, tu as eu de la chance. C'était une dum-dum, tu sais, du genre censé exploser à l'intérieur. Dans son cas, elle a juste traversé, c'est un miracle. Putain, gamin, tu aurais pu y rester !

— Oui, je sais, j'étais aux premières loges, je te le rappelle.

Sa tentative d'humour, aussi faible soit-elle, arracha à Bear un sourire fatigué. Mace tenta de sourire aussi, mais ses lèvres desséchées se fendillèrent.

— Merde, j'ai mal ! J'ai mal partout ! J'ai mal quand je parle, j'ai même mal quand je respire !

— Ça ne fait rien, continue à respirer. J'ai du baume pour les lèvres.

Mace ne pouvait trop bouger, ses muscles étant réticents à lui obéir, mais il finit par trouver une position vaguement confortable, les bras étendus tout du long. Si son épaule le brûlait toujours, ses doigts étaient moins engourdis et sa gorge lui permettait enfin de parler sans tousser à chaque mot.

Il poussa un grand soupir, heureux des courbatures musculaires qu'il ressentait – ça voulait dire qu'il vivait. Fatigué, il fut tenté de s'abandonner à la douce chaleur du lit, mais il se reprit et se concentra sur le beau visage penché sur lui. Il se demandait par où commencer quand une lueur triste dans les yeux noisette de son frère l'alerta.

— Mme Hwang… Grand-mère… elle est… ?

Bear se redressa, sa chemise de flanelle s'étirant sous le gonflement des épaules robustes.

— Elle est toujours aux soins intensifs. Elle n'a pas repris conscience, mais les médecins sont optimistes. C'est une battante. Inutile de stresser, gardons espoir. Au fait, ton capitaine est passé plusieurs fois et tes copains flics fouillent la ville à la recherche de ton salopard de père.

— Ah, d'accord… Tant mieux. Il lui a tiré dessus. Quel salaud ! Oh, mon Dieu, Rob…

Bear glissa en avant dans son siège et croisa ses bras tatoués, les coudes posés sur le lit.

— Oui, Rob. Il était affolé quand tu es arrivé ici. Il a vomi deux fois pendant ton opération. Son émotion m'a un peu étonné, je croyais que vous vous détestiez. Mais il est resté tout le temps avec nous, à tourner en rond en se rongeant les sangs. Je vais te laisser le temps de te remettre sur pied, petit frère, puis nous aurons une petite discussion, toi et moi. Inutile de me regarder comme ça, sombre idiot, j'ai toujours rêvé que tu rencontres quelqu'un de bien. Tu as besoin d'un homme dans ta vie… et dans ton cœur.

XIV

— Il faut forcer la dose avec cette encre noire, lança Ivo penché sur l'épaule de Rob. Tu as laissé assez d'espace pour que la peau respire, mais ça manque de profondeur. Accentue ces courbes.

Si Rob détestait une chose par-dessus tout, c'était qu'on le critique pendant qu'il travaillait. Pourtant, il devait reconnaître qu'Ivo avait raison – il avait *tout le temps* raison, l'enfoiré ! Son dessin n'était pas assez encré et les belles couleurs orange et bronze de son dessin ne ressortaient pas sur la peau olivâtre de son client.

— Putain !

Sa protestation, basse et étouffée, ne visait que lui. Par chance, le client n'écoutait pas : ses écouteurs aux oreilles, il était perdu dans sa musique. Rob poussa un soupir résigné, essuya la zone et évalua la quantité à ajouter sans risquer de déchiqueter la peau de son client.

En vérité, il n'était pas assez concentré sur son travail. S'il continuait à déconner, ce foutu tigre finirait par ressembler à un dessin de maternelle. Rob n'arrêtait pas de penser à Mace. Stupidement, il s'inquiétait à l'idée que le blessé se sente seul – alors qu'il avait ses frères autour de lui, presque assez nombreux pour former une équipe de basket-ball ! Mais Rob restait rongé par la certitude dérangeante que la famille de Mace ignorait des tas de choses à son sujet, en particulier combien le beau sapeur-pompier s'était torturé au fil des années concernant son connard de père et les gènes qu'il avait hérités de lui.

— Je vais ajouter de l'encre noire. Et je ferai attention à ne pas trop en mettre, ajouta-t-il sèchement, sans laisser à Ivo le temps de mettre son grain de sel.

Un silence chargé d'orage pesa entre les deux hommes. Il était rare que Rob se permette un ton aussi hargneux. Il était conscient qu'Ivo, même s'il avait son âge ou presque, avait plus d'expérience que lui : il était pratiquement né avec un pistolet à tatouage à la main et avait grandi à 45 Ink, apprenant tous les trucs du métier de ses frères et d'autres artistes de passage, ceux qui tenaient à se perfectionner sous l'égide de Barrett Jackson. Avec un tel enseignement, Ivo avait atteint un rare niveau de perfection et dorénavant, il se fiait à son inspiration pour travailler. Si Rob voulait espérer l'égaler un jour, il lui fallait ravaler son orgueil et écouter les suggestions du maître.

Surtout alors que son client attendait la suite de son traitement, les muscles tressaillant de tension après deux heures d'encrage. Rob estima pouvoir le garder encore une demi-heure.

Quand la fin du rendez-vous sonna, Rob cacha son soulagement ; il nettoya soigneusement son client au savon vert et l'enveloppa de film protecteur, puis l'encaissa et le regarda sans aller. Il tapa ensuite son code et partagea la somme entre lui et 415 Ink, le salon prenant un pourcentage sur son travail. Les pourboires, en revanche, étaient entièrement pour lui.

Rob tourna la tête vers la devanture. Malgré l'heure tardive, les trottoirs étaient encore encombrés : les passants, touristes et locaux, profitaient de cette belle soirée. La porte était restée ouverte et l'air extérieur entrait dans le salon, humide et légèrement salé. Les bruits de la rue animée brisaient le silence menaçant qui régnait dans l'échoppe depuis le départ du client de Rob.

Tout au long de l'après-midi, Rob avait senti une étrange ambiance penser entre Ivo et lui. Les deux frères, Ivo et Gus, étaient arrivés à l'ouverture, peu après Rob. Ils s'étaient engueulés à mots couverts dans l'arrière-boutique, agitant furieusement es bras, aussi agressifs et combatifs l'un que l'autre.

Le point de vue d'Ivo dut prévaloir, car Gus quitta le salon peu après, il enfila rageusement son blouson et jeta un bref au revoir à Rob, sans croiser son regard. Quant à Ivo, il avait ôté ses bottes à talons pour les remplacer par des Converses, puis s'était mis à travailler sans ouvrir la bouche – sauf pour critiquer Rob à maintes reprises. En fait, Ivo ne l'avait pas ménagé.

Une fois ou deux, Rob avait tenté de lancer la conversation, mais devant le regard froid d'Ivo, il avait vite abandonné.

Plus tard, Ivo l'avait délibérément provoqué. Ses critiques, d'ordre professionnel, étaient justifiées, aussi Rob se trouvait-il en porte-à-faux. Les conseils étaient bons, mais délivrés d'un ton sardonique à peine poli.

Rob n'était pas en état d'esquiver les coups : il avait du mal à cacher son énervement de ne recevoir aucune nouvelle de Mace malgré tous ses efforts pour en soutirer aux frères de son amant.

Depuis que Mace était sorti de l'hôpital, Rob était coincé et ne pouvait plus lui rendre visite en douce. Durant les premiers jours de l'hospitalisation du blessé, Rob avait à peine dormi. Il avait son travail au salon, il faisait des heures sup à reprogrammer les rendez-vous de Gus, d'Ivo et de Bear, et passait tout son temps libre dans les couloirs de l'hôpital en espérant pouvoir entrer en douce dans la chambre de Mace sans que ses frères le voient. Il n'y était pas parvenu. La famille avait serré les rangs et prit des tours de garde auprès du lit de Mace, sans laisser personne s'immiscer dans la chambre.

Si Rob n'avait reçu aucune nouvelle, il avait cependant remarqué que Bear le fixait d'un air étrange. À son inquiétude pour son amant s'ajoutait un doute lancinant : serait-il licencié dès le retour de Bear au salon ?

Il y avait anguille sous roche, c'était évident. Mais Rob ignorait ce qui se tramait.

Ivo apparut derrière lui, s'accouda au comptoir et se pencha par-dessus son épaule.

— Mace est rentré à la maison, lança-t-il. Tu étais au courant ? Tu t'en fous, peut-être ? Tu t'es déjà trouvé quelqu'un d'autre, c'est ça ?

Comme d'habitude, il ne ménageait ni ses mots ni ses coups. Ses yeux flamboyaient d'une lueur dangereuse et passionnée. Pour lui, c'était personnel.

Sous le choc, Rob se figea. Il chercha à déglutir, en vain. Il avait une énorme boule dans la gorge et sa langue pesait une tonne dans sa bouche. En temps normal, Ivo était doté d'une personnalité volatile et prompte à s'emporter. Il jouait un jeu aux règles plus compliquées encore que celles du Calvinball. En clair, il était difficile à déchiffrer.

Pourtant, Rob était certain d'une chose : Ivo était actuellement aux prises à une rage intense.

— D'accord, soupira-t-il. Si nous devons nous disputer, laisse-moi au moins verrouiller la porte d'entrée et fermer la caisse enregistreuse. Mon dernier client m'a payé en espèces, je ne veux pas me tromper dans les comptes.

Il écrivit sur le registre d'une main qui tremblait. Il dut refaire deux fois son calcul mental pour s'assurer de ne pas s'être trompé.

En arrivant au salon peu après le déjeuner, il avait cherché à ne pas évoquer Mace – pour se concentrer sur son travail. Sinon, son inquiétude l'aurait rongé. Malgré le professionnalisme qu'il aimait à s'attribuer, la tension nerveuse commençait à le briser. Au cours de la journée, il avait parfois sursauté sans raison – comme s'il entendait un coup de feu, ou s'il sentait l'odeur métallique du sang, ou s'il entendait Mace crier et supplier sa vieille voisine de ne pas mourir.

Jamais il ne pourrait oublier que c'était son nom que Mace avait prononcé quand les urgentistes faisaient rouler sa civière dans l'ambulance, arrachant Rob aux doigts serrés autour de son poignet...

Sa peau le brûlait encore à l'endroit où Mace l'avait touché cette nuit-là. Quand il avait pu rester un moment auprès de Mace évanoui, avant l'arrivée de ses frères, il n'avait cessé de se frotter le poignet, les yeux pleins de larmes.

Depuis lors, Rob était passé d'innombrables fois à l'hôpital, espérant revoir son amant. Il agissait comme un harceleur : il était obsédé par un homme qui l'avait ignoré des mois durant, puis baisé une fois, puis invité à dîner... tout ça sans rien lui promettre. Au cours du repas chez Frankie, Rob s'était presque noyé dans les grands yeux bleus de Mace, si tristes, fenêtres ouvertes sur l'âme torturée que cachait la solidité apparente du beau pompier.

Rob voulait retrouver les doigts de Mace sur son poignet, ses lèvres sur les siennes, sa voix, son rire... Comment Ivo osait-il le juger alors qu'il ne savait rien de ce que Mace et Rob avaient partagé ? D'accord, Rob reconnaissait ignorer encore où cette histoire allait les mener, mais c'était sa vie. Et celle de Mace. C'était à eux deux d'en décider.

Silencieux, menaçant, attentif, Ivo n'avait pas bougé. Rob, qui en avait fini avec la caisse, lui désigna la porte d'entrée.

— Va fermer, répéta-t-il. On aurait l'air malin si un client de passage se pointait au mauvais moment !

Comme Ivo se levait, Rob avança jusqu'à lui, renversa la tête et le fixa avec arrogance. Ce n'était sûrement pas une bonne idée, mais il en avait assez... et se sentait prêt à toutes les folies.

Ivo le dévisagea d'un regard dur. D'aussi près, son maquillage ne cachait pas la tension de la bouche et les rides qui creusaient son front. Pourtant, Ivo avait eu la main lourde avec son eye-liner, traçant d'épais traits noirs au ras de ses longs cils sombres. Les traits n'avaient rien de féminins – contrairement à ceux de Rob, sous certains éclairages. Ivo avait un visage hautain, d'une beauté sculpturale. Ce soir, il était stressé et soumis à des combats internes, et son agressivité accentuait étrangement sa ressemblance avec Bear, son cousin germain. Le constatant, Rob faillit reculer, une réponse instinctive à l'artiste qu'il admirait ouvertement.

Ivo fourra les mains dans ses poches et baissa la tête. Le plafonnier mit une touche dorée sur les poils qui repoussaient sur la ferme mâchoire.

— Tu vas me dire que ça ne me regarde pas, lança-t-il. Dans la plupart des familles, ça serait vrai. Même à la maison, en fait, nous évitons en général d'évoquer nos vies sexuelles. Merde, j'aurais du mal à compter les mecs que Mace a baisés au fil des ans ! Mais aujourd'hui, il a besoin de soutien et toi, tu joues aux abonnés absents. Tu étais avec lui la nuit où il a été attaqué. J'ai cru qu'il t'avait baisé comme les autres, une sacrée erreur de parcours d'ailleurs, vu que tu travailles au salon, mais bon, pas de quoi en faire un drame. En te voyant rester à l'hôpital, Luke et Gus ont pensé à une histoire plus sérieuse. Quant à Bear… quoi qu'il sache, il ne raconte jamais rien des affaires des autres.

Rob vit rouge. Il leva le menton et rétorqua :

— Tu comptes en arriver au fait ? J'ai encore ma stalle à nettoyer, je te signale. Tu as eu tout l'après-midi pour me parler, alors, pourquoi attendre la dernière minute, hein ? Ce que je fais avec ton frère ne te regarde pas, point final. Si tu as quelque chose à dire, vas-y, accouche. Sois adulte pour une fois. Sinon, pousse-toi et fous-moi la paix.

À peine les mots échappés de ses lèvres, Rob sut avoir commis une grave erreur. Ivo aimait peut-être se maquiller, porter des talons et des kilts en plus de ses blousons en cuir, de ses jeans et de ses Doc Martens, mais il n'avait rien d'un tendre. Il cachait du venin sous son charme sophistiqué, une dureté acquise au cours d'une vie houleuse. Ivo était un homme d'acier et Rob était certain de se casser les dents s'il essayait d'y mordre.

Ivo sourit – de ce sourire factice et mondain qu'il maîtrisait à la perfection.

— Tu veux que je sois *adulte* ? *Moi* ? Pourquoi pas, à condition que tu fasses la même chose ? Sais-tu que la première question de Mace en ouvrant les yeux a été pour toi : il voulait être sûr que tu n'avais rien. Et il a répété la même chose à chacun de ses réveils – Dieu sait pourtant qu'il retombait vite dans l'inconscience ! Alors, pourquoi n'es-tu jamais allé lui rendre visite, hein ? Je ne t'ai pas vu à l'hôpital, tu n'as jamais posé de question sur son état – même si je sais que tu cherches à écouter quand nous parlons de lui. Pourquoi fais-tu ça ?

Pour être franc, Rob mourrait d'envie d'arracher à Ivo tous les détails concernant l'état de Mace, les miettes qu'il avait surprises des conversations entre les frères étant loin d'avoir apaisé sa fringale. Un jour, il avait aperçu Luke à l'hôpital et aussitôt tourné les talons pour éviter de courir un risque. Il n'aurait su qui dire… Son histoire avec Mace était compliquée avant même que s'y ajoutent des ruisseaux de sang sur de l'asphalte et d'insondables regrets.

— Ça ne te regarde pas, marmonna-t-il sans conviction.

— Si ! aboya Ivo. Il s'agit de mon frère !

Furieux, Rob oublia ses intentions de rester diplomate et de garder le secret. De toute façon, il allait se faire bouffer s'il ne se défendait pas. Ivo n'était pas du genre à faire quartier.

— Justement ! hurla-t-il. C'est bien le problème, putain ! À vous tous, vous avez construit un mur autour de lui. J'ai *essayé* je ne sais combien de fois d'entrer dans sa chambre, mais non, vous m'avez bloqué. *Rentre chez toi, Rob, on s'occupe de lui, c'est notre frère.* Vous vous êtes mis à quatre pour me maintenir loin de lui ! Vous barrez le passage à tous ceux qui ne sont pas de la famille. Partout... à l'hôpital, chez vous, ici, au salon.

— Si tu nous avais dit...

Rob eut un ricanement sans joie.

— Ben voyons ! Si j'avais tenté d'expliquer ma relation avec Mace, je me serais fait virer avec un coup de pied au cul. Je doute même d'avoir eu le droit de passer au salon chercher mes affaires. Bear m'aurait mis en miettes...

— Barrett ! gronda Ivo.

— Ivo, laisse-le tranquille, gronda une voix profonde. Je t'aime, gamin, mais ton combat est perdu d'avance.

Sidéré, Rob en eut le souffle coupé. À en juger par sa mine maussade, Ivo n'avait pas la moindre intention d'en rester là, combat perdu d'avance ou pas. Il se tourna vers son aîné et se hérissa en le voyant vaciller, le visage blême d'épuisement. Rob aurait volontiers parié que la colère d'Ivo venait de trouver une nouvelle cible.

Rob trouvait Mace... superbe. Certes, avec son bras en écharpe, il ressemblait à un guerrier revenant du front, mais il marchait et respirait, et c'était le principal. Rob le scruta et en eut l'eau à la bouche. Les cheveux trop longs lui retombaient sur son front, une mèche frôlant presque un sourcil. Des pattes d'oie plus creusées marquaient le coin des yeux. Mace avait beaucoup souffert, son visage en gardait les traces. Il haleta en avançant jusqu'au comptoir, les épaules gonflant sous le tee-shirt gris. À chaque pas, les muscles des cuisses se crispaient pour maintenir un équilibre précaire.

Ivo se précipita vers son frère.

— Qui est l'abruti qui t'a permis de te lever ? feula-t-il. Tu es censé te reposer, putain ! Ça fait deux jours à peine que tu es sorti de l'hôpital. Tu as pris une foutue balle dans l'épaule, tu as perdu la moitié de ton sang !

De son bras libre, Mace étreignit brièvement son jeune frère.

— Je sais, gamin. Je me sens très bien, je t'assure. Il fallait… que je parle à Rob.

Rob prit la relève :

— Tu aurais pu me téléphoner ! Ivo a raison. Tu devrais être au lit, Mace.

Peu certain que ses jambes flageolantes le maintiennent debout, il s'appuyait de tout son poids contre le comptoir, sans se soucier du rebord qui lui creusait les reins. Il avait eu terriblement peur pour Mace et voilà que toutes ses terreurs enfouies remontaient à la surface menaçant de l'étouffer. Dans sa tête résonnaient des « et si… » de plus en plus tragiques.

— Oui, j'aurais pu téléphoner, marmonna Mace. Mais certaines choses passent mieux face à face.

La porte arrière s'ouvrit encore et Bear entra, l'air très mécontent. Il essuya une de ses bottes sur le paillasson. Earl passa devant lui et galopa jusqu'au trio. Juste à temps, Ivo cria un « stop ! » impératif. Arrêté net dans son élan, le chien dérapa sur le sol lisse. La main sur un des murets qui séparaient les stalles, Mace contourna le chien d'un pas prudent. Il lui caressa l'oreille quand Earl renifla sa jambe.

Bear s'approcha d'Ivo.

— Ce connard tenait absolument à ramener son cul, grogna-t-il. Je n'ai pas pu l'en empêcher. J'ai bien failli lui casser l'autre bras, avant de me laisser convaincre de le conduire.

Il se tourna vers Rob et ajouta :

— Tu peux y aller, je me charge de fermer. Pourquoi la porte est-elle ouverte ? Vous trouvez intelligent de payer pour chauffer le trottoir ? Merde, Ivo, ferme-moi cette foutue porte. Et toi, Rob, range ta stalle, ensuite, Mace et toi discuterez, mais… pas trop loin. Disons dans la salle commune. Je me demande ce qui me prend de vous dire ça, vu que vous avez sans doute baisé sur ces tables… Pas de galipettes aujourd'hui, en tout cas, c'est compris ? Mace, je ne veux pas te ramener dans ce putain d'hôpital. Tu devrais être au lit. Mais qu'est-ce qui m'a pris de céder à ton caprice ?

DANS LA salle commune, Mace ne parvenait pas à trouver une position confortable. Se rendre à 415 Ink l'avait épuisé, quoi qu'il en dise. Il faillit s'écrouler quand Earl heurta son genou et questionna sa santé mentale. D'un autre côté, il n'aurait pu supporter l'absence de Rob plus longtemps : il avait trop besoin de le voir, de le toucher et de s'assurer qu'il était vivant.

Convaincre Bear de le conduire lui avait pris du temps, mais sa décision était irrévocable et son aîné avait fini par le comprendre. Mace était prêt à descendre sur le quai à pied, s'il le fallait. Bear râla durant tout le trajet, surtout en voyant Mace trembler si fort que ses dents en claquaient.

Earl appuya la tête sur la cuisse de Mace et se mit à baver, laissant une trace humide sur son pantalon. D'un pas vacillant, Mace se dirigea vers un des gros fauteuils que ses frères et lui avaient trouvés dans une brocante quelques années plus tôt et péniblement rapportés jusque chez eux. Il s'assit avec un soupir, l'épaule à nouveau en feu. Sans doute était-il temps qu'il prenne ses analgésiques. Malheureusement, il avait oublié ses médicaments dans la cuisine dans son empressement à profiter de la reddition de Bear.

Il baissa les yeux sur Earl, couché à ses pieds.

— Je crois que j'ai été très con, mon vieux. D'un autre côté, c'est peut-être aussi bien que je ne sois pas shooté à mort en discutant avec Rob.

À ce moment-là, Rob entra avec un sac de pilules et une bouteille d'eau, il passa devant le chien et s'approcha de Mace.

— Dommage pour toi, mec, mais Bear a pensé à tes médocs. Il t'a traité d'idiot et insiste pour que tu les prennes. La première règle quand on sort de l'hôpital, c'est de prendre ses médicaments pour guérir le plus vite possible.

Résigné, Mace tendit la main et attendit que Rob dépose les gélules dans sa paume.

— Qu'est-ce que tu en sais ? Tu n'es pas médecin.

— J'aurais pu l'être, si j'avais écouté mon père. J'ai passé deux ans en médecine, ce qui me donne un avantage sur toi en ce domaine. J'ai tout abandonné pour le monde tellement plus glamour et rentable du tatouage !

Il décapsula la bouteille et la tendit à Mace.

— Prends-les, continua-t-il. Tu as une sale tête. Si tu t'évanouis et qu'Ivo le remarque, il va m'étriper. Je préférais ne pas finir en charpie.

Mace avala ses médicaments avec un peu d'eau.

— Assois-toi, marmonna-t-il. Tu rends Earl nerveux.

Rob ricana et secoua la tête.

— Peuh ! N'importe quoi ! La seule chose susceptible de rendre ce chien nerveux, c'est de passer devant un glacier sans qu'on lui en achète une. Maintenant, qu'avais-tu d'assez important à me dire pour descendre jusqu'ici dans ton état ?

Mace prit une autre rasade en espérant déloger la boule qu'il avait dans la gorge depuis son réveil à l'hôpital. Il avait paniqué en imaginant perdre Rob avant… de pouvoir envisager de bâtir une vie à deux.

— Je suis venu te voir, Rob. Je suis venu te dire que tu comptes plus que tout pour moi. Je crois… je crois que j'aimerais faire ma vie avec toi.

XV

— Et tu lui as répondu quoi ? demanda Lilith de son perchoir, le fauteuil devant la fenêtre qui donnait sur la caserne. Il venait pratiquement de pourfendre un dragon pour tes beaux yeux, non ? Dis, tu comptes *vraiment* manger de la glace en guise de petit déjeuner ?

Rob aurait préféré un bac de rhum-raisins, mais il ne restait que de la Rocky Road dans le congélateur, aussi allait-il devoir s'en contenter. C'était une marque de supermarché, il en rêvait étant gosse alors que jamais ses parents n'auraient envisagé de s'abaisser en achetant un produit aussi commun. En ce domaine aussi, son père préférait les boutiques haut de gamme – étrangères de préférence – et les glaces aux parfums exotiques qui provenaient d'un chef étoilé. Du coup, Rob adorait faire ses courses au supermarché, entouré des odeurs les plus diverses – produits pharmaceutiques, briquettes d'allume-barbecue et nettoyants ménagers –, d'où il sortait avec de la glace industrielle. Il avait ainsi découvert des parfums étranges comme brioche au beurre et lait malté. À dire vrai, il aimait toutes les glaces, sauf celles aux fruits rouges. Et encore, il lui arrivait de goûter de la fraise, à l'occasion.

Tout en croquant ses guimauves et ses noix de macadamia, il expliqua la bouche pleine :

— Tu vois, Lilith, être adulte a de gros avantages : si ça me chante, je peux prendre du chocolat et du poulet *quesadilla* au petit déjeuner. Personne ne m'en empêchera. Une garce dans ton genre me jugera peut-être, mais quelle importance ? Donc, aujourd'hui, mon petit déjeuner sera Rocky road et café. Quant à hier soir, j'ignore si Mace est venu pourfendre mes dragons ou juste reconnaître qu'il avait des démons. Nous avons pris la décision de nous voir régulièrement, mais nous n'avons pu aller plus loin... Il est devenu livide, j'ai bien cru qu'il allait tomber dans les pommes.

Quand Lilith repoussa ses cheveux de ses yeux, elle emmêla ses bagues dans ses longues mèches. Elle les décrocha tout en répondant :

— C'est parce qu'il a reçu une balle... pour toi. Au sens littéral. Donc, ses frères sont désormais au courant, c'est ça ? Ils en disent quoi ?

Rob plongea sa cuillère dans son bac à glace.

— À mon avis, Bear savait déjà que c'était sérieux, mais Ivo pensait que Mace m'avait juste baisé… D'un certain côté, il ne se trompait pas tant que ça. Je crois qu'ils vont en discuter entre eux, parce que… Mace a violé une de leurs règles intangibles. Aucun d'eux ne tient à un procès pour harcèlement sexuel. J'ai déjà travaillé dans des endroits où un des salariés couchait avec le patron. Au début, ça va, l'amant ou la maîtresse se pavane et a tous les avantages, mais ensuite, ça se dégrade et la situation tourne à l'aigre très vite. Bear, Gus et Ivo vivent de 45 Ink, alors, ils sont tous les cinq très protecteurs envers lue salon, c'est normal.

— Eh bien, maintenant que j'ai vu Mace de près, je ne protesterais pas s'il me harcelait sexuellement, ronronna Lilith. Il a des bras magnifiques et un torse… hmm. Et son visage… putain ! Si son cul est aussi sublime, je passerais volontiers ma vie au lit.

Rob brandit vers elle une cuillère maculée de chocolat.

— Lilith ! Tu ne respectes pas les hommes, tu sais ! Voilà pourquoi tu as tant de mal à en garder un. Mace est bien plus qu'un beau visage et un corps solide. Il a connu une enfance merdique et son père est venu à lui avec… une arme à la main ! Et accompagné d'un complice lui aussi armé. Ce qui me sidère le plus, c'est que Mace n'a pas paru surpris. C'était le chaos, la folie à l'état pur, j'étais terrorisé et lui continuait à discuter comme s'il avait vécu cette scène des centaines de fois. Il était *résigné*, Lilith. Puis son père a tiré et là… j'ai bien senti qu'ils voulaient tous nous tuer pour ne pas laisser de témoins.

Il n'avait pas oublié sa terreur, elle continuait à hanter ses cauchemars. Son affolement lui laissait un goût amer dans la bouche. Rob ne pouvait plus avaler, étranglé par une grosse boule dans sa gorge. Il sentait encore la vieille Chinoise dans ses bras et son dos gardait des bleus de s'être heurté à la rambarde de l'escalier en la rattrapant de justesse quand elle avait été blessée. Il s'était mis entre la vieille dame et son meurtrier potentiel. Parfaitement conscient de la fragilité de sa protection, il n'avait pas hésité.

Oubliant la glace, il avait sur la langue le goût de cendre des regrets. En toute logique, il n'aurait rien pu faire pour empêcher le drame… il le savait. Pourtant, il en doutait toujours, l'âme déchirée d'avoir vu Mace étendu sur cette civière, ensanglanté et inconscient. Quand Rob fermait les yeux la nuit, le visage exsangue de Mace apparaissait sur l'écran de ses paupières closes. Le revoir aujourd'hui avait été un choc. En même temps, son cœur chantait de joie.

— Tu es sacrément amoureux, on dirait. Et pas seulement parce qu'il a été blessé en cherchant à te protéger, tu étais déjà dingue de lui avant.

Cette réflexion arracha Rob à ses pensées.

Il marcha jusqu'à Lilith, s'installa avec elle sur le fauteuil et lui tendit son bac à glace en une offrande silencieuse. Ils étaient plutôt serrés ainsi installés, mais Rob apprécia la chaleur corporelle de son amie. Il en avait bien besoin : il était gelé.

Dehors, la ville s'éveillait. Les portes de la caserne étant ouvertes, on apercevait les camions rouges à l'intérieur. Rob les regarda et reconnut quelques-uns des pompiers qui travaillaient. Il se surprit à chercher un bel homme tatoué, même s'il était évident que Mace ne serait pas là aujourd'hui.

Il finit par répondre :

— J'en doutais encore avant de le revoir. Quelle idiotie d'être venu au salon ! Il venait juste de sortir de l'hôpital, il aurait dû se reposer ! Mais… eh bien, le voir m'a fait un choc. J'étais bouleversé… Je ne pouvais pas respirer, Lil, j'avais les larmes aux yeux. En plus, il s'est pointé pendant une dispute, Ivo voulait en savoir plus sur notre relation… et Mace est apparu comme par miracle comme s'il sentait que j'avais besoin de lui.

Il ouvrit la bouche et accepta une cuillerée de glace fondue que Lilith lui offrait, puis reprit, d'un ton pensif :

— J'étais en colère contre Ivo… Il m'accusait de ne pas être venu à l'hôpital, de ne pas me soucier du sort de Mace. Je m'apprêtais à lui flanquer un coup sur le nez – et donc à renoncer à mon emploi chez 415 Ink… Je calculais mentalement l'état de mes finances, me demandant si tu m'aiderais le temps que je trouve un autre poste. Je savais déjà que si je frappais Ivo, il n'hésiterait pas à me casser les doigts, ce qui m'empêcherait de travailler pendant des semaines… Bref, j'étais en plein trip quand Mace est arrivé.

Il poussa un petit cri étouffé, puis enchaîna :

— Il paraissait épuisé, Lil, mais j'ai failli lui sauter dessus et l'embrasser à en perdre le souffle. Il était tout faible et pourtant si fort et sûr de lui. Tu ne peux pas imaginer l'ordure qu'est son père ! Je n'ose imaginer la vie que Mace a endurée avec un homme pareil ! Et il est si bon, si brave, si courageux. C'est incroyable !

Lilith lui offrit une autre cuillerée. Rob, pris par son récit, la refusa d'un mouvement de tête.

— Son père est raciste et homophobe, bien sûr, mais bien pire encore. C'est un sadique de la pire espèce. Il prend son pied en blessant les gens, en les tuant même. J'ai bien cru cette nuit-là que nous allions tous mourir. Ces gars ne nous voyaient même pas comme des humains. Je suis toujours choqué de voir les enfants courir derrière les pigeons dans le parc, leurs parents sourient et trouvent ça mignon, mais pour les pigeons, c'est terrorisant et personne n'y pense. Le vieux Crawford est un monstre et la plus grande terreur de Mace est d'avoir les mêmes gènes et de devenir un jour comme lui. C'est tellement triste !

— C'est surtout très con ! jeta Lilith, les sourcils froncés. À la fête l'autre soir, j'ai vu les amis de Mace et de ses frères : ils sont très cosmopolites. Si tu veux mon avis, Mace est exigeant envers tout le monde, mais surtout envers lui-même. Son métier, c'est de pénétrer dans des bâtiments en flammes pour y récupérer les gens. Il s'inquiète plus de leur sauver la vie que de la couleur de leur peau.

Rob eut un petit rire.

— Bien sûr. Et il parle chinois. Il a un accent épouvantable, d'après ce que j'ai compris, mais cette vieille dame le comprenait quand même. D'ailleurs, tout le monde l'adore ! Ses jeunes frères le traitent de salaud parce qu'il les pousse toujours à se perfectionner, mais n'est-ce pas le rôle d'un aîné responsable ? Je le suppose, même si mes frères se sont toujours contentés de m'emmerder parce que j'étais différent d'eux. Mace adore sa famille. Je le vois bien. Et de les voir tous ensemble me rend parfois un peu jaloux – même quand Gus joue à Grincheux – parce que chez moi, ça n'a jamais été comme ça.

Lilith posa la tête sur son épaule.

— Si tu écoutes ton cœur, Rob, ils deviendront bientôt tes frères.

— JE DÉTESTE les réunions de famille ! grommela Ivo en se servant une tasse de café.

Mace l'examina. Ce matin, son frère portait un pantalon de survêtement noir et un débardeur avec une licorne en paillettes sur la poitrine. Ses cheveux emmêlés avaient des teintes sourdes d'un effet un peu étrange. Mace se demandait si c'était un choix délibéré ou les conséquences d'une décoloration en cours. N'étant pas fou, il ne comptait pas poser la question.

Ivo se tourna vers lui, la cafetière encore à la main.

— Pendant que je suis, je te sers un café ? Je te rappelle que tu n'es pas censé utiliser ton bras.

— Oui, merci.

Earl étant sur son passage, Mace mit plus de temps que nécessaire à traverser la cuisine. En fait, il commençait à se demander si le faire trébucher n'était pas le nouveau jeu de ce foutu clebs.

— Apporte-moi mon café au salon, demanda-t-il à Ivo. Avec cette saleté de chien qui se frotte à mes jambes, je risque de tout renverser.

Rey, qui arrivait, referma la porte derrière lui et se mit à rire.

— Earl sait que tu es blessé et cherche à te démonter qu'il compatit. Est-il déjà sorti ce matin ou dois-je me charger de lui faire poser sa crotte ? Je parle du chien, pas de Mace.

Ivo sucrait la tasse de Mace et n'y allait pas de main morte. Rien qu'à le regarder faire, Mace se sentait presque des caries.

— Luke l'a déjà sorti, répondit Ivo. Et Bear est allé nous acheter des donuts, mais il a laissé l'interdiction formelle d'y toucher avant que tout le monde soit réuni. Mace, je prends ta tasse. Viens avec moi, Earl. Laisse Mace tranquille.

Le gros chien de race indéterminée jeta à Mace un regard triste, puis suivit Ivo la tête basse, comme un condamné mené à la potence. Rey rit de plus belle.

Il retrouva son sérieux, avança jusqu'à Mace et posa la main sur son bras indemne. D'une voix enrouée par l'émotion, il déclara :

— Je suis content de voir que ça va mieux, mec. Si tu t'étais fait descendre, j'aurais dû courir tout seul dans Chinatown.

Leur amitié remontait à la nuit où Mace, jeune pompier, avait sorti un Rey adolescent d'un appartement en flammes. L'incendie était dû une imprudence du père Montenegro, ivrogne fini qui avait bien failli tuer son fils et sa femme. Plus tard, Rey était lui aussi devenu pompier et les deux amis avaient essuyé ensemble bien des tempêtes. La situation entre eux s'était un moment tendue quand Rey et Gus, le jeune frère de Mace, avaient eu une aventure. Lassé des enfantillages de son amant, Rey avait fini par rompre, manquant détruire Gus. La nuit suivante, Gis avait eu une relation sexuelle non protégée avec une amie tatoueuse. Très curieusement, un petit garçon, Chris, était né de cette unique rencontre. Julia n'avait révélé la vérité à Gus que trois ans plus tard, provoquant un total revirement chez le talentueux artiste. Se savoir responsable d'un enfant lui avait enfin donné un but dans la vie. Revenu à San Francisco, il avait renoué avec Rey.

Pendant leur brouille, Mace avait souffert en silence pour son jeune frère et son meilleur ami, et espéré une réconciliation. Une fois les deux amants réunis, Mace l'avait célébré avec tous les autres, même s'il regrettait de perdre son colocataire. En effet, Rey comptait emménager avec Gus dès que la maison qu'il avait en vue serait retapée. Mace était heureux : Rey allait devenir son beau-frère et comme tous les deux travaillaient dans la même caserne, ils se voyaient encore très souvent.

Les courses folles dans les rues avaient débuté peu après leur emménagement ensemble. Mace, qui dormait peu et mal, avait besoin de se dépenser physiquement pour échapper aux doutes qui le rongeaient constamment. Les deux amis couraient donc jusqu'à ce que tous leurs muscles soient tétanisés, mais Mace souriait en rentrant chez lui, le dos marqué de la claque amicale de Rey à la fin de leur parcours et le ventre gonflé du gueuleton offert par le perdant.

— Eh bien, les médecins m'ont interdit tout effort physique *excessif* jusqu'à la fin de ma rééducation. Dès que j'aurai l'accord de mon thérapeute, le capitaine acceptera que je revienne à mi-temps. Ne rêve pas, Montenegro, lança Mace, gouailleur, je n'ai pas besoin de mon bras pour courir. Et encore moins pour te battre.

Ivo les appela du salon :

— Arrêtez de papoter, les deux commères, et ramenez vos culs, merde, sinon, il ne vous restera que les donuts aux confettis ! Mace, ton foutu café va être froid !

— Pourquoi Bear achète-t-il ces horribles donuts ? marmonna Mace. Personne ne les aime.

Rey haussa les épaules et se servit une tasse de café noir.

— Si, moi. Gus prétend les acheter pour moi, mais j'ignore si c'est vrai.

— Ce doit être vrai. Aucun de nous ne touche à ces horreurs.

Mace s'écarta du comptoir d'un mouvement trop brusque et grimaça, son flanc et son épaule étant encore sensibles.

— Bon, allons-y, ajouta-t-il. J'ai la sensation d'entrer dans la fosse aux lions. Ça va être ma fête !

Rey le salua avec sa tasse.

— Je suis avec toi, mon frère, mais je resterai juste quelques pas en arrière pour éviter les éclaboussures de ton sang. Je ne veux pas de taches sur mon jean neuf.

LES RÉUNIONS de famille étaient une tradition – une nécessité, car tous avaient connu les maisons communes et les foyers d'accueil. En temps normal, il s'agissait d'un simple rassemblement hebdomadaire pour mettre à plat les différends, internes ou autres. Au début, ces réunions étaient rares, mais quand les cinq frères avaient enfin emménagé ensemble, les bagarres étaient pratiquement quotidiennes. À l'époque, aucun des garçons n'était particulièrement doué pour communiquer autrement qu'avec ses poings. Tous avaient grandi dans un environnement où la force brute l'emportait sur la logique et les compromis, les combats étaient donc pour eux monnaie courante. Bear avait fini par en avoir assez de jouer au médiateur – musclé. En voyant Gus et Luke acculer Mace dans le hall d'entrée, il avait explosé et exigé une autre façon de résoudre les conflits.

Ils étaient alors différents, des enfants enragés contre le monde qui les avait si mal traités, désespérés de trouver une place bien à eux. En fait, ils avaient failli s'écharper les uns les autres pour ne pas perdre cette famille dans laquelle Beau les avait regroupés. Les réunions avaient été un test. Au fil des discussions, chacun avait trouvé un rôle qui, d'une certaine façon, s'était avéré prophétique. Bear était resté leur ancre à tous ; Luke devint le médiateur tandis que Mace préférait veiller au maintien des objectifs décidés ensemble, rappelant constamment aux plus jeunes les erreurs commises dans le passé et le but des changements programmés. Gus, le rebelle, restait à l'écart le plus souvent et ne donnait son avis que s'il y était poussé. À de rares occasions, le sujet le passionnait et là, c'était l'inverse : il parlait tant qu'il fallait le faire taire. Ivo, le plus jeune, se montrait délibérément provocateur, s'opposant à l'un ou l'autre de ses frères au gré de sa fantaisie. Mais il finissait quand même par entendre raison –ce qui était tout à l'honneur de ses éducateurs. Adolescent très entêté, Ivo s'était calmé en grandissant.

Rey venait d'apparaître dans ces réunions. De caractère aussi stable que Bear, il avait une influence apaisante, fort bienvenue dans le cocktail volatil qu'était la dynamique familiale des frères.

Rey fut très heureux de constater qu'il restait effectivement deux donuts aux vermicelles dans la boîte. Et Luke avait mis de côté un rouleau à la cannelle pour Mace.

Chacun des frères était à sa place habituelle, avec un certain espace alentour – sauf Ivo qui aimait à se vautrer sur celui qu'il avait choisi d'emmerder –, et un certain remue-ménage régna le temps que Rey s'insère au salon et s'assoie tout contre Gus. Mace, qui avait opté pour un coin du canapé, soupira quand Earl se coucha sur ses genoux.

Gus parla le premier :

— Je n'ai pas tout compris : quel est le but de cette réunion au juste ? Est-ce juste parce que Mace couche avec Rob ?

— Je ne *couche* pas avec lui ! protesta Mace.

Il grimaça en voyant Bear lui lancer un regard cinglant, puis rectifia :

— D'accord, c'est arrivé… une fois…

— *Au salon.*

S'il n'avait pas été au centre du problème, Mace aurait pu s'amuser du halètement horrifié des autres.

— Mais, enchaîna Bear, ce n'est pas exactement le but de cette réunion.

— Eh bien, c'est un tort ! trancha Ivo. Ça devrait. Je sais bien que Gus l'a fait aussi, je parle de baiser une salariée, Julia, même si ça ne s'est pas passé au salon. D'un autre côté, Mace ne risque pas de faire un bébé à Rob, mais là n'est pas la question. À quoi bon avoir des règles si personne ne les suit ? Nous avons tous connu ces endroits épouvantables où tout le monde couche avec tout le monde ! Ça crée des drames sans fin et la réputation du salon finit toujours par en pâtir. Le travail aussi, bien entendu.

— Ça n'arrivera pas avec Rob, répondit Mace. Je te le promets.

Luke intervint :

— Raconte-nous ce qui s'est passé, ça nous permettra de mieux comprendre la situation. Rob compte-t-il vraiment pour toi ? C'est une question que nous nous posons tous parce qu'il était avec toi la nuit où tu as été attaqué. Nous devons protéger le salon, bien sûr, mais nous devons aussi *te* protéger, Mace. Et pour ça, il nous faut savoir ce que tu penses, ce que tu veux… et qui tu aimes.

Il prit la main d'Ivo et la serra quand son jeune frère détourna les yeux.

Mace ne fut pas surpris de la question de Luke, qui avait le don d'occulter les émotions pour d'aller droit aux faits. Plus que jamais, Mace se sentait au bord du gouffre. Il affrontait son destin : ses frères et son meilleur ami le regardaient tous, avec sympathie, inquiétude et/ou colère à des degrés divers. Il ne pouvait garder plus longtemps ses secrets, ça devenait trop lourd. Après les dégâts causés par son père, il éprouvait le besoin de connaître la réaction de sa famille à la vérité.

Ses frères et Rey l'aimeraient-ils encore une fois qu'ils connaîtraient la souillure qu'il portait en lui ?

Il haussa les épaules et passa aux aveux :

— Rob compte beaucoup pour moi. J'ai longtemps lutté contre mon attirance pour lui et un jour… j'ai cédé. J'ai cru à une passade, je me suis dit qu'une fois passé à l'acte, je pourrais oublier et que nous recommencerions à nous ignorer mutuellement, mais ça n'a pas marché. Nous avons passé du temps ensemble… et j'ai commencé à penser que ça marcherait peut-être, lui et moi. Je n'ai jamais imaginé qu'on puisse m'aimer, à part vous, les gars…

Ça devenait difficile. Il se frotta le visage, baissa la voix et reprit :

— Avec Rob, j'ai réussi à parler de trucs qu'en temps normal, je préfère enterrer, en particulier des horreurs que mon père m'a fait subir – de celles qu'il m'a forcé à faire. Je ne suis pas fier de mon passé. J'ai tout dit à Rob et depuis, il ne cesse d'insister pour que je vous en parle aussi, pour que je partage mon fardeau avec vous. Comme Luke, il trouve que parler de ses émotions, de ses erreurs, de ses progrès, c'est nécessaire. J'ai toujours eu peur d'évoquer avec vous cette partie de ma vie… je me disais que si vous saviez ce que j'ai fait, vous me rejetteriez. Et je ne pouvais pas supporter l'idée de vous perdre… je ne pouvais… pas.

Assis non loin de lui sur le canapé, Bear posa la main sur sa cuisse.

— Tu ne nous perdras pas, Mason, assura-t-il. Tu es notre frère, tu le resteras. Rien de ce que tu as fait n'y changera rien. Rien de ce que tu nous diras n'y changera rien.

Mace releva la tête et regarda ses frères et Rey, les yeux pleins de larmes.

— C'est ce que m'a dit Rob, même après avoir appris la vérité. Je me suis tu trop longtemps et je le regrette parce que ça me ronge, ça me tue à petit feu. Mon père est un monstre, déclara-t-il la gorge serrée. Et autrefois, il a tout fait pour que je devienne comme lui…

XVI

— PUTAIN ! C'EST vraiment dur ! avoua Mace.

En théorie, raconter son enfance à ses frères aurait dû être facile, mais il avait du mal à évoquer John Crawford, cet homme qui l'avait arraché à une petite enfance il se souvenait à peine. Dès que Mace ouvrit la bouche, les mots dont il avait besoin s'envolèrent de son esprit, comme des pigeons affolés fuyant devant un faucon.

Entre ses mains pesait un fardeau invisible, alors, il serra les doigts et se pencha en avant, les yeux baissés. Il fixa le tapis comme s'il le trouvait fascinant. Comment avait-il pu ne pas remarquer plus tôt ses dessins aux teintes contrastées ? Il préférait ne pas regarder les autres en face. S'il ne voyait pas leurs visages, il s'épargnerait la déception et le dégoût qui apparaîtraient sûrement sur leurs traits une fois qu'il aurait révélé la vraie nature de son géniteur.

Et puis, Mace était conscient qu'un monstre vivait en lui sous le mince vernis d'humanité acquis après tant de lutte et d'efforts.

S'était-il réellement bonifié ? Il n'en savait plus rien.

Luke s'approcha de lui.

— Quoi que tu nous dises, Mace, nos sentiments à ton égard ne changeront pas, tu le sais bien, voyons ! Nous avons tous de sombres secrets après ce que nous avons vécu. Aucun de nous ne te jugera.

Luke était d'origine hispanique. Mace ne put s'empêcher d'évoquer cet Hispanique inconnu massacré en cette nuit d'horreur, deux décennies plus tôt. Le visage terrifié ensanglanté par les coups hantait encore ses cauchemars. Ce soir, au lieu de ces traits anonymes, c'était ceux de son frère que Mace voyait : Luke était acculé dans une ruelle en pleine nuit et son agresseur levait une batte dégouttant de sang. Mace sentait le bois de la poignée entre ses doigts crispés.

Il secoua la tête.

— Moi, je me juge, je te le garantis.

Bear s'approcha à son tour et s'assit sur un pouf devant Mace, si près que ses genoux touchaient presque les siens.

— Dis-nous ce qui te pèse tant, petit frère. Luke a raison, nous avons tous vécu l'enfer, nous avons tous été trahis par ceux et celles qui étaient censés nous aimer et nous protéger. Quoi qu'il te soit arrivé, c'est du passé et nous sommes là pour toi. Nous t'écouterons, nous te réconforterons. Nous ne te renierons jamais.

Ivo glissa dans son siège et pressa de son pied nu la cuisse de Mace.

— Vécu l'enfer ? Pas moi ! lança-t-il. C'est vous qui m'avez élevé, les gars, je m'en sors royalement bien !

Gus était de l'autre côté du canapé modulable, la tête sur l'épaule de Rey.

— Même si ton père était un salaud, Mace, je doute qu'il ait fait pire que notre mère, à Ivo et à moi. Et Bear a raison, nous avons tous connu des trucs affreux dans le système fédéral. Quoi que tu aies fait, nous sommes capables de l'encaisser.

Mace lui jeta un coup d'œil. Voir ainsi enlacés son frère et son meilleur ami lui remuait le cœur. Il voulait connaître ce que ces deux-là vivaient. Il n'avait jamais sérieusement envisagé une vie à deux, mais en assistant aux premières loges à la construction – aussi chaotique soit-elle à certains moments – d'une relation solide, il s'était rendu compte qu'il menait une existence étriquée. En cherchant à barricader son cœur, il ratait tant d'expériences, tant de joies… Briser le mur qu'il avait érigé entre ses frères et lui était une première étape. La seconde serait de convaincre un bel artiste aux yeux dorés de lui donner sa chance.

Earl avait déjà la tête posée sur sa cuisse. Bientôt, le chien tint à grimper sur ses genoux et Mace chercha à l'en empêcher. La bataille lui causant des élancements douloureux, il finit par se résigner. Earl s'étala en partie sur lui, en partie sur l'espace libre entre Mace et Ivo.

Après tout, décida Mace, Earl lui donnait un répit. Il le caressa et se perdit un moment dans le contact apaisant de cette fourrure rêche qui lui chatouillait les paumes.

— Tout a commencé quand ma mère l'a quitté… dit-il d'une voix étranglée, à moins que ce soit plus tôt, à ma naissance. Je ne sais pas. Je n'ai aucun souvenir précis de lui avant le jour où il m'a enlevé. Je savais qui il était, mais il n'intervenait pas dans mon quotidien jusqu'au jour… où il est devenu mon univers tout entier. Il a essayé de me changer, de me changer *entièrement*. Il m'a donné un autre nom, il a réfuté tout ce que ma mère m'avait appris. En fait, il voulait que je devienne comme lui.

Ces mots – ces mots atroces – lui échappèrent avec difficulté. Mace inspira un grand coup, mais sans parvenir à desserrer l'étau qui lui contractait la poitrine.

Il se força néanmoins à continuer :

— Il a les pires défauts qui soient : raciste, homophobe, sexiste… Il ne cessait de me répéter que ceux qui n'étaient pas comme nous – c'est-à-dire blancs de peau – ne comptaient pas. Pour lui, c'étaient des animaux. Il parlait de les soumettre ou de les détruire.

Il faillit craquer en voyant que Luke n'enlevait pas sa main. Au contraire, son frère se mit à lui frotter la cuisse. Mace détourna les yeux et se figea. Earl gémit doucement, réclamant d'autres caresses. Ivo s'en chargea et le chien en soupira de contentement. Mace étudiait les touffes de poils sortant des oreilles d'Earl en reprenant son sinistre récit :

— Au début, je ne voulais pas l'écouter ni croire à ces horreurs. Alors, il a décidé de me mater. Parfois, il me jetait dans la baignoire, la remplissait d'eau glacée et me tapait dessus… Quand je sortais, l'eau était toute rouge. Parfois, il me privait de nourriture. Il m'enfermait dans un placard et quittait l'appartement ou la maison, car nous ne cessions de déménager. Je restais seul enfermé dans le noir pendant des heures, ou des jours…

En évoquant son calvaire, il sentit une nausée monter. Et puis, il avait l'épaule engourdie, il changea légèrement de position pour atténuer la douleur.

— Le pire de tout, chuchota-t-il, c'était le silence. Je n'entendais rien, *absolument rien*. Et je ne voyais rien, *absolument rien*. Il mettait du ruban adhésif sur la porte. Quand nous étions en immeuble, j'entendais parfois de l'eau couler dans les tuyaux, mais le plus souvent, c'était le silence total. J'entendais mon cœur battre dans mes oreilles et je devenais fou. Alors, je parlais à haute voix, je parlais jusqu'à en avoir la gorge à vif. Je me racontais des histoires, je cherchais à prétendre ne pas avoir peur du noir. Je fermais aussi les yeux. Ça paraît idiot, je sais, mais en faisant ça, j'avais l'impression de contrôler l'obscurité – comme si c'était moi qui décidais. Je parlais pendant des heures, mais quand je ne parvenais plus à articuler, le silence retombait…

— Je comprends mieux que ta voix soit aussi éraillée ! lança son jeune frère.

— Ivo, pas maintenant, grommela Bear.

Mace releva les yeux.

— Non, il a raison, autant garder un peu d'humour. En fait, j'ai l'impression que c'est arrivé à un quelqu'un d'autre… Je ne me reconnais pas dans ce petit garçon… Johnny avait un père abusif, alcoolique, drogué, et doté de fréquentations épouvantables. Oui, les amis de mon père étaient comme lui, des hommes violents et emportés, toujours prêts à taper sur les métèques *pour leur apprendre leur vraie place*, comme ils disaient. Je ne me souviens presque pas d'avoir été cet enfant parce que j'ai tout fait pour l'effacer de ma mémoire. Quand Luke nous parle des gosses dont il s'occupe, de ce qu'ils ont subi, il m'arrive de penser : *leur sort est encore pire que le mien, de quoi je me plains ?*

En se frottant le visage, Mace se colla un poil de chien dans l'œil et grogna. Luke voulut l'aider. Mace frémit de cette sollicitude : il ne la méritait pas.

— Tiens-toi tranquille, murmura Luke, laisse-moi faire.

Son accent était plus marqué, ses doigts sur la joue de Mace aussi doux qu'une caresse. Les deux frères se regardèrent, une vague d'émotion très forte passant entre eux. Quand Mace recula un peu, Luke lui offrit un tendre sourire.

— Tu mérites le meilleur, mon frère, dit-il. Je ne comprends pas que tu puisses en douter. Même si ton père a tenté de te pervertir, il n'a pas réussi.

Sceptique, Mace secoua la tête. Gus et Rey, assis en face de lui, s'étonnèrent de sa réaction en échangeant des murmures étouffés. Couvert de sueur froide, Mace tremblait des pieds à la tête. Il déglutit avec difficulté et se força à continuer :

— J'ai été leur complice… mon père… et les autres. Il leur arrivait de sortir en pleine nuit pour partir à la chasse… Ils cherchaient des Mexicains, des Noirs, n'importe qui. Des hommes, en général, mais une ou deux fois, je les ai entendus revenir avec des rires égrillards en disant qu'ils s'étaient bien amusés. Je savais que c'était mal, je le savais, mais je les ai quand même suivis… sinon, ils m'auraient fait subir le même sort.

Bear marmonna des mots apaisants, mais Mace s'entêta, décidé à vider l'abcès maintenant qu'il avait commencé. Il craignait trop de manquer de courage.

— Le pompier qui m'a sauvé du feu était Afro-américain. Au début, j'ai refusé de le suivre. Il disait être venu m'aider, mais je ne le croyais pas. Je ne méritais pas d'être sauvé. Surtout pas par un homme que mon père, ses complices et moi aurions massacré si nous étions tombés sur lui en pleine nuit. Je suis un monstre…

Luke lui attrapa la main et la secoua, forçant Mace à relever la tête pour le regarder dans les yeux. Il rayonnait d'un amour pur et magnifique. Dans son état émotionnel, Mace ne put soutenir plus de quelques secondes ce regard noyé de larmes.

— Mace, tu n'es pas un monstre, absolument pas. Quand je suis arrivé, tu as été le premier à m'accueillir, à me rassurer. Bear travaillait comme un malade pour assurer notre sécurité et nous garder un toit sur la tête, alors, c'est contre toi que nous nous battions le matin quand tu nous forçais à sortir du lit pour aller à l'école ou au travail, même pour un petit boulot à temps partiel. Merde, quoi, tu nous as même traînés manu militari à l'école d'Ivo pour assister à cette ridicule exposition artistique où les profs avaient mis des ronds noirs sur tous les nus qu'il avait dessinés ! Mon frère, voilà l'homme que tu es !

— Luke, comment peux-tu dire ça ? gémit Mace, la gorge serrée. Si je t'avais rencontré étant adolescent, je t'aurais tapé dessus. J'aurais été comme ces brutes qui abusent des gosses que tu cherches tant à protéger. En plus, j'en étais fier. Je n'attendais qu'une chose que la porte de mon placard s'ouvre et que je puisse enfin sortir et respirer l'air extérieur – même si le prix de ma liberté était de faire couler le sang d'un inconnu. Le premier homme que j'ai attaqué te ressemblait beaucoup. Je doute même qu'il ait vécu quand je repense à l'état dans lequel nous l'avons laissé… Je n'étais qu'un enfant, bien sûr, mais ce n'est en aucun cas une excuse. J'ai du sang sur les mains, rien ne pourra jamais effacer cette souillure !

Gus se libéra des bras de Rey et se leva. Il traversa la pièce et vint se placer devant Mace, les poings sur les hanches.

— Tu sais ce qui me gonfle le plus dans ton histoire ? C'est de penser à toutes les fois où je t'ai insulté et raillé de tant tenir à garder une lampe allumée. Je t'ai traité de gamin ayant peur du noir ! Merde ! Pourquoi ne pas nous avoir raconté tout ça plus tôt ? Et cette musique que tu mettais en permanence. Moi, j'avais besoin de calme, j'étais sûr que tu faisais exprès de m'emmerder alors que…

— Ne ramène pas tout à toi, bébé, dit Rey, gentiment.

Il esquissa le geste de se lever, mais à peine s'était-il penché en avant que Bear le maintint en place d'une main sur l'épaule.

— Non ! protesta Gus. Il ne s'agit pas de moi, mais de ce sinistre abruti de Mace ! Il a passé sa vie à vouloir faire de nous des hommes meilleurs –

alors que son père a fait le contraire avec lui – et il a cru que nous allions le rejeter ? Je me souviens de ces nuits où Luke, Ivo et moi faisions le bilan des *épouvantables* exigences de Mace, et jamais aucun de nous n'a cherché à comprendre d'où ça lui venait ? Putain !

Gus se tourna vers Mace et gronda :

— Rien n'était jamais assez bien pour toi ! Si tu étais aussi chiant, ce n'est pas parce que tu nous trouvais nuls, mais parce que tu te croyais indigne ? C'est de la pure connerie ! Te rappelles-tu au moins le serment que nous avons tous pris en nous installant ensemble ? *Un pour tous et tous pour un* ! Merde, quoi ! Je te hais presque autant que je t'aime parce qu'il t'a fallu tout ce temps pour parler.

Ivo ricana :

— J'ai entendu un truc du genre : *pardonne-nous nos offenses comme nous pardonnons à ceux qui nous ont offensés*. Pas mal, non ?

Ces paroles furent pour Mace un choc. Il fixa son frère, éberlué. Ivo repoussa en arrière la masse de ses cheveux pastel et lui sourit avec ironie.

— Si Bear a créé cette famille, reprit-il, c'est pour que nous restions unis et solidaires, non ? Arrivé bon dernier, je m'en sors plutôt bien par rapport à vous autres. Après tout, je me souviens à peine de ce qui m'est arrivé avant – sauf que Puck a cherché à me tuer, oui, je suis au courant. Bref, nous avons chacun nos casseroles, mais ce qui compte, c'est de faire front commun.

Bear poussa vigoureusement Earl, le délogeant de sa place. Sans se soucier du regard attristé que lui lançait son chien, Bear s'assit à côté de Mace et prit en coupe le visage hagard. Ses mains énormes étaient si chaudes que Mace, surpris, en cligna des yeux.

— Ivo a raison ! tonna son frère. Nous sommes là pour toi, comme nous serons toujours là les uns pour les autres. Je te serrerais volontiers dans mes bras, mais vu que tu es tout cassé, ça serait sans doute une mauvaise idée. Et puis, tu es bouleversé, ce qui n'arrange rien. Détends-toi, petit frère. Tu as porté bien trop longtemps ton fardeau tout seul. Tu aurais dû nous laisser plus tôt le partager avec toi. Je savais bien que tu baisais pour oublier, comme beaucoup d'autres l'ont fait avant toi. Je savais aussi que tu avais verrouillé ton cœur. Je suis heureux que ce soit de l'histoire ancienne.

Il secoua la tête et enchaîna :

— Et pour ce que tu as fait jadis, personne n'a le droit de te juger. Un gosse plongé en enfer est en droit de survivre, quel que soit le prix à payer. Chaque fois que ton père ouvrait ton placard, tu vivais un jour de plus, c'est tout. Je suis navré que tu aies eu à endurer ça, mais entre ta souffrance et celle d'autrui, tu as choisi la seule option viable. C'est normal, c'est même sain. Ça ne définit en rien l'homme que tu es.

Bear regarda autour de lui : Gus arpentait le salon, Ivo affichait un sourire sardonique et Luke écoutait, attentif et intense. Il revint à Mace et ajouta :

— J'ai eu confiance en toi autrefois. Je t'ai laissé la charge difficile d'élever ces trois-là. Bien sûr, j'étais là, mais je travaillais de très longues heures, aussi c'est toi qui gérais l'essentiel des tâches domestiques. Et tu as assuré. C'est grâce à tes sacrifices et à ta loyauté que la famille a tenu le coup et que nous sommes aujourd'hui ce que nous sommes. Tu aurais pu t'en aller.

Luke eut un rire bref.

— Personne ne t'en aurait blâmé, ça, c'est sûr ! En fait, je doute que quelqu'un ait cru à notre réussite. Nous étions tous dans un sale état !

— Pas moi ! lança Ivo. J'ai toujours été adorable.

Gus ricana.

— Tu rêves en couleur, frangin. Je suis surpris que Rey ne t'ait pas encore tué, et c'est l'homme le plus conciliant que je connaisse.

Rey secoua la tête, un sourire aux lèvres.

— Gus, ne me jette pas dans l'arène, s'il te plaît.

Il se tourna vers Mace et enchaîna :

— Mace, tu m'as sauvé la vie, je te le rappelle. En plus, tu m'as transmis ta passion pour ton métier et c'est grâce à toi que je suis devenu sapeur-pompier. C'est aussi grâce à toi que j'ai connu Gus, mon futur mari, et comme il a déjà un enfant, je n'aurais même pas à lui en faire un.

— Puisqu'on parle sexe, intervint Ivo, ce serait sympa que vous calmiez tous les deux. Ça nous permettrait peut-être de dormir la nuit.

Bear refusa de laisser dévier la conservation :

— Pour en revenir au vif du sujet, Mason, tu aurais dû nous faire confiance et nous laisser t'aider. Tu n'es pas responsable des horreurs que tu as pu commettre dans ce contexte tordu. Tu n'étais qu'un gosse et ton père t'a manipulé de la pire façon qui soit en jouant sur l'amour que tu lui portais et sur ta désorientation d'avoir été séparé de ta mère. Tu t'es battu pour échapper à son emprise et devenir un homme que je suis fier d'appeler mon frère.

— C'est pareil pour nous tous, dit Luke, à mi-voix.

Il jeta à Gus un coup d'œil sévère et insista :

154

— Pas vrai ?

Bear le tenant toujours, Mace ne put se détourner, aussi remarqua-t-il l'expression troublée de Gus, mélange de remords, d'embarras et d'excuses.

Son jeune frère hocha la tête et marmonna :

— Bien sûr. C'est juste… je lui en veux d'avoir douté de nous et de notre soutien. Vous savez tous ce que ma mère a fait à Puck et à moi. Et je trouve gonflé qu'Ivo soit au courant après tout le mal que nous nous sommes donné pour le protéger ! Merde quoi ! Quant à Luke, sa vie a été merdique et ça ne l'empêche pas d'être le meilleur d'entre nous. Et Bear, le pauvre, ses emmerdes ont commencé le jour où il a atterri chez nous et hérité de trois cousins, Puck, Ivo et moi. Avec ça, Mace, comment as-tu pu croire que nous te rejetterions ? C'est complètement con, mec. Et moi qui te croyais intelligent !

Bear lâcha Mace et se tourna vers Gus :

— Hériter de vous – comme tu dis – est ce qui m'est arrivé de plus beau dans ma vie. Nous formons une famille, rien ne nous séparera jamais. Vous êtes tous devenus mes frères au fil des ans, Rey y compris. Je donnerai ma vie pour chacun de vous et vous feriez pareil, j'en suis certain, mais jamais nous ne tournerions le dos à un des nôtres.

— Je ne suis pas d'accord ! s'exclama Gus.

Quand tout le monde tourna la tête pour le fixer, il s'empressa d'expliquer :

— Je voulais juste dire que je ne considère pas *du tout* Rey comme un frère ! Faites-le si ça vous chante, y compris toi, Mace, mais personnellement, je le vois tout à fait différemment.

Ivo soupira :

— Encore une fois, Gus ramène tout à lui !

Luke prit les deux mains de Mace dans les siennes et pressa le front sur sa tempe. Malgré la tension qui continuait à vibrer dans l'air, Mace se sentit enfin respirer plus librement. Son cœur se remit à battre.

La gorge serrée d'émotion, il ne put que dire : « Merci ».

À ses pieds, Earl gémit et se glissa entre ses jambes, le canapé et l'énorme pouf.

— Oui, reprit Mace avec un sourire, merci à toi aussi, Earl.

— Je t'aime, mon frère, murmura Luke. Nous t'aimons tous. Et si tu doutes d'avoir les mains propres, utilise de l'eau et du savon. Ça enlève les traces de sang, je le sais d'expérience. Ça a marché pour moi, ça marchera aussi pour toi.

LE LIT de Luke était plutôt confortable, pourtant, Mace ne parvenait pas à dormir. Il avait bien proposé de monter jusqu'à sa chambre, malgré l'étroitesse de l'escalier, mais il était trop fatigué, aussi avait-il fini par accepter de rester cette nuit encore au rez-de-chaussée. Somnolent et maladroit à cause des analgésiques, il ne cessait de heurter son épaule dans les couloirs.

Depuis deux ans, l'ancien parloir devant la maison était devenu la chambre de Luke. Il y dormait rarement, mais la pièce gardait son odeur – savon Ivory et soupçon d'agrumes. Contrairement à Gus et Ivo, Luke aimait l'ordre et la netteté. Son mobilier était presque spartiate : quatre petites étagères alignées sous les fenêtres donnant sur la rue contenaient un mélange de romans en tous genres et des manuels presque aussi gros que la tête de Mace. Le vert sauge des murs prenait un ton argenté à la lueur de la lampe de chevet. Étendu sur le lit douillet, entouré d'épais oreillers, Mace écoutait la pluie battre les carreaux.

Il dut somnoler, car il se réveilla en sursaut en entendant sonner son téléphone. Il voulut s'assoir et se fit mal à l'épaule. Il se retrouva entortillé dans les couvertures alors que sa sonnerie continuait à pleins volumes : *Polk Salad Annie*, de quoi réveiller les morts ! D'ici trois secondes, un de ses frères taperait au plafond au-dessus de sa tête.

Mace plissa les yeux et chercha à se remémorer le plan du premier étage.

— Non, murmura-t-il, c'est Bear qui dort au-dessus de moi. Il préférera descendre et m'engueuler.

Il attrapa enfin son appareil.

— Allô ?

— Salut. Je te réveille ?

Rob… Sa voix sensuelle ranima le désir toujours latent de Mace.

— Non, mentit-il.

— Excuse-moi. Je sais qu'il est tard, mais je tenais à m'assurer que tout allait bien. J'ai eu ton message tout à l'heure, mais il y avait un monde fou au magasin et très frères étaient… un peu bizarres. J'ai préféré attendre d'être rentré pour t'appeler.

Mace s'était redressé trop vite, une douleur atroce le fit se raidir avec un gémissement muet. Il respira, les dents serrées, puis s'appuya contre le bois de la tête-de-lit dont il apprécia la fraîcheur contre son dos crispé.

— Comment ça, bizarres ? Qu'est-ce qu'ils t'ont dit ? Si l'un d'eux t'a emmerdé, je vais…

Rob l'interrompit d'un rire amusé.

— Du calme. C'était plutôt l'inverse, ils paraissaient… sonnés. Comme après un combat de boxe quand on a vu des étoiles. Gus est resté au salon toute la journée, ça m'a surpris. Et Ivo s'est même montré sympa envers moi, tu imagines ! En temps normal, il passe son temps à critiquer mon travail. Il est bien pire que Bear – lui au moins, je comprendrais qu'il me reprenne : c'est mon patron, après tout. Et tu le sais très bien, je me demande pourquoi je te raconte ça. Bon, parlons plutôt de toi, comment va ?

Mace faillit hausser les épaules et se reprit de justesse.

— Bien. Je suis juste un peu fatigué à cause des médocs. Et je continue à avoir des réflexes idiots comme chercher à attraper un truc de la mauvaise main ou assoir Earl avec moi sur le canapé. Au fait, je sais que ça te démange de me poser la question : oui, je leur ai parlé aujourd'hui.

— Oh. Qu'est-ce qu'ils ont dit ?

— Que j'étais un connard et un enfoiré d'avoir douté d'eux et pensé qu'ils me rejetteraient.

Toute la journée, Mace avait réussi à contenir ses émotions, mais peu à peu, son contrôle s'était érodé. D'un seul coup, la digue s'écroula et libéra les flots. Un sanglot lui échappa, comme une lame de scie l'ouvrant en deux.

Ce n'était pas simplement de la peur qu'il avait éprouvée pendant si longtemps, le mot était trop faible pour décrire la terreur panique qui l'avait hanté. Sans ses *frères*, Mace serait trop dévasté pour continuer à vivre. Pour rester entier, il avait besoin d'eux comme des lanières de cuir bien serrées autour des morceaux de lui-même qu'il avait ramassés dans la boue et dont il essayait de faire un homme. Ses frères avaient donné un but à sa vie, ils étaient son salut. Affolé à l'idée de les perdre, il ne s'était pas fié à eux pour l'aider à se libérer définitivement du monstre qui avait cherché à le modeler à son image.

Un rire de Rob le ramena au présent :

— Si je comprends bien, ils t'aiment toujours ? J'ai passé la journée avec eux, tu sais, et ils m'ont semblé très calmes. Julia est passée avec le gamin et il est question d'organiser un barbecue pour fêter ton retour à la santé. Donc, je ne m'inquiétais pas qu'ils t'aient mis à la porte et que tu dormes dans un carton au coin d'une rue.

Rob riait toujours, se foutant de sa gueule. Mace grinça un peu des dents et secoua la tête.

— Je t'insulterais volontiers, mais si je le fais, tu n'accepteras sans doute pas de sortir avec moi. Oui, ils m'aiment toujours, oui, tu avais raison. Tu es content ? C'est ce que tu voulais m'entendre dire ? C'est pour ça que tu appelais ?

— Non. J'appelais pour entendre le son de ta voix.

Rob hésita un moment, puis reprit d'une voix plus basse :

— Je t'ai souvent rendu visite à l'hôpital, mais soit tu dormais, soit tes frères bloquaient ta porte. Du coup, je ne t'ai pas entendu me dire que ça allait et… j'en avais besoin. C'est idiot de ma part, je sais, parce que tu as failli clamser d'être passé me voir…

— Je n'ai pas failli clamser, protesta Mace, contrairement à ce que prétendent mes abrutis de frères.

Rob soupira.

— Si, j'étais là, je t'ai vu. Tu étais à deux doigts qu'un médecin aux cheveux ébouriffés t'attache à une table d'opération et t'expose à la foudre. Si on ajoute des loups-garous et des chevaux hennissants, tu étais pratiquement monté. Je me demande pourquoi tu t'obstines à te croire invincible, mec. Ce symbole que ton père t'a gravé dans le dos, ça n'est pas un S, tu n'es pas Superman. Tout le monde a droit à l'erreur, c'est dans la définition de l'être humain. Nous avons tous besoin d'un coup de main un jour ou l'autre. C'est normal.

À son tour, Mace soupira bruyamment.

— Peut-être, mais pour moi, c'est difficile. J'ai du mal à parler de ce que je ressens, j'ai du mal à demander… de l'aide, bien sûr, mais aussi ce que je veux, ce dont j'ai besoin. Je vais essayer de faire des progrès en communication. Je te le promets.

— D'accord, bonne idée. Je ne connais rien de plus érotique qu'un gars capable d'exprimer ses désirs… surtout au lit, ajouta Rob d'une voix pleine de promesses torrides.

XVII

— Si vous avez besoin de quoi que ce soit, faites-le-moi savoir, Mme Hwang, déclara Mace.

Il arrivait au bout de son vocabulaire cantonais, aussi avait-il prononcé certains mots en anglais. À l'autre bout du fil, Mme Hwang ne semblait pas lui en vouloir. Sa voix joyeuse agissait comme un baume sur l'esprit troublé de Mace.

— Non, non, non. Ne m'appelle pas comme ça !

Mace se tut, ne sachant que répondre. Le silence pesa un moment, puis Mme Hwang eut un petit rire.

— Tu m'as appelé *Po Po* – grand-mère – l'autre nuit dans ce parking, quand cet homme affreux m'a tiré dessus. Connaître tes sentiments à mon égard m'a aidée à supporter la douleur. Je veux garder ce titre, d'accord ? Je serai grand-mère Yu, pour toi.

Très ému, Mace s'accrocha à la fourrure d'Earl et lui gratta le cou, heureux de sentir le poids du chien contre sa cuisse, même s'il se serait passé des ongles canins plantés dans sa hanche. Il était étendu sur le canapé du salon, son endroit préféré dans la maison. D'abord, c'était confortable, ensuite, il pouvait de là écouter la maison et siroter son café en téléphonant à une vieille dame qui aurait pu lui briser le cœur.

Il avait eu terriblement peur qu'elle ne se remette pas de ses blessures, aussi se trouvait-il des excuses d'être encore plus mauvais que d'ordinaire en cantonais. Il s'entêta malgré tout :

— Je serai très honoré de vous appeler grand-mère. J'aimerais aussi que vous quittiez l'hôpital, que vous puissiez rentrer chez vous et cuisiner pour moi. En ce moment, je suis chez mes frères et la nourriture est horrible. Aucun d'eux ne sait faire le *xiaolongbao** ou le *chow fun**. En plus, je n'ai pas eu le temps de vous poser vos étagères. J'aimerais que vous soyez là pour que je ne risque pas de les mettre à la mauvaise hauteur. Je suis grand et vous êtes toute petite.

Elle répliqua avec verve et la conversation dura encore quelques minutes. Puis elle raccrocha. Mace garda son téléphone à la main.

Le chien, devinant une ouverture intéressante, roula sur lui-même et offrit son ventre aux caresses. Quand Mace ne réagit pas assez vite au goût d'Earl, il reçut au menton un coup de patte arrière.

— Foutu clebs ! grommela-t-il. Tu sens le romarin. Dans quoi t'es-tu roulé ? Serait-ce dans le jardin aux herbes de Bear ? Il va t'écorcher vif s'il le découvre.

— Ça m'étonnerait beaucoup, Bear est dingue de son chien ! s'exclama une voix familière et très bienvenue.

Earl redressa la tête, surpris de voir arriver un nouveau venu. Fidèle lui-même, il fit fête à Rob sans considérer qu'il représentait une menace pour Mace.

En fait, réalisa Mace avec une certaine surprise, Earl connaissait très bien Rob : il le voyait tous les jours au magasin. Sans doute passait-il plus de temps avec lui qu'avec Mace.

À la main, Rob avait deux sacs bien garnis provenant du magasin de tacos du bout de la rue. Il était vêtu pour aller au travail de toute évidence, avec un vieux jean, un tee-shirt au logo d'un groupe de musique – des habitués de 415 Ink – et des bottes noires un peu éculées. Ses cheveux noirs étaient hérissés de pointes bleu saphir. Il arborait un large sourire, ses dents blanches contrastant avec son teint bronzé, des fossettes creusaient ses joues rondes.

La joie qu'exprimait Rob à sa vue toucha Mace au cœur.

Earl se jeta sur les sacs et tenta de les sentir. Rob le repoussa du genou.

— Earl, tu es nul comme chien de garde, jeta-t-il, faussement sévère. Tu ne m'as même pas entendu frapper à la porte !

Earl geignit sa désapprobation, mais celle-ci s'adressait plus à la nourriture dont on le privait qu'à la remontrance reçue. Il revint vers Mace et se coucha à ses pieds.

Rob s'approcha et déclara :

— J'espère que tu as faim, parce que j'ai pris de quoi déjeuner. Comme j'ignorais tes goûts, j'ai un *carne asada** burrito*, un *carnitas** burrito, un *pollo asado** *quesadilla** et des *elote**. J'avais aussi un poisson burrito, mais Ivo me l'a confisqué à titre de péage pour me laisser entrer. Et vu que d'ici quelques heures, je travaille avec lui et Bear, j'ai pensé que mieux valait lui donner ce qu'il voulait.

Mace se redressa en faisant la grimace parce que son épaule protestait.

— Ne le prends pas mal, Rob, mais je déteste le poisson burrito, alors, n'hésite jamais à t'en débarrasser. Et si Ivo ne l'avale pas très vite, Bear lui en réclamera la moitié.

Rob posa le sac sur le canapé à côté de Mace.

— C'est son problème. Il m'a demandé de te dire de prendre tes analgésiques. Considère que c'est fait.

Regarder Rob déballer ses plats sur la table basse était sans doute l'expérience la plus domestique que Mace ait jamais vécue. Avant de rencontrer Rob, il ne connaissait que des aventures brèves, énergiques et délibérément superficielles. Son intimité avec ses amants d'un soir ou de quelques jours restait exclusivement physique, il ne prenait même pas le temps d'apprendre leurs noms de famille. Jamais il n'aurait envisagé de raconter à ces hommes sans visage qu'il détestait les burritos au poisson, c'était bien trop personnel, un aperçu de sa vie privée.

Une étrange tristesse l'envahit soudain.

Notant son changement d'expression Rob leva un sourcil, une lueur de curiosité dans ses yeux dorés.

— Qu'est-ce qui se passe ? Tu tires une drôle de tête. Je présume que tu as déjà mangé mexicain, non ? Dans ma famille, on le faisait très souvent même si mon père préférait les tea-party et les raves avec peinture de lapin en porcelaine.

Rasséréné, Mace accepta la serviette en papier que Rob lui tendait et répondit d'un ton amusé :

— Ça ressemble plus au Pays des merveilles qu'à San Francisco !

Rob se mit à empiler les sauces et à disposer les plats par couleur.

— Bébé, SF est exactement comme le Pays des merveilles. Il ne manque qu'une fausse tortue. D'après Ivo, je suis le premier homme que tu reçois ici. Ou plutôt, pour reprendre ses paroles exactes : *le premier que tu tiennes à revoir après l'avoir baisé.*

— Il n'a aucun filtre, il dit tout ce qui lui passe par la tête. Je regrette parfois de ne pas l'avoir davantage corrigé quand il était enfant. Pour être franc, aucun d'entre nous n'a jamais levé la main sur lui.

— Il a une grande confiance en lui. Peut-être est-ce justement parce qu'il s'est toujours senti en sécurité. Il peut se comporter de façon scandaleuse, mais il sait aussi ne pas dépasser les bornes. La plupart des gens ne voient que ses jupes et ses hauts talons, et remarquent trop tard que le gars qui les porte n'est pas du genre à accepter qu'on l'emmerde. Je l'ai compris dès ma première semaine au salon. Mais, dis-moi, c'est vrai ? Je suis le premier qui t'apporte des plats mexicains et réussit à corrompre ton garde du corps ?

— Oui, confirma Mace avec un sourire. En temps normal, je ne mélange pas le plaisir et ma vie personnelle. Je baisais très souvent, mais je n'ai jamais connu de vraie relation. En toute franchise, je ne sais absolument pas ce que je suis censé faire en ce moment. Dois-je te dire bonjour avec un baiser ? Ou simplement t'offrir un verre, comme à un ami de passage ? Tu es plus qu'un ami pour moi…

— Eh bien, je vais te simplifier la tâche, répondit Rob en riant, car j'ai déjà prévu les boissons. Quand j'arrive chez un ami, je lui serre la main avec une tape dans le dos, mais toi… hmm ? Un baiser me parait une excellente idée.

Il se pencha, posa une main de l'autre côté des hanches de Mace, son bras tendu soutenant son poids.

Ses lèvres étaient douces. Puis le canapé bougea et Mace en ressentit une vive douleur au niveau de la clavicule, il ne put retenir un grognement frustré. Il aurait voulu profiter d'un long baiser, savourer la bouche de Rob et sucer sa lèvre inférieure renflée, mais l'angle n'allait pas. De plus, sa blessure l'empêchait d'enrouler ses bras autour de la taille de Rob et de l'attirer sur ses genoux.

Mace était excité, il bandait. Il rêvait du contact des mains de Rob sur sa poitrine, jouant avec ses mamelons… mais c'était encore trop tôt. Il allait devoir se contenter d'un baiser. Son état ne lui autorisait rien d'autre.

Quand il embrassait, Mace ne connaissait pas la douceur. En temps normal, ses baisers étaient aussi sexuels, durs et anonymes que les ébats qui suivaient. Une sorte d'agression mutuellement consentie, une demande exigeante et virile.

Ce baiser était *foutrement* différent.

Tout d'abord, Mace goûtait réellement Rob. Il découvrait une fraîcheur sous-jacente, comme l'eau pure d'un ruisseau de montagne à la fonte des neiges. Il y avait aussi un parfum de lumière, une touche de bleu, un soupçon de dentifrice à la menthe et des notes indescriptiblement masculines. La langue de Rob joua avec la sienne et passa sur sa lèvre inférieure en une caresse de velours qui surexcita ses terminaisons nerveuses jusqu'à un presque engourdissement. Elle glissa ensuite dans la bouche de Mace pour lui effleurer les dents.

Un feu naquit entre les deux hommes, des fils enflammés de plus en plus serrés. Enivré, Mace but plus profondément encore à cette bouche pulpeuse, sa main valide soutenant la nuque de Rob, ses doigts enfouis dans les cheveux épais que la teinture rendait un peu rêches. Penchant la tête, Mace chercha à mieux coller sa bouche à celle de Rob, mais son changement de position ralentit au contraire son rythme. Le baiser se transforma en une danse langoureuse, à petites touches.

La position déséquilibrée de Rob ne leur simplifiait pas la tâche et les coussins bougeaient chaque fois que les deux amants cherchaient à se rapprocher. Mace commençait à se demander s'il lui serait possible de plonger dans le corps chaud de Rob. Il en crevait d'envie. Il voulait aussi la queue du bel artiste dans sa bouche et goûter à sa semence salée après les savantes caresses buccales qu'il se savait apte à lui prodiguer. Pourtant, ce baiser était jouissif à sa manière, la matérialisation d'une émotion nouvelle, plus profonde que le désir… même si Mace ne savait la nommer.

Ils revinrent brutalement à la réalité en entendant Earl aboyer avec excitation.

Il y eut un beuglement sonore :

— Oh, merde, désolé !

Sous l'effet de la surprise, Rob bascula et s'écroula contre Mace – et son épaule blessée.

Mace aurait aimé réagir en homme et pousser un simple grognement, mais son hurlement strident ressemblait davantage à celui d'une femme devant une souris.

Après quelques minutes de franche panique – vérifications hâtives de l'état de son épaule et excuses horrifiées de la part de Rob qui, en s'écartant trop vite, avait presque réussi à arracher à Mace son attelle au bras, aggravant ainsi une situation déjà douloureuse –, Bear dut vigoureusement repousser un Earl très inquiet pour se faire une place à côté de son frère sur le canapé.

Mace tenta d'empêcher le chien de remonter sur ses genoux.

— Non, Earl, descends. Rob du calme, ça va aller. Bear, enlève-moi ce chien, il ne m'écoute pas. *Écartez-vous tous* et laissez-moi respirer, merde !

Il en avait bien besoin, il voyait encore des étoiles et son épaule était en feu – un feu bien moins agréable que celui ressenti en embrassant Rob.

Peu à peu, cependant, le calme revint et son agonie se calma. Le souffle encore trop rapide, Mace leva le bras et ajusta son attelle. D'un regard noir, il empêcha Bear de l'aider.

— As-tu pris tes analgésiques ? demanda son aîné. Tu en as certainement besoin. Sont-ils dans la cuisine ? Veux-tu que j'aille te les chercher ?

Le corps massif de Bear penché sur lui mettait toute une partie du canapé dans l'ombre. Mace aurait pu trouver drôle de voir à son frère un air aussi affolé s'il n'avait pas eu les larmes aux yeux.

— Oui, s'il te plaît, grogna-t-il.

Bear fit claquer sa langue

— Earl, viens avec moi. Dès que Mace aurait pris ses calmants, nous descendrons à 415 Ink. Je vais te laisser tranquille, petit frère, j'étais juste passé vérifier que tu n'avais besoin de rien.

Rob vérifia l'heure sur l'horloge murale et se leva à son tour :

— Il faut que j'y aille, moi aussi. Au moment du déjeuner, la circulation est épouvantable. Je ne te raconte pas la journée gênante que je vais passer, Mace ! Mon patron m'a surpris en train d'embrasser son frère !

Malgré les spasmes qui le secouaient encore, Mace grommela :

— Corromps-le avec le *carnitas* burrito.

Bear aboya un rire.

Mace se justifia :

— Il l'a déjà fait avec Ivo pour avoir le droit d'entrer dans la maison. Dis, Bear, j'ai sacrément mal. En plus des antalgiques, pourrais-tu m'apporter une bouteille de whisky ?

Bear s'éloignait déjà vers la cuisine.

— Non, tu n'as pas droit à l'alcool.

Rob se laissa tomber sur le pouf, veillant à rester loin de Mace.

— Je suis tellement désolé…

Mace esquissa le geste de se pencher en avant, mais se ravisa quand la douleur le rappela à l'ordre.

— Ne regrette rien, d'accord ? Je te demanderais volontiers un autre baiser, mais je crains de recommencer à bander.

— Oui, et puis ton frère va revenir. Je préférais qu'il ne nous retrouve pas en position compromettante.

Mace ricana.

— Je ne suis pas puceau, Bear le sait, tu n'es pas vierge non plus, et ça aussi, il le sait. C'est juste que nous avons des règles à la maison : il est interdit de baiser dans les pièces communes. Je crains que Rey et Gus ne les aient pas suivies, ils ont dû baptiser le comptoir de la cuisine et peut-être même l'escalier. Toi et moi nous sommes contentés d'un baiser.

— Oui, mais j'ai failli te renvoyer à l'hôpital !

Rob se tut parce que Bear revenait avec une poignée de gélules et un verre de jus de fruits. Mace se sentait un peu mieux, mais il prit quand même les antalgiques. Il détestait le goût amer qu'ils laissaient sur sa langue et leur effet abrutissant. Sans doute s'endormirait-il dans les dix minutes.

Rob reprit :

— Je resterais volontiers te tenir compagnie, mais j'ai un client qui doit passer pour une deuxième séance. Et je me vois mal téléphoner à 415 Ink en prétendant être malade… Bear saurait que c'est du pipeau. Que dirais-tu que je t'appelle pendant ma pause, vers seize heures ? Si ton bras te fait moins mal à ce moment-là, tu me pardonneras peut-être d'avoir été aussi maladroit…

— J'ai une autre suggestion, intervint Bear. Je vais t'emmener en voiture, d'accord ? Tu reviendras aussi avec moi ce soir et tu resteras dîner avec nous.

Mace sourit à son frère.

— Excellente idée, merci. Je vais dormir comme une masse, mais ça ira mieux ce soir. Je tenterai d'être un bon convive.

— Dans ce cas, vivement ce soir ! s'exclama Rob.

Son visage s'éclaira d'un lumineux sourire. Ébloui, Mace regretta amèrement de ne pas être seul avec son amant pour l'embrasser à en perdre la tête.

Rob désigna ses provisions et ajouta :

— J'en reviens à ma question initiale : quel burrito veux-tu ? Moi, je m'en fiche, j'aime les trois. Je vais laisser Bear choisir après toi. D'abord, parce que c'est mon patron, ensuite, pour lui témoigner ma reconnaissance de ne pas m'avoir tué quand je t'ai presque arraché le bras. Et enfin, pour son invitation à dîner. Après notre baiser, c'est la meilleure chose qui me soit arrivée aujourd'hui !

LES DISPUTES étaient une tradition familiale. Certains avaient des pancakes le dimanche matin, d'autres, une soirée hebdomadaire au cinéma. Vu le caractère volatile des frères de Mace, un désaccord éclatait au moins une fois par semaine, sur un détail ou un autre. En temps normal, l'avis des plus calmes finissait par prévaloir et le « perdant » disparaissait quelques heures pour bouder, avant de réapparaître, l'air de rien.

Cette fois, c'était différent, pour Mace en tout cas. Cette fois, il ne comptait pas céder, même s'il était seul contre tous les autres.

Il voulait rentrer chez lui, il le ferait, point barre.

Luke s'adossa au canapé :

— Restons rationnels, déclara-t-il. Si nous devons avoir une autre réunion de famille, autant écouter calmement ce que chacun a à dire. Pourquoi faut-il *toujours* vous le rappeler ?

Il s'était récemment exposé au soleil, probablement en bêchant le potager de son centre. Il s'était mis au jardinage pour encourager ses jeunes à travailler la terre et rapporter chez eux des légumes frais. Ses pommettes étaient un peu rouges, mais son teint déjà hâlé donnait un nouvel éclat à ses yeux sombres. Il parlait de sa voix professionnelle, calme et apaisante, une tonalité destinée à inciter les âmes troublées à se confier.

Pour le moment, le seul but que Luke avait atteint, c'était d'énerver Mace.

— Ce n'est pas une réunion de famille ! tonna-t-il.

Son objection sembla tomber dans l'oreille de sourds, car tous les autres opinèrent, marquant leur accord avec Luke. Mace continua à arpenter le salon – dans le maigre espace qui restait libre – et se racla bruyamment la gorge sans qu'aucun des frères ne lui prête attention.

La télé grand écran accrochée au mur était allumée sur un match de football, mais le son était coupé. Une publicité de nourriture pour chats apparut.

Bear croisa ses bras épais sur sa poitrine et prit la parole le premier :

— Ça fait un peu plus de deux semaines qu'il a été blessé, non ? Les médecins reconnaissent qu'il a fait des progrès, mais je préférerais attendre qu'il ait terminé sa rééducation avant d'envisager son retour chez lui. Supposons qu'il tombe et que nous ne soyons pas là pour l'aider ?

— Ne parle pas de moi comme si j'étais dans le coma ou dans une autre pièce ! protesta Mace. Je suis juste devant toi, merde !

Il voulut pousser son frère pour attirer son attention, mais bêtement, il utilisa son bras blessé contre une montagne de muscles. Bien entendu, Bear ne bougea pas d'un poil et Mace dut respirer, les dents serrées, pour retenir le violent juron qui lui montait aux lèvres.

— Ma blessure est de l'histoire ancienne, reprit-il au bout d'une bonne minute. Les médecins sont unanimes pour dire que je cicatrise très bien. Avec un peu de chance, je serai bientôt complètement remis et dès le prochain trimestre, je reprendrai ma place dans l'équipe de softball de la caserne.

Gus, assis au coin du canapé, intervint d'une voix sarcastique :

— La vraie question à poser est : est-il en état de baiser ? Vous savez tous qu'il ne peut rien faire *ici* avec Rob, vu que nous sommes tous autour. Je sais d'expérience combien il est difficile d'avoir un peu d'intimité dans cette maison, et pourtant, Rey et moi ne sommes pas au même étage que vous.

Ivo, vautré non loin de son frère, eut un ricanement amusé.

— Qu'est-ce que ça change ? Quand vous baisez, nous sommes tous au courant, je te le garantis. Vous êtes terriblement bruyants ! Même le vieux chat des voisins vous entend, alors qu'il est à moitié sourd ! Rey pourrait postuler pour remplacer la sirène de sa caserne.

Gus lui fit un doigt d'honneur, Ivo éclata de rire.

— Ce n'est pas vrai ! protesta Gus. Vous ne pouvez pas… les murs sont trop épais, hein ?

Plus il parlait, plus sa voix manquait de conviction. Éperdu, il interrogea Bear du regard. Son aîné décroisa les bras et agita la main.

— Euh, ça dépend.

— Tu parles ! persifla Ivo. Il faudrait être à *Oakland* pour ne pas les entendre !

Luke soupira.

— Et si nous cessions de parler de Gus pour en revenir à la raison de cette réunion ? Nous sommes censés décider si Mace peut retourner à Chinatown ou attendre encore un peu.

Excédé, Mace se frotta le front : une migraine se formait entre ses sourcils.

— Je pense que personne ne m'a bien entendu, grommela-t-il. Étant un adulte responsable et autonome, je suis seul à décider de ce genre de choses. Je rentre chez moi. J'adore être ici et je vous aime très fort, mais pour continuer à vous aimer, il faut que je dégage avant de vous tuer tous. Et Rob n'a rien à voir avec ma décision. Pourtant, Ivo a raison, Gus. Nous entendons tout. Les murs sont épais, mais vous êtes effroyablement bruyants. Je veux dormir dans *mon* lit, écouter les bruits de *mon* quartier, écrire assis devant *mon* bureau et peut-être même finir mon foutu livre. De plus, Mme Hwang – grand-mère Yu – sort de l'hôpital dans une semaine. Je veux être là pour l'aider à rentrer chez elle. Vous pouvez le comprendre, j'espère ? Pourquoi continuer à ergoter ?

Il toisa ses frères d'un regard sévère. Puis il croisa les yeux durs d'Ivo et se figea, interloqué.

— Quoi ?

— Je te rappelle que la police n'a pas encore retrouvé ton ordure de père, lança son jeune frère. Tant que ce malade est en liberté, ta vie est menacée, mon vieux, alors ça nous inquiète un tantinet. Désolé si ça gâche ta vie sexuelle, je sais que tu passes énormément de temps avec Rob, mais je n'en ai rien à foutre. Mieux vaut être frustré que mort. Je n'ai aucune envie de t'enterrer, les autres non plus.

Fidèle à son habitude, il était allé au cœur du problème, arrachant d'un coup sec le pansement de la plaie sans se soucier des poils qui partaient avec. Était-ce dû à sa confiance en lui reconnue ou à sa personnalité effrontée ? Peu importait, c'était toujours lui qui avançait le premier en terrain miné tandis que les autres hésitaient.

Après quelques semaines à Ashbury Heights, Mace était à bout, de plus en plus énervé de manquer d'intimité, de ne rien pouvoir faire avec Rob, sauf échanger quelques baisers fiévreux. Par-dessus tout, il ne supportait plus ses limitations physiques. Il continuait à avoir mal quand il bougeait, changeait de position, ou après une éprouvante séance de rééducation. Et il n'avait toujours pas le droit de courir avec Rey. Il en voulait à ses médecins.

Il avança jusqu'à Ivo, lui passa un bras autour des épaules et s'appuya sur lui.

— Il a déjà tenté de me tuer, dit-il à mi-voix. Plusieurs fois en fait, si je compte le passé. Mais je ne veux pas que la peur m'empêche de mener une vie normale, je ne peux pas le laisser gagner. Ne le comprenez-vous pas ? J'ai besoin d'oublier cet épisode. J'aimerais faire l'amour avec Rob, bien sûr, mais aussi courir avec Rey et boxer avec Bear.

Luke ouvrit de grands yeux.

— Boxer avec Bear ? Ça te manque ? Quelle drôle d'idée ! Tu es certain de ne pas être tombé sur la tête ? Tu ne me sembles pas dans son état normal.

— Il cherche à nous distraire, fit remarquer Gus. Ivo a raison. Nous nous sentons plus en sécurité en t'ayant ici – et imagine un peu combien ça me coûte de te dire ça !

— Oui, je sais, mais il faut que tu comprennes un truc, Gus, je n'accepterais jamais plus de vivre enfermé à cause de mon père. Alors, demain soir, je serai chez moi et j'inviterai Rob à dîner. Et c'est un tête-à-tête, vous n'êtes pas conviés.

— Tu tiens à Rob, je sais, grommela Bear, mais tu vas retourner là où ton père t'a tiré dessus. Alors, pose-toi la question, Mason : ce dîner vaut-il de courir un tel risque ? Rob compte-t-il à ce point pour toi ?

Mace soupira, puis sourit gentiment à son frère.

— Je ne sais pas, mais je veux commencer à vivre, Bear, à vivre pour moi. Parce que si je reste enfermé, plus rien n'a de valeur, pas même tomber amoureux de Rob.

XVIII

— As-tu des bougies ? cria Ivo du fond de l'appartement. Je n'en trouve pas.

Mace s'accroupit dans la cuisine et ouvrit le placard long et étroit où il rangeait le bric-à-brac. L'endroit était difficile d'accès, aussi ne l'utilisait-il pas au jour le jour. Perplexe, Mace fixa les étiquettes des bacs en plastique. Il lut les mots au marqueur noir sans y trouver le mot « bougies » et grommela de dépit. Il finit par se résoudre à tout sortir tous et empila les bacs sur le sol à ses pieds.

— Pourquoi des foutues bougies, merde ? Trois de ces bacs sont étiquetés « affaires de cuisine ». C'est nul, comment savoir ce qu'il y a dedans ? Et que cherches-tu dans la chambre de Rey ?

Ivo revenait avec deux chandeliers garnis de bougies blanches.

— Tu es un connard irrécupérable ! s'exclama-t-il, dégoûté. Regarde, Rey est bien plus romantique que toi. Et range-moi ce bordel, le moment est mal choisi pour réorganiser ta cuisine. Rob devrait arriver d'une minute à l'autre et tu n'es pas encore habillé.

Éberlué, Mace s'examina : il portait un jean 501 des plus corrects et un tee-shirt au logo SFFD.

— Tu exagères, j'avais dit tenue décontracte. Et ne me regarde pas comme ça, je suis rasé.

Ivo s'appuya au comptoir de la cuisine.

— Pourquoi m'avoir demandé de passer si tu refuses de suivre mes conseils ?

— Je suis nul dans ces conneries, reconnut Mace, à contrecœur. Tu es cent fois meilleur. Tu lis de la *romance*, putain !

Il tenta de remettre les bacs dans le placard et découvrit, atterré, qu'ils ne rentraient plus.

— Mais c'est pas vrai ! rugit-il. Même ce foutu placard est contre moi !

Ivo posa les chandeliers et vint le rejoindre.

— Laisse, je m'en charge. Va te changer, habille-toi plus classe, mets aussi de l'eau de toilette. Qu'est-ce que tu attends ? Dépêche-toi !

Mace ravala son orgueil et marmonna :

— Hum… pourrais-tu m'aider à me relever ? Mon épaule est encore toute raide. Donne-moi la main.

— Seigneur !

Plus petit que lui, Ivo était doté d'une force physique que Mace avait toujours admirée. Il souleva son aîné du sol sans le moindre effort.

Puis il ricana et ajouta :

— Si tu déconnes ce soir et que tu finis aux urgences, ne compte pas sur moi. Appelle Bear et encaisse l'engueulade qu'il te passera. Ensuite, nous irons massacrer Rob, parce que ce sera de sa faute.

Mace frotta son épaule douloureuse.

— Peuh ! Contrairement à toi, je suis capable de rester chaste. Il n'y a pas que le sexe dans la vie. T'est-il venu à l'esprit que Rob et moi souhaitions peut-être papoter tranquillement, hmm ?

Ivo ricana de plus belle.

— Tu viens juste de me confirmer que ta vie sexuelle est des plus merdiques. Inutile de jouer à l'amish avec moi, frangin, je t'ai vu en boîte. Tu passes ton temps à racoler.

— Non, pas depuis… En fait, j'ai cessé de sortir peu après que Rob est entré à 415 Ink.

À cet aveu, Ivo écarquilla les yeux.

— Je vois, tu l'as repéré dès les premiers jours, alors ? J'étais certain que tu ne pouvais pas l'encadrer !

Mace haussa les épaules et le regretta instantanément. Il se frotta le bras et reconnut :

— Tu ne te trompais pas. Cette attirance incompréhensible que j'éprouvais envers lui m'exaspérait. J'en voulais à Rob. Et il m'énervait chaque fois qu'il ouvrait la bouche. Je ne t'en dirai pas plus, petit frère.

Ivo sourit et se mit à réorganiser les bacs dans le placard.

— D'accord, tais-toi si ça te chante, mais enlève-moi ce jean ridicule. Il a tellement de trous qu'il pourrait servir de passoire pour les spaghettis. Reviens quand tu seras présentable. Et pendant que tu y es, brosse-toi les cheveux. Tu es hirsute.

QUAND MACE revint au salon, Ivo soupira de façon exagérée. Sur un bateau pirate, ce souffle les aurait poussés jusqu'à l'île de la Tortue, sinon dans le golfe du Mexique. Mace venait de constater le vide cosmique de sa garde-robe. En désespoir de cause, il avait enfilé un jean noir et une chemise de bowling gagnée à une loterie quelques années plus tôt. Il présenta à son frère deux flacons d'eau de toilette – les seuls qu'il possédait – et attendit son verdict.

— Bon, garde le jean, grommela Ivo, mais je vais voir le placard de Rey et te trouver un truc *mettable*. Dans cette tenue, on te croirait prêt à affronter Danny et les T-birds. Pour l'eau de toilette, mets *Cool Cotton*. Attention, ne t'asperge pas directement, vaporise devant toi et marche dedans.

Mace se retint de justesse de dévoiler sa stupéfaction.

— Je sais, mentit-il. Au fait, le livreur ne devrait pas tarder. Je vais allumer le four pour garder les plats au chaud.

Ivo et lui venaient de passer deux heures à récurer son appartement. Mace aurait bien continué, mais son frère avait brandi la brosse à dents avec laquelle il frottait les joints de la salle de bain d'appoint en le menaçant de sévices corporels.

Mace fronça les sourcils en fixant ses canapés : ils étaient *vraiment* élimés. C'étaient ceux d'Ashbury Heights qu'il avait récupérés, peu après un vote unanime pour en acheter de nouveaux et modulables.

Des haut-parleurs de sa stéréo émanaient déjà ses bruits blancs préférés : coups de tonnerre et vent d'orage. Un choix un peu étrange, quand même. Mace hésita à ouvrir les fenêtres, il aimait bien entendre les conversations des bars de la ruelle.

La table qu'il utilisait d'ordinaire pour écrire avait été débarrassée. Le couvert était mis pour deux. Ivo avait soigneusement nettoyé assiettes et verres, après avoir trouvé les deux seuls sets assortis que Mace possédait. Il avait toisé son frère d'un œil sévère en l'entendant prétendre que c'était un détail. Du coup, Mace avait proposé d'emprunter à grand-mère Yu sa vaisselle chinoise, mais Ivo s'y était opposé : autant ne pas risquer de casser ce qui ne leur appartenait pas.

Mace baissa les yeux et... constata être pieds nus. Affolé, il appela son frère :

— Ivo ? Dois-je mettre des chaussures ? Je n'en porte jamais à la maison. Ça ne va pas faire bizarre ? Crois-tu que je puisse me contenter de chaussettes ? Ça ne va pas faire encore plus bizarre ?

Ivo le rejoignit au salon et l'examina avec attention.

— Tu es con ou quoi ? Tu t'inquiètes de tes pieds alors que tu t'apprêtais à porter cette affreuse chemise qui a traîné je ne sais où avant d'atterrir dans les laissés pour compte ? Fais comme tu veux, mets des chaussures… ou pas. Rob s'en foutra complètement. En revanche, enlève cette horreur et enfile ce tee-shirt bleu. S'il ne te va pas, je t'ai aussi pris un vert.

Mace attrapa le Henley à manches longues qu'Ivo qui lui lançait à la tête

— Il n'est pas bleu, mais gris, déclara-t-il.

Ivo fit la moue.

— En plus de ne pas savoir dessiner, tu es à moitié daltonien ? Tu n'aurais *vraiment* pas pu être tatoueur ! D'ailleurs, je suis à peu près sûr que le sang te rend malade

— Le mien, c'est sûr, mais je te signale que dans mon boulot, je ramasse souvent des gens dans un sale état.

Il ôta sa chemise, la jeta sur le canapé, passa le Henley et… sa tête resta coincée.

— C'est trop serré !

— Ouvre les boutons du col, sombre idiot ! Sérieusement ? Comment as-tu pu survivre durant tout ce temps ?

— Je viens de me souvenir pourquoi mon but dans la vie était de danser sur ta tombe, marmonna Mace.

Le Henley était doux sur sa peau, il moulait la poitrine et le haut des bras. Mace releva les manches et s'apprêtait à faire rentrer le bas dans son jean quand Ivo l'arrêta d'un geste impératif.

— Ne fais pas ça bon sang ! Tu veux ressembler à un banlieusard ? Il ne te manquerait plus qu'une banane et des sandales. Comment diable réussis-tu à baiser en étant aussi plouc ?

— Va te faire foutre !

Mace se tortilla un peu et ne put s'empêcher de demander :

— Tu es sûr que ce n'est pas trop serré ?

Ivo ajusta le tee-shirt et recula pour examiner son aîné.

— Même dans ton état actuel, ton corps reste ton meilleur atout, alors, expose-le. Ton cerveau s'est fait la malle, c'est de plus en plus évident. Tu es très bien, ne touche plus rien. Le bleu te va bien, il met tes yeux en valeur. Quelle horreur ! cria-t-il tout à coup.

— Quoi ? s'affola Mace.

— Tes orteils sont poilus ! Je m'étonne qu'on ne t'ait pas proposé le rôle de Gandalf pour le voyage au volcan.

— Putain ! Je savais bien que je devais mettre des chaussures. Je n'aime pas en porter à la maison, ce n'est pas hygiénique.

Alors qu'il s'apprêtait à retourner dans sa chambre, on sonna à la porte d'entrée.

— C'est sans doute le livreur, déclara-t-il. Je vais signer. Tu mettras les plats au four pendant que j'enfile mes sneakers.

Ivo leva les mains en l'air.

— Mais pourquoi tu paniques comme ça ? On dirait que c'est ton premier rendez-vous !

— Ben, c'est le cas, justement. Tout cela est très nouveau pour moi. Je ne suis même pas allé au bal de promo en secondaire. Jusqu'à présent, ma perception d'une relation suivie, c'était de connaître le nom de famille du type.

Ivo venait d'ouvrir la porte, la tête détournée, les yeux fixés sur son frère qui se tenait derrière lui.

— C'est Claussen, annonça Rob.

Il tenait un gros sac de nourriture chinoise.

— Et si ça peut te consoler, enchaîna-t-il, je ne suis pas non plus allé à mon bal de promo. À l'époque, je sortais avec un gars qui a préféré s'exhiber avec une cheerleader qu'avec moi. Salut, Ivo. Nous serons trois ce soir ?

Ivo récupéra son blouson en cuir sur le canapé.

— Non, je suis juste passé le rendre présentable. Et tu m'en remercieras quand tu verras la chemise que je lui ai fait enlever ! Bon, je vous laisse. Rob veille à ce qu'il ne boive pas d'alcool. Et fais-lui prendre sa prochaine dose d'antidouleurs dans une heure et demie – ou avant, s'il dégobille ses tripes parce qu'il a trop mal.

Mace grinça des dents.

— Merci de ton aide, enfoiré ! Je n'ai pas mal et je ne compte pas vomir.

Ivo ricana en se faufilant devant le couple.

— Tant mieux ! Et tu continueras sur cette bonne voie si tu ne fais que manger et parler avec Rob.

Il s'arrêta une fois dans le couloir et fixa durement Rob :

— Essaie de ne pas le tuer, Claussen. Dis-toi que tu es pratiquant et que tu as fait vœu de chasteté jusqu'au mariage.

Quand Ivo eut disparu, il fallut une seconde à Mace pour se remettre les idées en place, oublier qu'il n'avait pas de chaussures et réaliser que Rob était toujours sur son paillasson, son sac à la main.

— Euh… salut. Laisse-moi te débarrasser. Tu as croisé mon livreur ? Je n'arrive pas à croire qu'il ne soit pas monté. Il devient dingue dès qu'il sent la présence d'Ivo.

— Connaissant ton frère, je n'en suis pas surpris, répondit Rob. Il m'a tout donné en disant que tu avais déjà payé.

— Oui, j'ai un compte chez eux. Il ne t'a rien réclamé, hein ? Sinon, je vais leur téléphoner et…

Rob éclata de rire et se débarrassa de ses chaussures dans l'entrée.

— Non, gros bêta. Tu as de la chance d'être mignon, tu sais ! Où veux-tu que je pose tout ça ? Dans la cuisine ? Ensuite, je pourrais t'embrasser.

Mace avait encore mal à l'épaule, mais il l'oublia dès que Rob passa devant lui et exhiba son cul sublime moulé dans un jean serré au point d'être à la limite de l'indécence. Quant au tee-shirt terre de sienne, dans un coton savamment usé, Mace devina qu'il coûtait deux pleins d'essence, sinon plus.

Rob avait aussi modifié sa coiffure : les pointes étaient moins agressives que durant les heures ouvrables, plus violettes que cobalt.

En revanche, la belle bouche renflée avait le même goût. Mace prit le visage de Rob en coupe et but à la source, savourant leur long baiser.

Ils finirent par se séparer pour respirer, mais restèrent accolés, front contre front. Un goût d'agrumes s'attardait sur la langue de Mace, arome qui parfumait aussi le souffle de Rob contre ses lèvres.

Dans une lente et possessive caresse, Mace explora la solide poitrine, les flancs, puis il glissa plus bas et empoigna le cul.

Et Rob découvrait lui aussi le corps de son amant, le long de la colonne vertébrale et jusqu'aux fesses. Il les pinça et rit du cri faussement outragé qu'il arracha à Mace. Il le mordit à la lèvre et se justifia :

— C'est toi qui as commencé à me tâter le cul. J'ai terriblement envie de toi – même si nous devons rester sages ce soir, tu as entendu Ivo ! Maintenant, ne te vexe pas, mais j'ai aussi très faim. J'ignore ce qu'il y a dans ce sac, mais l'odeur est terriblement alléchante.

Mace n'avait aucune envie de lâcher le bel artiste.

— Ça fait des semaines que je suis sorti de l'hôpital ! grogna-t-il. Je suis guéri.

Rob s'écarta après un dernier baiser furtif.

— Mec, je ne crois pas. Quand on m'a arraché les dents de sagesse, il m'a fallu attendre quinze jours avant de manger normalement. Je commençais à en avoir ras la frange de la Jell-O et du tofu ! Toi, on t'a *tiré dessus*. Je m'étonne même que tes frères t'aient autorisé à rentrer chez toi.

Mace comprit qu'il allait devoir en rester là, pour le moment. Il aimait embrasser Rob, bien sûr, mais sa présence dans son appartement éveillait en lui une émotion qu'il ne parvenait pas à identifier.

— Ça n'a pas été facile, reconnut-il. Viens, la table est mise. Nous pouvons nous installer et manger.

Ron jeta un coup d'œil autour de lui.

— À table ? Le couvert est joliment mis, je le reconnais, mais ça reste un peu trop formel à mon goût. Pourquoi ne pas pique-niquer sur la table du salon ? Dis, pourquoi y a-t-il toutes ces bougies sur le comptoir de la cuisine ?

LA TABLE resta intouchée, malgré le joli bouquet central composé de lavande et de chrysanthèmes, et les bougeoirs. Mace fut très satisfait de cet arrangement, car il se fatiguait vite en position assise – sur une chaise, tout du moins. Rob ayant suggéré le salon, tous deux s'installèrent confortablement sur les vieux canapés défoncés.

Ils posèrent le sac au logo pagode rouge contenant leur repas sur la table basse et choisirent d'utiliser des bols plutôt que des assiettes. Ils s'assirent côte à côte, les jambes étendues devant eux, leurs pieds nus se touchant.

Habitué de la cuisine chinoise, Rob reconnut la plupart des plats, mais il fit néanmoins quelques découvertes. Il apprécia tout particulièrement un canard laqué à la sauce *hoisin**, un peu gras, certes, mais qui fondait sur la langue avec un goût d'épices et de thé fumé. Quant aux *bao**, *ils* sortaient du four et croustillaient agréablement sous la dent. Certaines préparations étaient incontestablement traditionnelles, comme les nouilles au bœuf et le poulet *chow fun*, cuit à point, ou les aubergines frites et leur sauce aux haricots noirs assez aillés pour ne plus craindre les vampires pendant une décennie. Finalement, Rob annonça que son préféré était le porc pané accompagné de crosses de fougères.

Pendant dix minutes environ, les deux hommes se turent le temps de satisfaire leur faim. Puis Mace interrogea Rob sur sa journée. Après un bref échange sur l'art du tatouage et le fait que Mace, qualifié de daltonien par ses frères, n'aurait jamais d'autre rôle à 415 Ink que copropriétaire et client privilégié, Rob découvrit la passion secrète de son amant.

Il tenta en vain de cacher sa stupéfaction.

— Quoi ? Tu écris ? Excuse-moi, ce n'est pas une critique, loin de là, mais je ne m'y attendais vraiment pas venant de toi. C'est génial ! Qu'est-ce que tu écris ? Je peux lire ?

Mace continua à manger pendant une minute ou deux, puis il jeta à Rob un rapide coup d'œil.

— Tu n'as pas à t'excuser, je sais bien que je n'ai pas le look d'un écrivain. Jamais je n'aurais envisagé de coucher sur le papier les histoires que j'ai dans la tête sans l'insistance d'Ivo. Et je préfère que tu ne lises pas, c'est trop nul.

Rob piocha un morceau de canard sous un tas de nouilles.

— D'accord, laisse-moi te demander un truc : si Ivo et Gus avaient dit la même chose, tout au début, quand ils se lançaient dans le dessin, tu ne les aurais pas traités d'idiots ?

En voyant les yeux bleus flamber, Rob sut qu'il avait marqué un point. Il s'adossa dans son siège et continua à mâcher avec un sourire satisfait.

— Je… je te dirais bien d'aller te faire voir, mais ce serait un très bête de ma part, vu que je tiens à te garder.

Pour piquer un *gau gee**, il tendit le bras, s'étira et… se fit mal. Il grimaça, presque imperceptiblement. Sa fourchette vacilla et ses jambes se raidirent. Rob, collé contre lui, le sentit. Il désigna les récipients avec ses baguettes.

— Si tu veux quelque chose, demande-le-moi, ce sera plus simple. On t'a tiré dessus. Pourquoi refuser d'admettre que tu n'as pas encore pleinement récupéré ? Tu ne cesses d'en faire trop alors que la douleur est censée te rappeler tes limites. Je sais que tu détestes avoir à demander de l'aide, mais parfois, c'est inévitable

Mace mordit dans son beignet avant de répondre.

— J'ai du mal, c'est vrai. C'est à cause du système fédéral : dans une famille d'accueil, il est vital de devenir invisible, ou du moins d'essayer. C'est mieux géré de nos jours, à ce qu'il paraît, et les enfants sont correctement traités par les familles dans lesquelles ils sont placés, mais ça ne change rien à la réalité : on n'est là qu'à titre temporaire. Il ne s'agit pas d'une *vraie* famille.

Rob posa le bol sur la table.

— Ce qui me choque le plus dans ton histoire, c'est que ta mère ait refusé de te reprendre. Je n'ai pas à la juger, mais quand même, tu étais son fils. Ma mère est de nature soumise, mais je suis certain que si j'avais été enlevé, elle aurait tout fait pour me récupérer. Ta vie avec ton père t'avait laissé des séquelles, d'accord, mais tu étais solide et fiable. Bien sûr, je te connais en tant qu'adulte, mais je suis certain que même ado, tu possédais déjà ces qualités. Comment a-t-elle pu t'abandonner ? Je ne comprends pas.

— Moi non plus. Tiens, prends ça et pose-le, s'il te plaît.

Il tendit à Rob son bol. Une fois la table débarrassée, Rob se rapprocha et s'installa entre les jambes écartées de Mace, veillant à ne pas peser sur son attelle. Il mourrait d'envie de l'étreindre pour tenter de lui faire oublier sa douleur et son chagrin – son expression était révélatrice. Du bout des doigts, Rob dessina la belle bouche de son amant, puis caressa du pouce le menton buté.

Mace lui sourit. Tout à coup, il confia à mi-voix :

— Ma mère et moi avons été séparés très longtemps. Je crois qu'elle avait fini par faire son deuil. Peut-être pensait-elle que mon père m'avait tué dans un accès de rage, peut-être s'était-elle dit qu'après un tel changement, il n'y aurait pas de retour en arrière possible. Dans tous les cas, en me revoyant, elle n'a pas reconnu le petit garçon qu'elle avait perdu. Physiquement, j'étais – et je suis toujours – le portrait de mon père. Elle ne voulait pas m'aimer, elle ne le *pouvait pas*. Et puis elle s'était remariée, elle avait une nouvelle famille et des enfants qui n'étaient pas entachés par la folie. Tu as rencontré mon père vu, hein ? C'est un monstre, un malade violent et imprévisible. Et il m'avait formé à son image. Aux yeux de ma mère, j'étais le dernier lien qui la rattachait à un passé révoltant. Alors, elle a préféré s'éloigner définitivement. Puis-je vraiment lui en vouloir ? Qui voudrait d'un taré dans sa famille ?

Rob s'écarta et secoua la tête.

— Tu n'es pas du tout comme ton père ! Au cas où tu ne l'aurais pas remarqué, ma peau est plus foncée que la tienne. Je suis un sang-mêlé et ça ne semble pas te déranger. Sans compter que tu t'es choisi une grand-mère chinoise et que tu as deux latinos parmi tes proches, ton frère et ton meilleur ami. Le plus jeune membre de votre fratrie aime porter des jupes et des talons hauts, et vous êtes tous gays, merde ! Si je dois te rappeler tout ça, je sens que notre relation va être souvent houleuse et animée ! Tu n'es ni racisme ni homophobe, tu sauves les gens au lieu de les détruire, tu ne ressembles pas du tout à ton père.

Il força Mace à sourire en tirant sur ses commissures, puis enchaîna :

— Si tu veux mon avis, ta mère a été égoïste et lâche.

Il fit une pause, s'attendant à voir Mace s'offusquer de l'entendre insulter sa mère, mais le beau sapeur-pompier ne bougea pas. Il semblait éteint. Rob détesta lui voir une expression aussi résignée.

Il reprit son réquisitoire avec feu :

— C'est vrai ! Tu avais besoin d'elle. Après l'enfer que tu avais vécu, tu n'attendais qu'une chose, retrouver une vie saine et normale, et au lieu de t'aider, ta mère t'a abandonné aux services sociaux. Malheureusement, la priorité du système fédéral n'est pas toujours l'intérêt des enfants traumatisés dont il a la charge. Pour rester positif, c'est grâce à ça que tu as trouvé Bear et tes autres frères. Et ne perdons pas de vue que ce chemin tortueux t'a aussi conduit jusqu'à moi.

Mace le regarda avec scepticisme.

— D'après toi, notre relation justifie tout ce que j'ai enduré ? Tu as intérêt à assurer, parce que j'ai connu des trucs assez merdiques.

Rob se pencha pour l'embrasser.

— Ça en vaudra la peine. Je vais prendre un grand plaisir à te le démontrer. Je vaux tous les sacrifices. Et toi aussi !

XIX

— Au moins, ça n'a pas explosé, fit remarquer Ivo, un peu gêné. Le couvercle a tenu bon.

Mace se mit à essuyer les placards

— Oui, génial, à voir la vapeur gicler comme ça, on aurait cru un arroseur automatique de pelouse ! Maintenant, toute ma cuisine est aspergée de jus de thon.

Il baissa les yeux en sentant un poids contre son tibia et enchaîna :

— Et voilà qu'Earl lèche la porte du four ! *Dehors, stupide chien* !

Ivo se pencha sur l'autocuiseur :

— On dirait de la soupe. J'ai dû mettre trop de liquide.

En principe, l'appareil n'acceptait que deux kilos de nourriture, mais vu la quantité d'eau répandue, Ivo avait réussi à y verser le contenu d'une petite piscine. Mace fronça les sourcils en voyant que son jeune frère n'esquissait pas le moindre geste pour se saisir d'un torchon et l'aider à nettoyer.

— Je fais quoi, à ton avis ? continua Ivo. Je le jette tout et je recommence ? Ou j'essaie d'arranger ?

— Commence par prendre une éponge et essuie ce fichu comptoir.

Mace n'était pas trop gêné par son épaule douloureuse, mais il devait empêcher le chien de revenir dans la cuisine. Il décida donc d'utiliser le mot d'ordre que les frères n'utilisaient qu'en cas d'extrême urgence – par exemple, quand Earl se faufilait dans la buanderie alors qu'ils venaient juste d'y passer la serpillère.

— Earl, *stop* ! Va sur ton tapis.

Reconnaissant la voix de l'autorité, Earl se figea juste avant de plonger les pattes dans le mélange répandu sur le sol – poisson, petits pois et pâtes. Il jeta à Mace un regard attristé, puis s'éloigna, la queue basse, jusqu'à son tapis imprimé léopard.

Ivo agita sous le nez de Mace une éponge à peine humide.

— Ne me crie pas dessus, je participe, regarde ! Nous sommes combien, ce soir ? Une chance que j'ai ôté mes bottes, elles sont léopard, assorties au tapis d'Earl, très lourdes, avec de très hauts talons. Avec toute cette flotte, j'aurais fini sur le cul.

Mace grinça des dents.

— Nettoie le comptoir et tais-toi.

En voyant Ivo lui faire un doigt d'honneur, il secoua la tête et ajouta :

— Je n'arrive pas à croire que tu portes des trucs pareils !

Ivo haussa les épaules, essuya négligemment le comptoir éclaboussé, puis revint à l'autocuiseur.

— J'aime la différence, j'aime les vêtements agressifs. Et tu sais quoi ? J'aime aussi les plats qu'on commande par téléphone et qui arrivent déjà cuits.

— Je ne critiquais pas tes tenues, s'empressa de dire Mace. Je m'inquiétais juste que sur de telles échasses, tu te casses le cou un jour ou l'autre.

À son tour, il s'approcha de la cocotte-minute encore chaude et se pencha pour en examiner le contenu. Ivo avait raison, c'était beaucoup trop liquide.

— Ce soir, enchaîna-t-il, nous serons quatre : nous deux, Bear et Rob. On pourrait commander des pizzas, qu'en dis-tu ?

Ivo plissa le nez.

— Non, j'ai déjà pris une pizza au déjeuner. Pourquoi pas des plats chinois ? Non, j'ai une meilleure idée, tu devais sortir avec Rob. Emmène-le dans un endroit chic. Bien entendu, tu devras d'abord te doucher et mettre un pantalon.

Mace ricana.

— Ah, ça te va bien de dire ça ! Combien de fois ai-je dû te demander de te changer avant d'aller à l'école et de mettre des leggings sous ta jupe ?

Ivo repoussa la critique avec autant de désinvolture qu'au temps de son adolescence.

— J'étais dans ma période mini-jupe. J'expérimentais. Oublions mes tenues d'autrefois et parlons plutôt de toi et de ta soirée avec Rob. Tu as quitté l'hôpital depuis des semaines, ne crois-tu pas qu'il est temps de dépasser les jeux vidéo et les films rétro ? Passe à l'étape supérieure !

— J'évoquais ton passé pour illustrer le fait que tu refuses d'apprendre de tes erreurs. Autrefois, c'était les jupes *ras-duc* en plein hiver, un truc à se geler les couilles, aujourd'hui, ce sont les talons. Je crois que…

181

Il fut interrompu par la sonnette de la porte d'entrée. Earl abandonna son tapis et poussa un aboiement à ébranler les murs. Mace jeta son éponge dans l'évier en disant :

— J'y vais. Toi, continue à nettoyer.

Bien entendu, Ivo le suivit jusqu'à la porte.

— Franchement ? marmonna Mace. Tu fais exprès d'être contrariant ?

— Le toubib vient juste de déclarer ton bras opérationnel, mais tu as encore du mal à te torcher, que feras-tu si tu te fais agresser par celui qui vient de sonner ? Je doute fort qu'Earl te défende, il préférera se jeter au cou de ton visiteur et lui lécher le visage !

— D'accord, céda Mace. Occupe-toi d'Earl. Je ne veux pas qu'il sorte.

Ivo attrapa Earl par son collier et le retint, les muscles de son avant-bras gonflant sous l'effort.

On sonna une fois encore. Mace hâta le pas et ouvrit la porte.

— Bon sang ! protesta Ivo. À quoi ça sert d'avoir un œilleton si tu ne t'en sers pas ? Regarde qui c'est au moins ! Tu es complètement…

Il s'arrêta net. Par-dessus l'épaule de Mace, il fixait celui qui se trouvait sur le seuil.

C'était un flic en civil. En tant que sapeur-pompier, Mace fréquentait souvent les policiers, aussi les reconnaissait-il au premier coup d'œil. Il existait une sorte de rivalité entre la police et le corps des sapeurs-pompiers – uniformes bleus contre hommes en rouge –, qui se traduisait par une surenchère de virilité. Un membre de la caserne était le seul pompier d'une famille de flics et les histoires qu'il racontait le soir autour d'une bière étaient légendaires, surtout quand ses frères et sœurs se pointaient pour le narguer.

Un flic se repérait avant tout à son attitude, à sa posture autoritaire. Celui qui se trouvait devant la porte attirait – et retenait – l'attention. Il jeta à Mace un bref coup d'œil, puis se concentra sur Ivo.

Raidi, Ivo affichait un air circonstancié.

Le policier exhiba son badge et sortit son portefeuille avec sa carte de la SFPD, sans que ses yeux vert pâle quittent le visage d'Ivo. Il était vêtu pour affronter le climat de San Francisco : long manteau de cuir, pull gris torsadé, jean noir et bottes de cow-boy en cuir marron. Les cheveux brun foncé étaient un peu ébouriffés et marqués de fils d'argent. Assez longs, leurs pointes effleurant le col du manteau, ils encadraient un visage à la virilité agressive. Le nez avait été cassé une ou deux fois, mais de longs cils sombres et une bouche renflée adoucissaient la dureté des traits.

C'était le visage d'un homme qui avait vécu et ne s'en cachait pas. Des pattes d'oie marquaient le coin des yeux et une cicatrice de cinq centimètres de long barrait le dessous du menton. Aussi grand que Mace, le flic était plus mince, avec de longues jambes légèrement arquées – ce qui, comme les bottes, évoquait un cow-boy. Son regard attentif et intense avait de quoi le rendre remarquable.

— Inspecteur Ruan Nicholl, se présenta-t-il. Vous êtes bien Mason Crawford ?

La voix profonde avait un léger accent du Midwest et sa raucité évoquait des eaux sombres et le vieux bourbon. Après un dernier regard à Ivo, l'homme rangea son portefeuille et reporta son attention sur Mace.

— Oui.

Pris de panique, Mace chercha son téléphone, sans le trouver. Il ne voyait qu'une explication au fait qu'un flic apparaisse chez lui en milieu d'après-midi : un de ses frères avait eu un accident. Il chercha à contrôler la peur qui montait en lui, passa la main derrière lui et serra l'avant-bras d'Ivo.

— Qu'est-ce qui se passe ? demanda-t-il.

— Peut-être devriez-vous éloigner votre compagnon avant que je vous en dise plus… répondit Nicholls, d'une voix bourrue. J'ai appelé votre caserne pour savoir si vous étiez de service aujourd'hui, je suis tombé sur un dénommé Montenegro. Il m'a donné votre adresse, mais sans me dire que vous ne seriez pas seul. Je ne veux pas vous faire perdre votre temps, mais si vous préférez attendre que…

— Mon compagnon ? Mais…

Puis Mace réalisa que Nicholls fixait à nouveau Ivo, debout derrière lui.

— Ivo ? Oh, non, c'est mon frère. Entrez, inspecteur, et dites-moi ce qui se passe. Mes autres frères sont au salon, ils travaillent… non, pas Luke. Merde, lui serait-il arrivé quelque chose ?

Ivo se dégagea de l'emprise de Mace.

—Allons-y, jeta-t-il. Je vais chercher les clés de la voiture.

Mace s'écarta pour laisser passer l'inspecteur Nicholls, mais ce dernier resta dans l'entrée. Earl était collé aux jambes d'Ivo. Il n'y avait aucune circulation dans la rue, le silence était angoissant. La tête vide, Mace était incapable de se souvenir où il aurait mis ses clés. D'ailleurs, il ne se sentait pas en état de conduire.

— Parlez, inspecteur, insista-t-il. Vous pouvez le faire devant Ivo.

— Il ne s'agit pas de vos frères, mais de votre père. Je travaille à la brigade des homicides. Votre dossier m'a été transféré il y a quelques heures.

Le visage sévère afficha une empathie d'ordre professionnel.

— La situation est compliquée, reprit-il, c'est pourquoi j'ai préféré vous contacter personnellement. Ça m'a paru la moindre des choses... Après tout, le SFFD et la SFPD travaillent ensemble. Je ne vais pas tourner plus longtemps autour du pot : des urgentistes de Chinatown ont trouvé hier soir un blessé par balles. Il a été transporté aux urgences, mais il est mort sans reprendre conscience. On l'a identifié ce matin seulement. John Crawford. Je suis chargé de l'enquête et nous recherchons toujours son complice, le dénommé Bruce. Dans d'autres circonstances, je vous présenterais mes condoléances, mais là...

— Bien sûr, coupa Mace d'une voix atone.

Étrangement, il ressentait un vide, puis une vague d'amertume le déstabilisa. Il ne savait quoi dire et le policier semblait attendre une réponse de sa part. En fait, Mace était surtout intensément soulagé : aucun de ses frères n'était blessé ou, pire encore, étendu à la morgue attendant d'être identifié. Du coup, une idée lui vint :

— Dois-je vous accompagner et reconnaître le corps, inspecteur ? Je doute qu'il ait d'autre famille, mais en vérité, je n'en sais rien.

— Non, c'est inutile. Nous avons formellement identifié John Crawford à ses empreintes digitales et son dossier dentaire, des données qui sont dans le système depuis son incarcération. Vous n'avez pas à vous déplacer. En revanche, vous serez bientôt contacté concernant son inhumation. Nous avons présumé que vous assumeriez cette responsabilité malgré les circonstances. Réfléchissez-y, si vous voulez, vous n'êtes pas obligé de prendre votre décision dans l'immédiat. Nous devons garder le corps jusqu'à la fin de l'enquête, afin de rassembler autant de preuves que possible. Il s'agit d'un meurtre et il est fort probable que le coupable soit l'homme qui vous a tiré dessus, Bruce. Je tiens beaucoup à l'envoyer derrière les barreaux.

L'inspecteur sortit de sa poche une carte de la SFPD avec ses coordonnées et ajouta :

— Voici de quoi me contacter si vous avez des renseignements ou des questions. Je doute que Bruce soit encore dans les parages, mais si vous le voyez, appelez-moi sans attendre. J'ai votre numéro de téléphone dans le rapport, aussi vous tiendrai-je au courant de l'évolution de mon enquête. Avec un peu de chance, j'espère pouvoir très vite vous annoncer que j'ai mis la main sur mon homme.

LES LUMIÈRES de San Francisco éclairaient le ciel nocturne au-dessus de la maison sur la colline, créant de grands filaments d'or sur le bleu profond. L'air sentait le romarin et le citron, prouvant la réussite de certaines des expériences de jardinage des frères. En tout cas, les herbes aromatiques prospéraient, malgré le fait qu'Earl s'obstinait à les arroser d'urine, ainsi que les agrumes plantés au pied de la pente. Mace était accoudé à la balustrade ; le bois était rugueux sous ses avant-bras, le mastic n'ayant pas pris. Derrière lui, la maison gémissait et soupirait sous la caresse de l'air froid du soir après une journée passée à réchauffer sa vieille structure au soleil.

De l'intérieur jaillirent des cris excités – Chris jouait avec un Earl ravi –, qui firent éclater le silence dont Mace profitait depuis quelques minutes. Désireux d'éviter le sujet épineux du décès de John Crawford, ses frères s'étaient lancés dans un débat animé concernant un client qui désirait se faire tatouer un chien de Tasmanie à l'arrière du crâne. Bear avait récolté des rires bruyants en racontant que, après avoir rasé la tête du gars, il avait trouvé… un ancien tatouage de Tweety Bird complètement oublié qui datait d'un été à Las Vegas. Tout en riant avec les autres, Mace n'avait cessé de surveiller la porte et d'écouter les voitures passer. Il avait fini par quitter le salon pour prendre l'air.

Il ne se retourna pas en entendant la porte claquer derrière lui, pensant qu'il s'agissait d'un de ses frères. Mais deux mains fraîches se glissèrent sous son tee-shirt et une joue chaude se pressa contre son dos. Le paradis ! pensa Mace avec un soupir de contentement.

Rob lui glissa les bras autour de la taille et marmonna :

— Je suis tellement désolé… Tu aurais dû avoir un vrai père. Le mien n'a rien d'un cadeau, mais quand même, je suis triste pour toi. D'accord ?

Mace soupira à nouveau.

— Tu sais ce qui me choque le plus ?

— Non, répondit Rob. Dis-moi.

Son souffle caressait le cou de Mace.

— Eh bien, je ne sais pas ce que je suis censé ressentir ou penser, admit Mace avec un petit rire. J'étais en train d'engueuler Ivo, il a salopé ma cuisine en voulant faire un ragoût de thon dans ce vieil autocuiseur

185

que Bear a acheté il y a bien longtemps… et voilà qu'un flic sonne à la porte pour m'annoncer la disparition de mon pire cauchemar. Mon dragon métaphorique a été tué par Bruce, celui qui aurait pu être mon assassin. Au milieu de tout ça, ma mère me *manque*.

Rob le fit se retourner d'une pression de la main sur la taille. Mace ne résista pas. Dans sa position, le dos contre la rambarde, il était de la même taille que Rob. Il écarta les jambes, permettant ainsi au jeune artiste de se blottir contre son torse. Même alors que l'air froid sensibilisait ses muscles et tendons encore en phase de cicatrisation, Mace n'avait pas envie de rentrer, de retrouver le bruit et l'animation factice. Ses frères ne savaient que lui dire, il le sentait bien.

Après une longue accolade, Rob inspira un grand coup.

— As-tu prévenu ta mère ? demanda-t-il. Est-elle au courant qu'il est mort ? Les flics s'en sont peut-être chargés…

Il fixait Mace. Ses yeux avaient la couleur du cognac. La nuit était romantique avec les guirlandes lumineuses installées sur les piliers de soutènement du porche. Mace aurait préféré faire autre chose avec Rob – il avait un million d'idées à ce sujet – que discuter du meurtre de son père et des ramifications sur sa vie.

— Je lui ai laissé un message sur le numéro de téléphone que j'ai, mais c'est une ligne professionnelle, aussi ne l'écoutera-t-elle pas avant demain.

La distance que sa mère a mise entre eux était devenue un gouffre impossible à combler. Mentalement, Mace contempla cet abîme et se demanda si au fond, sa mère n'était pas elle aussi morte pour lui.

— C'est toujours moi qui la contacte, reprit-il à mi-voix. Nous parlons quelques minutes, puis elle prétend être en retard pour une course, une réunion ou un rendez-vous. Il est temps pour moi d'accepter la réalité : je n'ai aucune place dans sa vie. C'est douloureux. Même si elle m'a abandonné il y a des années, je crois que je continuais à espérer… Il faut maintenant que je tourne la page.

Rob posa son nez contre le sien, une touche de chaleur sur son visage refroidi.

— Attends au moins sa réaction. Tu n'as pas besoin d'elle, je sais, mais comment peut-elle ne pas voir combien tu as travaillé dur, combien tu as accompli tout seul ! Si elle en est incapable, tant pis pour elle. Et tu n'es pas tout seul, tu m'as, moi, même si ça fait cliché, et tu as aussi tous ces enfoirés qui hurlent derrière nous. Je ne parle pas du gosse, il est adorable, ni du chien… Autrefois, mec, tu étais seul quand elle t'a laissé. Aujourd'hui, c'est différent, tu as une famille.

Rob posa la bouche sur ses lèvres. Son baiser fut presque une brûlure pour Mace par contraste avec la température de l'air. Une vague d'émotion enfla dans sa poitrine. Il aurait voulu s'enfouir dans le corps accueillant de Rob et savourer la chaleur de sa peau dorée et son sourire éclatant. Sentir les ongles de Rob lui érafler les flancs l'électrisa tout entier. Puis Rob souleva son tee-shirt et déposa une pluie de baisers et de morsures sur sa peau dénudée. Très excité par ces attouchements et caresses, Mace ne sentait même plus l'air froid.

Cachés dans la pénombre, ils profitaient d'un fragile cocon d'intimité. Pourtant, Mace s'attendait d'une minute à l'autre à ce qu'un de ses frères fasse irruption pour les interrompre, délibérément ou pas. Mais les conversations animées et les rires continuaient, comme si la famille les avait oubliés.

À son tour, Mace passa les mains sous l'ourlet du sweat de Rob et caressa son dos. Le vêtement à capuchon, bien trop grand pour le jeune artiste, avait un logo SFFD. Rob l'avait dérobé sur le siège arrière de sa voiture, quelques semaines plus tôt. Le tissu gris était fané, les patchs des coudes délavés par le soleil et l'eau de mer après avoir trop longtemps traîné sur la jetée, à la pêche, mais Rob s'en fichait. Et Mace éprouva un étrange plaisir, en entrant un jour à 415 Ink, de trouver Rob dans son sweat, les trop longues manches relevées sur des avant-bras nerveux pour travailler.

Ce soir, le vêtement le gênait : Mace voulait libre accès au corps de son amant. Il souffla dans le cou de Rob, puis passa la langue sur le pouls qui battait fort sous la peau. Rob frissonna. Amusé, Mace le mordit légèrement.

— Tu sais, chuchota-t-il, j'avais d'autres projets pour notre soirée. Je n'avais pas prévu que tu viennes ici me tenir la main parce que… mon père s'est fait descendre. Je pensais t'offrir un bon dîner, puis t'emmener au cinéma, ou ailleurs… à la bibliothèque, peut-être, ou dans ce pub irlandais près de l'embarcadère. Ensuite, nous serions rentrés et je t'aurais fait l'amour toute la nuit. Et au lieu de ça, nous sommes là tous les deux, et j'ai envie de pleurer sans même savoir pourquoi…

— Mec…

— Pas sur mon père ! coupa Mace d'une voix que l'émotion étranglait. Je ne ressens rien pour lui. Je suis même soulagé qu'il soit mort, au moins, il ne risque plus de faire mal à ceux que j'aime, toi, grand-mère Yu, mes frères. Je n'osais même pas y penser tellement j'avais peur !

Rob prit le visage de Mace en coupe dans ses mains fortes et gracieuses.

— C'est normal, mec ! Tu n'as pas à te sentir coupable. Tu es un survivant. Tu es aussi la seule bonne trace du passage de ton père sur terre. Il a cherché à te briser, à te former à son image, mais il a échoué, même si tu en doutes. Moi, *je sais*. Il a échoué ! Parles-en avec Luke, si tu veux, il a fait des études, il aura des tas de mots savants pour étayer son diagnostic et il te confirmera que ton soulagement est tout à fait normal. Plus personne ne t'enfermera dans un placard, ton esprit peut enfin se libérer complètement.

Mace ne put retenir un rire qui naquit dans son ventre et explosa dans sa poitrine, expulsant la pression accumulée. Il enlaça Rob et huma le parfum de sa peau et de ses cheveux.

— C'est vrai, tu parles comme Luke. Merci de m'avoir montré la voie.

Rob s'écarta et tapa du pied.

— De rien, mais je suis en train de congeler. Nous devrions rentrer. Tu sais, je ressens une envie soudaine de te demander si tu as pris tes médicaments et si tu as mangé. Je devine que tu as plus pensé à tes frères qu'à toi-même ce soir. Je me trompe ?

Mace sourit.

— Non, pas vraiment. Gus et Rey ont rapporté des pizzas. Avec Chris, c'est toujours l'option la plus sûre. Un enfant de trois ans est aussi accro à la *junk food* qu'un artiste. Si tu as faim, il doit rester de la pepperoni-ananas-jalapeño. Et si tu tiens à des légumes, tu devras te contenter d'olives et d'oignons.

— Je suis moi aussi un tatoueur, ça me convient très bien.

Rob ricana devant la moue dégoûtée de Mace.

— Quoi ? reprit-il. J'aime la *junk food* – à condition de continuer à rentrer dans mes jeans. Tu as besoin de rester physiquement en forme pour pouvoir porter les gens dans les escaliers. Pour toi, les légumes sont un mode de vie. Pour moi, c'est juste de la garniture. Bon, allons nous goinfrer de pizza – plus un peu d'aspirine dans ton cas. Ensuite, nous retournerons chez toi. Si tu veux que je reste cette nuit pour te tenir dans mes bras, je le ferai volontiers.

— Une seule nuit ne me suffira pas, murmura Mace.

Rob eut un sourire provocateur.

— C'est vrai ? Combien t'en faudra-t-il ?

Mace embrassa Rob avant de répondre :

— Je ne sais pas encore. Peut-être toutes celles qu'il te reste à vivre.

XX

LE MERCREDI suivant, au matin, Rob accueillit le son de la cloche de l'entrée avec le même plaisir que sa première tasse de café. La nuit avait été longue et difficile. Les clients étant rares, Gus, fatigué d'être resté au chevet de son fils malade, faisait la sieste dans l'arrière-salle. En temps normal, mercredi était un jour calme, mais aujourd'hui, la pluie battante poussait les gens à rester chez eux. Outre les rendez-vous, pas un client n'était entré au magasin de toute la journée. Et Rob avait encore deux heures à tirer avant de pouvoir s'en aller. Mace et lui avaient prévu de manger ensemble au pub en bas de la rue, à condition qu'il n'y ait pas d'urgence de dernière minute à la caserne.

Au cours d'un mortel mercredi matin, le plus pénible était de n'avoir strictement rien à faire. Rob avait épuisé son envie de dessiner et Earl n'arriverait pas avant dix-huit heures, en même temps que Bear.

Il tourna un regard morne vers la porte derrière laquelle Gus dormait et marmonna :

— Tu aurais pu venir avec le chien, merde ! D'avoir trop longtemps joué à ce jeu stupide sur mon téléphone m'a engourdi le cerveau. La prochaine fois, j'apporterai ma tablette. Comme ça, je pourrais au moins lire.

Durant sa première heure, il avait nettoyé le magasin, s'acharnant à frotter au point de devoir ensuite laisser la porte ouverte pour contrer l'odeur du désinfectant javellisé. Il jeta un coup d'œil au sol, inquiet d'avoir trop décapé le béton coulé. La seconde heure, il avait organisé son stand, complétant en particulier ses stocks de produits, puis fini en nettoyant sa machine à tatouer qu'il trouvait un peu poisseuse. Il avait hésité à ranger les autres stalles, puis renoncé, ne tenant pas à risquer sa vie. Ivo étant particulièrement protecteur vis-à-vis de son espace de travail. Gus ne dirait probablement rien, mais autant ne pas tenter la chance. Le jeune père était déjà dans un sale état après une nuit blanche passée à réconforter un enfant aux prises à la nausée. Ce matin, quand Gus était arrivé, on aurait cru qu'il n'avait pas dormi depuis six semaines.

Il pleuvait toujours. La porte battit, poussée par une rafale glacée. De forts relents d'eau de mer, de poisson et de gaz d'échappement envahirent le magasin. Rob se précipita pour refermer, espérant avoir assez ventilé après son nettoyage énergique pour ne pas s'asphyxier.

Une troisième heure passa durant laquelle, chaque fois qu'il fermait les yeux, des feux d'artifice multicolores explosaient sur l'écran de ses paupières closes. Ayant frotté tous ses outils et machines, il ne savait plus comment s'occuper.

En entendant la cloche de la porte, Rob était prêt à se jeter aux pieds d'un éventuel client et lui offrir un rabais de cinquante pour cent sur le tatouage de son choix. Il pivota sur son tabouret et se leva pour accueillir son premier visiteur de la journée.

Il perdit le souffle en voyant Mace dans un tee-shirt blanc légèrement humide et un vieux jean. Il tenait à la main deux tasses fumantes de café vietnamien.

Avec un peu de chance, Gus ne se réveillerait pas, laissant Rob savourer un café et la présence de son amant.

— J'espère que tu comptes m'en donner un ! s'exclama Rob. Ton frère s'est endormi à côté de la machine à café, aussi ai-je dû me priver de caféine ce matin. Je ne veux pas le réveiller après sa nuit difficile. Il m'a expliqué que Chris était malade. J'espère que c'est juste une intoxication alimentaire, pas une gastro. Ce serait beaucoup plus contagieux et je n'ai vraiment pas le temps de l'attraper en ce moment ! J'ai une session de six heures samedi et… Qu'est-ce que tu fais là ? Il n'est pas encore seize heures. Je croyais que tu…

Mace interrompit sa diatribe d'un petit rire.

— Ils m'ont libéré plus tôt en me conseillant de ne pas abuser de mes forces. Dis, tu es adorable, bien sûr, mais je suis en train de me brûler les doigts. Dans une minute, je lâche tout. Ces petits gobelets ne sont pas aussi isothermes que la pub le prétend. Quant à Chris, ne t'inquiète pas. D'après ce que j'en sais, il s'est réveillé ce matin en pleine forme en réclamant des Pop Tarts. Donc, il n'a pas eu de gastro. Prends ça, embrasse-moi et explique-moi pourquoi tu tires une tête pareille.

Rob fut réconforté par le café chaud et plus encore par l'étreinte de Mace. Il savoura le fait d'être à peine plus petit que son beau sapeur-pompier : ça lui évitait de ressembler à un Oompa Loompa en étant dans ses bras. Après avoir fréquenté trois géants, c'était un changement agréable.

Mace l'appréciait pour qui il était et ce qu'il faisait. Avec lui, Rob ne se sentait jamais mal à l'aise de n'être ni un adonis ni un athlète.

Serré dans les bras de Mace au centre du salon de tatouage, Rob réalisa que leur relation différait de toutes celles qu'il avait précédemment connues. Mace le respectait. Sortir avec un autre tatoueur était toujours un combat d'egos, chacun prétendant être plus doué ou mieux payé. Entré dans l'arène plus tard que ses confrères, Rob avait dû mener une lutte particulièrement féroce pour se tailler une place. Aujourd'hui encore, il en avait gros sur la patate quand Ivo et Gus lui donnaient des conseils ou critiquaient son travail.

Il en était toujours à chercher son style et sa place dans le monde. Ça lui laissait peu de temps libre pour la relation stable dont il rêvait. Un jour pourtant, il avait rencontré Mace.

Avec un temps de retard, il se souvint des mots que Mace venait de lui lancer. Son cœur s'emballa. Mace le trouvait « adorable » ? C'était presque un tendre aveu, comme si Mace reconnaissait *aimer* l'avoir dans sa vie. Et Rob trouvait bouleversante cette voix si grave où se mêlaient humour et émotion. Dire que tous deux avaient cru se détester au départ ! Ils avaient parcouru un long chemin de ces débuts cahoteux au jour où ils s'étaient sauvagement aimés à même le sol à l'endroit où ils se tenaient debout aujourd'hui. Chaque fois que Rob évoquait ces ébats torrides, il en était électrisé. Il se branlait souvent en y repensant. Il considérait que leur relation s'était bâtie à l'envers : baiser d'abord, apprendre à se connaître ensuite. Il avait dû abattre bien des remparts avant d'apercevoir l'homme qui se cachait sous la carapace.

Il appréciait *vraiment* Mace. Parfois, il aurait voulu admettre éprouver pour lui un sentiment plus fort, mais il n'osait pas. Pas encore. Il restait trop d'inconnu entre eux – magma de sang, de larmes et de violence. Une violence si atroce que Rob avait encore du mal à accepter que Mace n'ait connu que ça étant enfant. En émergeant de l'horreur, leur couple avait trouvé tendresse et honnêteté. Jamais Rob n'aurait cru pouvoir tant partager avec un autre homme…

Et surtout pas avec Mace Crawford !

Dorénavant, il se sentait libre de taquiner le beau sapeur-pompier.

Son café n'était pas si chaud que ça. Mace avait menti en prétendant se brûler.

— Hé, tu viens de me traiter d'*adorable* ? Mec, comment oses-tu ? Seuls les chatons et les chiots sont décemment adorables ! Et c'est à moi que tu le sers en même temps qu'un café ?

Mace lui sourit, puis l'embrassa encore avec un naturel auquel Rob n'était pas encore habitué – le Mace qu'il avait connu jusqu'à ce jour étant du genre guindé.

— Oui, ça m'est venu comme ça. Je sais que Gus a eu une nuit difficile. Rey m'en a parlé quand je suis arrivé à la caserne.

— Comment ça, *ça t'est venu comme ça* ? Tu me trouves *adorable*, mais je ne dois pas le prendre au pied de la lettre, c'est ça ? C'est une formule aussi vide que ces politesses sudistes qui disent « que Dieu vous bénisse ! » au lieu de traiter les gens d'idiots ? Je ne suis pas sûr d'apprécier.

Soudain énervé, il s'empara du café de Mace et posa les deux tasses sur sa table de travail – parfaitement nettoyée et dégagée. Il reprit très vite :

— Laisse tomber. Je ne suis pas en état d'avoir une conversation. J'ai besoin de temps pour absorber le fait que…

— Je t'ai dit la vérité : j'ignore d'où ce mot m'est venu. Si ça peut te consoler, je n'ai jamais traité Earl d'adorable. Quand je suis entré au magasin tout à l'heure, j'ai réalisé que tu m'avais manqué et que j'étais vraiment très heureux de te voir. Bon, passons à autre chose.

Il jeta un coup d'œil autour de lui et enchaîna :

— Il n'y a personne. Aurais-tu un moment à me consacrer ? J'ai un petit raccord à faire, mais je ne veux pas abuser. Si tu as un autre rendez-vous, je comprendrais très bien.

Éberlué, Rob le fixa, doutant d'avoir bien entendu.

— Attends, tu es tombé sur la tête ou quoi ? *Un petit raccord* ? Tu parles bien d'un tatouage ? Tu me traites d'adorable et tu veux que je te tatoue dans la foulée ?

— Houlà, tu es à cran ! Tu dois *vraiment* être dans un mauvais jour. Oui, je te demande un tatouage, ou plutôt *un raccord* de tatouage.

Il ôta son tee-shirt, révélant son torse nu, ses muscles solides et sa peau dorée. Le jean porté bas sur les hanches dévoilait une mince toison qui partait du nombril et disparaissait sous la ceinture vers le bas-ventre.

Mace reprit :

— Mon médecin est d'accord pour que je fasse réparer les dégâts causés par une ancienne éraflure. Après tout, ma récente blessure est de l'autre côté. Alors, si tu as du temps…

Rob ne riait plus. Il ne s'agissait plus de discuter d'un mot – même *adorable* –, mais de travailler sur un tatouage permanent, c'était autrement sérieux. Rob se demandait même s'il était prêt à franchir cette étape importante. Il n'avait *jamais* imaginé d'encrer Mace, dont trois des frères étaient d'extraordinaires artistes, bien plus expérimentés que lui. Mace arborait leurs plus belles œuvres sur sa peau. Si le chevalier néo-traditionnel de son épaule pouvait paraître simple aux yeux d'un néophyte, Rob était capable d'en apprécier le parfait équilibre des éléments et de la graduation. Bear l'avait pourtant exécuté alors qu'il commençait à peine dans le métier. À lui seul, ce tatouage était un standard de la valeur des dessins que Mace portait.

S'entendre proposer de retoucher le corps de Mace était… hallucinant. Oh, Rob avait une fois plaisanté et proposé avec arrogance d'encrer Mace, mais uniquement parce qu'il savait son offre irrecevable. Et voilà qu'aujourd'hui, Mace se tenait devant lui, torse nu, lui montrant la zone à retoucher.

— C'est le tatouage de… ta cicatrice ? bredouilla Rob. Pourquoi n'as-tu pas demandé à Bear de s'en occuper ? Je croyais que seuls tes frères avaient le droit de te toucher. Et tu voudrais que ce soit… moi ?

— Oui, répondit Mace à mi-voix. Tout est bien cicatrisé à présent, je pense que c'est faisable. Qu'en penses-tu ?

Il se retourna pour exhiber son dos puissant. Une peau aussi endommagée était le pire cauchemar d'un tatoueur. Un dessin japonais élaboré cachait le tissu cicatriciel, un dragon pataugeant dans un étang. Rob n'avait vu Mace nu qu'une seule fois, ici même, mais ayant alors d'autres priorités, il n'avait pas pris le temps alors d'apprécier ses tatouages.

Se sentant coupable, il n'osa pas regarder l'autre côté du dos de Mace. La cicatrice récente était d'un rose foncé, qui pâlirait avec le temps. Rob trembla à l'idée qu'il avait bien failli perdre Mace avant même de l'avoir réellement.

Il s'approcha et posa un petit baiser sur la cicatrice, riant du frisson qui traversa Mace. Puis il regarda le travail qui l'attendait.

Il arrivait à Bear de faire des dos entiers de style japonais. Le dessin de Mace n'était pas très grand, mais la main du maître se reconnaissait sans peine dans ce chevalier aux lignes fluides qui suivait les courbes de l'épaule. Les couleurs étaient vives et fortes, avec un fond plus atténué et beaucoup d'espace pour permettre à la peau de respirer. Ivo et Gus maîtrisaient également ce style, même s'ils chargeaient plus dans les couleurs et les détails. Quand il s'agissait d'encrer un tissu cicatriciel, Bear restait le meilleur.

Rob aperçut la chéloïde cachée dans les replis du dragon, ses doigts trouvèrent aussi les excroissances du derme, parfois en relief, parfois en forme d'araignée. Si la cicatrice d'origine avait eu une symétrie ou un sens, tout avait disparu.

Rob remarqua cependant que Mace tressaillait au contact de ses doigts.

Une entaille de huit centimètres traversait la queue froncée du dragon, peu profonde, mais en diagonale. Rob imagina sans peine le tatouage initial. En elle-même, la réparation était facile, le plus délicat serait qu'elle ne soit pas visible : la couleur devait correspondre, y compris les dégradés noirs à quelques endroits.

— Tu as pris un sacré coup, commenta Rob d'un ton léger.

Mace tourna la tête pour le regarder par-dessus son épaule.

— Penses-tu pouvoir le faire ? Je pensais demander à Bear, mais je préfère que ce soit toi.

Son dos évoquait la force et la puissance. Il y restait des endroits nus sur lesquels Rob aurait aimé travailler. La peau avait une belle nuance dorée olivâtre, une bonne base pour faire ressortir le bleu et le pourpre. Les frères de Mace préféraient le rouge et l'orange, des tons plus riches que ceux que Rob utilisait d'ordinaire, mais leurs dessins avaient assez d'audace et d'intensité pour le supporter.

Rob se pencha pour examiner le tatouage, un peu inquiet des finitions à y apporter. Il nota alors de légères cicatrices striant le dos de Mace, comprit leur origine et devina celui qui les avait mises là : le monstre de cruauté et de violence dont il avait failli être la victime.

Il aurait voulu caresser de sa langue l'épine dorsale de Mace ou passer l'après-midi à compter les taches de rousseur sur ses épaules.

Il releva la tête et croisa les yeux bleu profond. Mace lui fit un clin d'œil et Rob ne put s'empêcher de sourire.

— Oui, répondit-il enfin. Je peux le faire. La question est : es-tu sûr de vouloir que je m'y risque ? Parce que si je déconne, Bear va me virer avec un pied au cul.

— C'est ma peau, lui rappela Mace. En plus, tu m'as l'air de t'emmerder royalement. Ça te distraira un moment.

— C'est une façon de voir les choses. D'accord, allons-y.

Il poussa à Mace vers la chaise de sa stalle et ajouta :

— Si je rate mon dessin, je dirai que c'est à cause du café vietnamien que tu m'as fait boire.

ROB S'APPLIQUAIT à son travail quand la cloche sonna pour la deuxième fois de la journée. Il doutait que Gus soit en état de prendre un client : réveillé cinq minutes après que Rob eut commencé à travailler sur la queue du dragon, le jeune père s'était rué dans la salle de bain, heurtant pratiquement tous les murs sur son passage. Aux sons produits, il s'était vidé l'estomac.

— Pas question que je nettoie s'il en fout partout ! s'était exclamé Rob en continuant à encrer. Il se débrouillera tout seul.

— Non, je m'en chargerai, promit Mace. Ce ne sera pas la première fois et je doute que ce soit la dernière.

Rob tournait le dos à la porte, sa chaise inclinée de manière à illuminer au maximum son travail. Ne voyant pas la personne qui venait d'entrer, il s'apprêtait à lui demander cinq minutes de patience quand un visage familier apparut dans le miroir accroché au mur de sa stalle.

Rob se figea, tétanisé de surprise. Il croisa le regard étonné de Mace.

— Ne te retourne pas trop vite, chuchota Mace, mais un gelfling [6] est venu te voir.

Rob s'agita le temps de chercher où poser sa machine, puis il écarta les fils électriques emmêlés dans le pied de sa chaise et se redressa, le dos douloureux d'être resté un long moment penché et concentré sur Mace. Il étouffa un gémissement.

— C'est ma mère ! Merde, euh… reste ici. Ne bouge pas.

Nina Claussen était toute petite – Rob l'avait dépassée à treize ans –, mais elle restait à ses yeux la plus belle femme du monde. À de subtils détails, on voyait en elle de la robustesse et une solide musculature – qualités dont Rob avait hérité –, bien que ses courbes opulentes dissimulent une force obtenue par des années d'exercices physiques et de régime strict. Le style de Nina, outrageusement passionnée de mode, avait façonné en grande partie les goûts de Rob. Si Ivo s'était trouvé là, sans doute aurait-il commenté les longs talons aiguilles.

Si Nina avait toujours refusé de teinter ses longs cheveux noirs, elle ne craignait pas les couleurs dans ses tenues. Aujourd'hui, elle portait un jean skinny magenta et un chemisier en soie jaune à motifs violets. Elle avait remonté sur sa tête ses lunettes de soleil, énormes, roses et couvertes

6 Personnage de fiction (elfe) de l'univers *Dark Crystal*.

196

de strass. La peau brune et soyeuse était sans doute plus ridée qu'autrefois, mais le sourire était toujours aussi rayonnant. Rob trouvait qu'il éclairait la pièce.

Il reconnut avec émotion son léger parfum floral quand elle le serra très fort dans ses bras.

— Continue à travailler, chéri. Je suis juste passée te dire bonjour après mon contrôle annuel chez le dentiste qui se trouve dans la rue d'à côté.

Elle s'écarta, sourit à Mace, puis s'adressa à son fils :

— Hum, très appétissant. J'y goûterais volontiers ! Regarde-moi ces muscles !

Apparemment, elle parlait toujours sans réfléchir. De ça aussi, Rob avait hérité.

— Maman ! s'écria-t-il, horrifié.

Sa mortification était mêlée de résignation. Ce n'était pas la première fois que sa mère commentait outrageusement le physique ou l'apparence d'un homme avec lequel elle le trouvait – depuis qu'elle avait accepté son homosexualité. Il arrivait même à Nina d'envoyer à Rob un coup de coude pour attirer son attention sur un beau spécimen croisé dans la rue.

— Je te présente Mace, enchaîna-t-il. Viens faire sa connaissance et évite de me couvrir de honte.

En voyant Nina Claussen approcher, Mace se leva. Elle eut un gloussement appréciateur devant son torse nu et son ventre plat. Rob leva les yeux au ciel. Sa mère se contenta de sourire et tendit la main à Mace.

Rob fit les présentations :

— Mace, voici Nina, ma mère. Maman, Mace est le gars dont je t'ai parlé.

— Oui, oui, je sais.

Elle roucoulait – on aurait cru entendre une volée de pigeons devant des graines répandues pour eux. Rob supporta un moment ses cris d'admiration pendant que sa mère examinait les tatouages de Mace et exprimait sa joie de le « découvrir » sapeur-pompier – ce dont Rob l'avait informée un mois plus tôt.

Puis Rob insista pour que Mace reprenne sa place :

— Je vais terminer mon raccord pendant que vous continuez à papoter, marmonna-t-il. Maman, prends un siège.

Il s'étonna qu'elle accepte sans prétendre ne pas en avoir besoin. Sans doute était-ce parce que Mace s'était galamment précipité vers la stalle de Gus pour y récupérer une chaise. Comme il avait le dos tourné, sa mère l'admirait ouvertement, s'attardant sur le cul ferme mis en valeur par le jean serré. Quand Mace revint, Nina le remercia avec une gratitude excessive – on aurait vraiment cru qu'il venait d'ouvrir en deux la mer Rouge pour sauver son peuple !

Rob parvint ensuite à convaincre Mace de se rasseoir. Il avait à peine repris ses aiguilles que son amant posait une première question délicate :

— Comment était Rob durant son enfance, Nina ? J'ai quatre frères, vous savez. Je connais des tas d'histoires embarrassantes à leur sujet.

Rob grogna :

— Tu as de la chance que je sois un professionnel consciencieux, mec, sinon, je me vengerais de ce coup bas : je te rappelle que tu es à ma merci ! Je me contenterai de questionner tes frères sur tes erreurs de jeunesse.

— Ma vie est un livre ouvert, bébé.

Puis Mace tourna son sourire éclatant vers Nina.

— Je dois vous dire, reprit-il, que tout le monde apprécie Rob ici. Je suis l'un des propriétaires, même si c'est mon aîné qui gère le salon au jour le jour. Rob étant un de nos employés, je n'étais pas censé sortir avec lui, mais je n'ai pas pu résister à son charme.

Après cette ouverture, la mère de Rob lui mangea dans la main.

Rob découvrit vite la difficulté de tatouer un homme qui riait. De plus, il manqua mourir d'embarras en entendant sa mère relater à son amant les épisodes les plus mortifiants de sa vie d'enfant. Il cessa de travailler après que sa mère eut évoqué la fois où elle avait surpris son fils en train de se raser les cheveux parce qu'il voulait une crête mohawk. Elle imita même le cri perçant que poussa l'enfant de huit ans en la voyant.

Effondré, Rob la fusilla des yeux.

— Maman, tu exagères !

Ses protestations s'entendirent à peine dans les hurlements de rire de Nina et Mace.

— Mec, reprit Rob avec sévérité, arrête de rigoler pour que je puisse finir, sinon, tu vas camper sur ce siège toute la nuit !

Ça aurait dû lui prendre dix minutes, il en passa quarante-cinq. Gus fit irruption, le teint aussi vert que la rivière Chicago le jour de la St Patrick. Nina réconforta Gus et lui prépara une tasse de thé chaud tout en admirant les photos de son fils. Après avoir renvoyé Gus se reposer dans l'arrière-salle, Rob put enfin finir son travail. Il essuya la peau de Mace et se pencha pour l'examiner.

— C'est bon, je crois. C'est un peu enflé, aussi je préfère attendre et voir comment ça évolue. Ta peau est déjà très abimée, je peaufinerai plus tard, si nécessaire. Mieux vaut ne pas trop en faire ce soir. Regarde-toi dans la glace et dis-moi ce que tu en penses.

Il recula son siège pour laisser à Mace la place de se lever et d'aller jusqu'au miroir.

En voyant le sourire de Mace, Rob sut qu'il avait bien travaillé.

— C'est parfait ! s'exclama Mace. Bear sera sûrement impressionné. Bravo ! Tu es fantastique !

Il se retourna et embrassa Rob avec ardeur, le laissant le souffle court et les oreilles sifflantes.

Rob éclatait presque de fierté. C'était pour des moments pareils qu'il adorait son métier, chaque expérience était différente, spéciale à sa manière. L'expression éblouie du visage de Mace et la sincérité qui résonnait dans ses compliments rendaient Rob infiniment heureux. Il aimait chaque étape de son travail : le dessin d'abord, puis la difficulté de le transcrire sur une toile vivante. Un des défis les plus délicats était de recouvrir un précédent tatouage ou d'y apporter un raccord, parce qu'il fallait que ça reste aussi naturel que possible tout en s'adaptant à une autre technique. Dans le cas présent, Rob avait dû atteindre le niveau de compétence et le choix de conception d'un artiste exceptionnel : Barrett Jackson.

Que ses efforts fassent naître un sourire aussi rayonnant sur le beau visage de Mace était un bonus inattendu.

— Oui, c'est vraiment superbe ! s'exclama sa mère. On ne voit plus du tout cette grosse coupure !

— Votre fils est un véritable artiste, Nina, répliqua Mace. Je compte lui demander bientôt un tatouage entier.

Rob sortit du film dermique et indiqua à Mace de se rassoir.

— Viens ici, laisse-moi emballer ça sans me rendre nerveux à l'idée de t'encrer. Je présume que tu n'as pas besoin que je te répète les précautions à prendre après s'être fait tatouer ?

Mace leva le bras et laissa Rob le panser.

— Non, ricana-t-il, ça va aller. En cas de problème, je saurai où te trouver.

Il pencha la tête et murmura :

— Et si je te demandais une visite à domicile ce soir ? Nous pourrions commander à dîner et mettre un film… que nous ne regarderons pas, parce que je compte te séduire sur mon canapé.

Rob vérifia la position du film, tout en luttant pour retenir son sourire niais.

— D'accord. Laisse-moi dire au revoir à maman et nous en rediscuterons. Bien entendu, c'est moi qui choisis le film. Nous pourrions partir en avance ce soir, il n'y a personne. Malheureusement, Gus est HS et Bear n'arrivera pas avant un bon moment.

Faire ses adieux avec sa mère demanda à Rob presque autant de temps que le raccord de Mace. Elle voulut s'assurer que Gus dormait paisiblement, puis invita à dîner Mace, désormais rhabillé, pour lui présenter le reste de la famille. Rob tenta de s'y opposer, en vain. Ils convinrent d'un rendez-vous le samedi suivant au restaurant.

Quand Nina s'en alla enfin, la joue de Mace portait la trace de son rouge à lèvres. Après les innombrables baisers papillon qu'il avait reçus de sa mère Rob était certain d'avoir le visage également couvert de rose vif.

Il vérifia dans un miroir, constata qu'il ne s'était pas trompé et frotta ces peintures de guerre avec une serviette en papier.

— Désolé qu'elle nous ait pris autant de temps. Elle passe rarement, aussi s'attarde-t-elle quand ça lui arrive.

— Elle est très sympa. Tu as des problèmes avec ton père, à ce que je sais. Elle est prise entre deux feux, c'est ça ?

— Oui.

Mace lui adressa une grimace de sympathie.

— Tu ressembles beaucoup à ta mère, enchaîna-t-il. Et elle t'aime vraiment. Pour être franc, ça m'a rendu un peu jaloux parce que ce n'est pas le cas de la mienne. J'aime les hommes, mais je sais qu'une mère a une place à part. Vous voir ensemble, Nina et toi, était attendrissant.

— Merci. Ces derniers temps, ça va mieux entre mon père et moi. Il a même conseillé devant moi à un de ses amis qui souhaitait recouvrir un tatouage merdique fait à l'étranger de passer à 415 Ink. J'avoue que l'entendre chanter mes louanges m'a flanqué un choc.

Il s'approcha de Mace, lui passa les bras autour de la taille et chuchota :

— Tu n'aurais jamais dû accepter ce dîner au restaurant avec mon père. Ça va être nul ! Il y aura je ne sais combien de couverts de chaque côté de l'assiette et il radotera sur le pitoyable état de la ville, me conseillera d'aller chez le coiffeur et de me trouver un « vrai » travail. Avec un peu de chance, un de mes frères sera là, mais j'en doute. En revanche, on mangera bien, car mon père est un connaisseur – en viande, essentiellement. Prépare-toi.

Mace l'attira plus près de lui.

— J'aime aussi la viande. Et tant que tu es avec moi, je me fiche de ce que je mange. Veux-tu que je te tienne compagnie jusqu'à l'arrivée de Bear ? Ou vaut-il mieux que j'aille ranger mon appartement et ramasser le linge sale qui traîne certainement par terre ?

Rob n'eut pas le temps de répondre, car un horrible gargouillis retentit à l'arrière. On aurait dit une éruption, un geyser.

Rob tapota le cul de Mace avant de s'écarter.

— Si tu veux mon avis, Gus n'est pas arrivé jusqu'à la salle de bain, cette fois. Tu m'avais proposé de nettoyer, si je ne m'abuse ? J'accepte ta proposition, mec. Ta présence dans ma vie m'enchante, mais pas au point de subir la gastro de ton frangin.

XXI

Rob haleta et renversa la tête en arrière pour mieux respirer.

— Merde, j'étais vraiment impatient de voir ce film !

Quelque chose lui entrait dans la peau, au niveau des reins. Pendant un moment, il se demanda si ce n'était pas la fermeture éclair de son jean sur lequel il était couché. Avec Mace qui pesait sur lui, il ne pouvait même pas se soulever pour se débarrasser du vêtement. De plus, il était occupé : il tentait de débarrasser Mace de son tee-shirt sans interrompre les baisers que son amant déposait sur sa gorge.

En principe, Mace n'avait que deux mains. Rob avait pourtant l'impression de les sentir partout sur lui. Oui, ces mains étaient partout et le caressaient avec un talent des plus démoniaques. Sa peau s'enflammait sous le toucher de Mace, qui paraissait connaître tous les endroits érogènes de son corps.

— Si tu tiens vraiment à le regarder, murmura Mace, on peut toujours retourner sur le canapé. Personnellement, j'ai déjà oublié le titre du film que tu as choisi.

Ses mots étaient à peine audibles, sa bouche étant enfouie dans les cheveux de Rob. Il se mit ensuite à explorer son oreille de la langue.

Depuis l'après-midi où Rob avait travaillé sur le dragon japonais de Mace, les deux hommes avaient trouvé leur routine : ils prévoyaient de dîner ensemble et de regarder un film avant que Rob rentre chez lui. Jamais ils ne suivaient ledit film jusqu'à la fin et jamais Rob ne rentrait chez lui. Ses vêtements envahissaient peu à peu la penderie de Mace et une nouvelle clé pendait à son trousseau, celle de l'appartement de Mace dont Rey, l'ancien colocataire, n'avait plus l'utilité.

Comme Mace, Rob prenait aussi l'habitude d'aider Mme Hwang à sortir ses poubelles ou à trier ses déchets. Il avait même appris quelques mots de cantonais. Il trouvait cette langue bien difficile et s'émerveillait que Mace la parle presque couramment.

Les deux amants s'étaient aussi offert un poisson combattant dénommé Namor, doté de stries orange et rouges. Ces couleurs vives avaient attiré le regard de Rob en lui rappelant le dragon sur lequel il avait récemment travaillé. Ni Rob ni Mace ne connaissant rien aux aquariums, ils s'étaient hâtivement renseignés auprès de l'ami d'un ami avant d'acheter un gros bocal de vingt litres qu'ils avaient installé dans le bureau de Mace. D'autres poissons avaient rejoint Namor dans l'aquarium, tout aussi brillamment colorés, mais de petite taille. Le vendeur leur avait certifié que tout ce petit monde s'entendrait parfaitement. Les escargots prospéraient, les crevettes se faisaient croquer. Un matin, Rob découvrit Namor occupé à construire un tas de bulles dans le coin du bocal. Paniqué, il appela le magasin. Mace suggéra donc de mieux se documenter, d'acheter des livres et de réfléchir dorénavant avant d'acquérir n'importe quoi.

Le dîner avec les Claussen se passa mieux que prévu. Nina flirta sans vergogne, comme toujours quand elle était heureuse, et son époux la regarda faire avec une étrange indulgence. Apparemment, le couple avait trouvé un nouvel équilibre. Rob en fut surpris, mais ravi. Mace obtint un franc succès. Rob apprit que son père, étant enfant, avait rêvé de devenir sapeur-pompier. En quittant le restaurant, Mace et Rob durent promettre de revenir bientôt dîner chez les Claussen.

Et son père n'avait qu'une seule fois demandé à Rob de se trouver « un vrai travail », critique implicite quelque peu compensée par une offre de lui prêter de l'agent si nécessaire. Rob refusa, assurant que non seulement il s'en sortait très bien, mais qu'en plus il était en passe de se constituer une solide clientèle. Il surprit dans les yeux gris acier de son père une lueur qui ressemblait fort à de l'admiration.

Mace resta silencieux, se contentant de l'encourager d'un sourire et d'un murmure. Il faisait confiance à Rob et le laissait parler de son succès professionnel sans avoir besoin d'être assisté. Rob apprécia cette attitude. Il savait pouvoir compter sur le soutien de Mace sans pour autant désirer le voir mener ses batailles à sa place. Une fois ou deux, Mace évoqua le travail de Rob à 415 Ink, mais plus pour vanter ses dons artistiques et techniques que pour rassurer M. Claussen sur l'autonomie financière de son fils.

Ce premier dîner fut suivi par d'autres, certains plus formels dans la famille de Rob, d'autres à Ashbury Heights avec celle de Mace. En général, c'était un barbecue dans le jardin avec de gros morceaux de viande grillée et quelques courgettes pour prétendre manger des légumes.

Mace et Rob apprenaient à vivre ensemble, à définir leurs frontières. Mace n'aimait pas qu'on lise ce qu'il écrivait avant d'être prêt à le partager. Et Rob s'habituait à vivre dans un bruit constant, même si Mace commençait à se contenter du glouglou discret de l'aquarium de Namor.

Ils fêtèrent le retour de Mace à la caserne dès que son kiné lui donna l'autorisation de retourner au feu. Aussi impatient que Mace ait été de retrouver son travail, il s'était montré raisonnable et Rob avait apprécié ne pas avoir à se battre sur le sujet, surtout après une longue journée passée à gérer des clients aux folles demandes.

Bien que souvent invité, Rob refusait toujours de participer aux courses insensées que Mace et Rey continuaient à pratiquer dans Chinatown le matin aux aurores.

Il faillit fondre en larmes la première fois que Chris l'appela « oncle ». Ivo et Lilith devinrent inséparables à sa grande consternation.

Pour en revenir au présent, Rob ne parvenait pas à ôter le tee-shirt de Mace, aussi commençait-il sérieusement à douter de son statut « d'adulte autonome ». Ne devrait-il pas se lever et aller chercher des ciseaux dans la cuisine ?

— Arrête de gigoter ! s'emporta-t-il. Je n'arrive pas à t'enlever ce truc !

Le lit grinçait bruyamment, son cadre de bois protestant contre leur poids et leurs gesticulations, mais Rob ne s'en soucia pas. Il avait largement dépassé ce stade. Même si le lit se brisait sous lui, il ne perdrait pas de vue son seul et unique objectif. Il pivota et colla Mace au matelas, puis arracha enfin les bras de son amant du tee-shirt qu'il jeta derrière lui.

Nu et étendu sur le lit, son érection pressée entre les fesses de Rob, assis à califourchon sur lui, Mace était tout simplement magnifique ! Rob le but des yeux, impressionné que cet homme soit à lui. Son corps d'athlète offrait un parfait équilibre entre grâce et puissance, avec des muscles durs dus à un travail éreintant et des tatouages sublimes – un art auquel Rob avait consacré sa vie. Plus encore que la beauté physique de son amant, Rob appréciait l'homme qu'il était. Sous cet extérieur rigide se cachaient d'immenses qualités : espièglerie, compassion, tendresse et affection.

— Qu'est-ce que tu as ? s'étonna Mace. Tu me regardes comme si j'avais du noir sur le nez.

Il se frotta le visage et regarda sa main. Sans rien y trouver, bien entendu.

Rob passa les doigts dans les cheveux de Mace, heureux qu'ils soient désormais un peu plus longs. Il aimait jouer avec. Les rayons du soleil leur donnaient des reflets d'or et de caramel. La barbe qui poussait sur la mâchoire était sombre et râpeuse.

Rob y frotta sa joue.

— Je vais te dire un truc, chuchota-t-il, mais je ne te demande pas de me renvoyer mes paroles, d'accord ? J'ai beaucoup pensé à nous ces deux derniers jours, alors, voilà… je t'aime.

Sous l'effet de la stupéfaction, le bleu des yeux de Mace s'assombrit.

Rob, qui le dévisageait avec attention, vit la stupeur se dissiper très vite, remplacée par une expression douce et tendre qui lui devenait de plus en plus familière. Mace passa ses mains tannées sur les cuisses nues de Rob, le prit aux hanches et serra légèrement. Puis il bougea encore, caressa le dos de Rob, le creux des reins…

— Franchement ? Est-ce le bon moment pour avoir cette conversation ? Nous sommes tous les deux nus et je suis étalé sur le dos. Tu sais, je voulais moi aussi te dire que je t'aime. Non, laisse-moi parler, s'il te plaît. Quand tu t'y mets, tu es aussi assourdissant qu'une tronçonneuse, je ne peux plus placer un mot. Je veux que tu me croies…

Il attira Rob vers lui et le fit se coucher sur lui, poitrine contre poitrine.

Rob leva le menton pour ne pas perdre Mace des yeux. Les mots avaient été dits et tout semblait retrouver sa place, comme la dernière pièce d'un puzzle qui lui avait échappé toute sa vie.

— Je crois, reprit Mace, que je suis tombé amoureux de toi pendant notre premier dîner Chez Frankie, quand tu as passé ton temps à parler. J'aurais pu t'écouter pendant des heures, j'ai beaucoup regretté que d'autres clients attendent notre table. Ou peut-être était-ce avant, quand tu passais ton temps à me défier et à grogner chaque fois que je passais au salon. Du coup, je ne pouvais t'oublier, comme j'en avais l'habitude avec les autres employés. Je te cherchais des yeux à peine entré – et ça m'agaçait, parce que je ne parvenais pas à m'en empêcher. Je supporte mal de ne pas avoir le choix, de ne pas me contrôler ! Je t'entendais rire et je t'en voulais parce que tu ne le faisais jamais avec moi. Et puis il y a eu ce jour où nous avons tout envoyé valser pour céder au désir… Ensuite, pendant des semaines, j'ai revécu ce moment, chaque minute …

Du bout des doigts, il suivit la courbe des fesses de Rob, puis remonta le long sa colonne vertébrale. Il soupira et enchaîna :

— Plus tard, tu as rencontré mon père, tu as même failli être sa victime. Tu as appris ce qu'avait été mon enfance et tu ne t'es pas détourné de moi. En restant, tu m'as démontré que je méritais d'être aimé. Grâce à toi, j'ai pu commencer à me libérer de toute la merde que je portais depuis si longtemps. Je n'aurais pas choisi ce moment pour t'en parler, mais puisque tu as commencé… je ne peux plus imaginer ma vie sans toi, Rob, je veux me réveiller tous les matins avec toi à mes côtés. Je t'aime. Si tu es d'accord, j'aimerais t'épouser.

ROB AVAIT accepté sa demande en mariage.

Du moins, Mace le pensait, car sa réponse – un baiser éperdu – ne pouvait qu'être oui. Sans doute aurait-il dû réclamer aussi des mots, mais la situation s'était rapidement détériorée – ou améliorée. Bref, une fois sa queue enfouie dans la bouche de son amant, Mace n'avait plus pensé à discuter. Il avait eu mieux à faire.

Mace étouffa un grognement en recevant un coup de coude dans la cuisse.

— Bébé, change de position, s'il te plaît. Non, pas dans ce sens-là. Remonte.

La tête de Rob disparut sous les draps

— J'ai perdu le lubrifiant, grommela-t-il. Je comptais t'oindre et… plus de flacon. Comment veux-tu que je sois sexy si tout est contre moi ?

Mace récupéra le lubrifiant sous son oreiller.

— Tu ne l'as pas perdu, c'est moi qui l'avais mis de côté. Le voilà. Maintenant, explique-moi ce que tu voulais en faire… hmm ?

Avec un feulement qui électrifia Mace, Rob se plaqua contre lui.

— Ne bouge plus, chuchota-t-il. Laisse-toi faire. Mais continue à gémir et à grogner, ça me fait bander.

Mace leva le bras et tint le flacon hors de portée de Rob.

— Je ne suis pas du genre passif ! protesta-t-il. Je tiens à participer.

Rob le fixa d'un œil sévère, puis se jeta sur lui. Sachant son amant chatouilleux, il s'attaqua à ses côtes et remonta jusqu'à la clavicule. Pour finir, il passa les ongles à l'intérieur de sa cuisse. Mace se tordit, le sexe tellement dur que ça en devenait douloureux.

— Merde. Tu triches !

Il céda et remit le flacon à Rob. Le lubrifiant s'étala sur sa queue dans une caresse chaude et humide, délicieusement érotique.

Rob et lui avaient dîné au pub avant de rentrer, Mace avait le ventre plein et l'esprit un peu embrumé – à cause d'une nouvelle bière qu'il avait tenu à essayer. Au cours du trajet retour, le chauffeur de taxi avait fixé la route la plupart du temps, avec quelques coups d'œil intéressés à son rétro en voyant Rob se pencher et mordiller l'oreille de Mace. En arrivant dans l'immeuble, les deux amants avaient manqué de discrétion en se marmonnant des « chut » entrecoupés de rires éméchés. Une fois chez Mace, ils avaient veillé à nourrir les poissons, puis envisagé de regarder un film en partageant un bac de glace.

Leurs plans avaient déraillé au premier baiser échangé. Sans que Mace comprenne comment, ils s'étaient retrouvés au lit, étroitement accolés.

Mace prit en coupe le visage de Rob. Le contact des dures pommettes aux creux de ses paumes était plus rassurant pour lui que la lumière et le bruit.

— Avec toi, murmura-t-il, je me sens bien, je me sens en sécurité. C'est très important pour moi, tu sais… J'ai du mal à t'exprimer combien je t'aime, combien j'ai besoin de toi, mais je veux passer le reste de ma vie à tenter de le faire.

— Tant mieux, souffla Rob. C'est pareil pour moi. Maintenant, tais-toi et laisse-moi t'emmener au septième ciel.

À califourchon sur Mac, Rob se redressa, s'empara du sexe érigé et se positionna, avant de s'empaler. Mace haleta en pénétrant cet étau de velours, si chaud, si serré. Rob grinça des dents et crispa ses abdominaux, tout en forçant son corps à se détendre et à accepter l'intrusion.

Quelques secondes plus tard, Mace était enfoui en lui jusqu'à la garde. Il gémit, certain de ne pouvoir supporter longtemps la tension qui le faisait vibrer. Mais alors, Rob se mit à bouger, de façon lente et cadencée qui leur fit tout oublier sauf leur passion.

Leur jouissance avait une gamme fluide d'émotions convergentes et le rythme de leurs ébats changeait constamment, parfois ludique et paresseux, parfois sauvage. Un soir, ils avaient cassé la tringle à rideau de la douche, un autre, ils avaient fait un trou dans le mur du couloir – que Mace avait dû réparer le lendemain matin. Un dimanche, au réveil, ils avaient testé la robustesse de la table de la salle à manger après que Rob, en toute innocence, eut sucé une grosse fraise très rouge, inspirant à Mace le désir urgent de placer sa queue au même endroit que le fruit.

Cette fois, c'était différent.

Dès le premier jour, Mace avait découvert que faire l'amour avec Rob était comme caresser les étoiles.

Ils ondulaient l'un contre l'autre, savouraient chaque coup de reins et sentaient la tension monter. Puis Rob cambra le dos, se pressant davantage sur le sexe planté en lui, et Mace souleva les hanches et poussa contre son amant.

— Retourne-toi, souffla Mace. Je ne peux pas… Je veux que tu me sentes en toi, je veux t'avoir sous moi.

Rob ayant acquiescé, ils changèrent de position. Ils faillirent se séparer, mais Mace rattrapa Rob et, entre gesticulations prudentes et éclats de rire, ils finirent par se retrouver comme convenu.

— Oh, putain ! s'écria Mace. Oui, comme là. Tiens-toi à moi, d'accord ?

Rob renversa la tête dans les oreillers, le regard flou.

— D'accord, gémit-il. Mace !

Il écarta grand les jambes, planta ses talons dans les reins de Mace et s'accrocha fermement aux bras puissants. Leurs corps étaient humides de sueur et leurs grognements étouffés s'accordaient aux sons émanant des bars de la ruelle, mélange de musique saccadée, d'échanges rapides en chinois et d'éclats de rire.

Le claquement régulier des deux corps enchevêtrés résonnait dans la pièce. Avec un frisson, Rob contractait à chaque coup de reins ses muscles sur la queue de Mace. Et Mace s'enfonçait en lui le plus profondément possible, le dos durci de tension et de désir. Il aurait voulu se perdre dans le corps étalé sous lui. Il baissa les yeux et admira les belles fesses dodues et écartelées entre lesquelles son sexe allait et venait, luisant du lubrifiant dont le parfum d'agrumes s'accentuait au frottement et à la chaleur croissante de leurs corps fébriles.

Puis Mace accéléra et Rob se mit à gémir plus fort. Mace sourit, heureux de constater qu'avec quelques baisers passionnés et un pilonnage sévère, il était capable de mettre son amant dans un tel état. Sentant la jouissance monter, il perdit son rythme et suivit son instinct, allant parfois plus vite, parfois plus lentement. Les muscles internes de Rob se resserraient autour de lui, cherchant à le retenir. Les cris qu'il poussait le rendaient fou, tout comme l'odeur musquée de leurs ébats.

Un voile de sueur faisait briller la poitrine et le ventre de Rob. Il se mordit la lèvre, accentuant ainsi le gonflement d'une bouche déjà meurtrie. Une goutte de sueur coula sur sa tempe. Mace la suivit d'un regard fiévreux sans cesser ses coups de butoir. Puis il glissa les mains sous les reins de Rob et le souleva du lit afin de le pénétrer plus profondément encore. La perle de transpiration glissa sur une haute pommette jusqu'à la mâchoire, où Mace l'attrapa du bout de la langue.

Il grogna soudain, car Rob lui tordait les mamelons dans une caresse sauvage, presque douloureuse. Surpris, Mace se cambra, ce dont Rob profita pour mordre une des pointes turgescentes. Une onde de choc lui traversant le corps, Mace lutta pour se retenir, mais en vain. Son orgasme explosa, brisant le peu de contrôle qu'il avait encore sur lui-même. Il se tordit sous les spasmes, à la fois comblé et malheureux. Il aurait voulu que le moment dure le plus longtemps possible.

— Bon sang ! haleta Rob. Tu me rends fou.

— Lâche-toi, bébé. Je suis là.

Il se concentra sur le cul bombé de Rob, là où leurs deux corps se joignaient. Les cuisses contactées autour de sa taille, il se pencha et s'empara de la bouche entrouverte, goûtant le sel de sa sueur. Le sexe de son amant était écrasé entre leurs deux corps, le gland humide mouillant son ventre. Puis Rob se mit à jouir et sa semence se répandit entre eux.

Mace souleva la tête pour regarder Rob, admirant sa peau dorée légèrement empourprée d'une rougeur qui descendait jusqu'à la poitrine. Il prit Rob aux flancs et un flot ininterrompu de mots indéchiffrables s'échappa de ses lèvres. Le souffle court, il pantelait, tremblant toujours des suites de son orgasme.

Celui de Rob lui paraissait tout aussi satisfaisant.

Mace oublia tout et laissa l'univers se précipiter pour l'engloutir. Il avait les étoiles à portée de main. Elles brillaient sur la peau de Rob dans une constellation encrée sur ses côtes et leur éclat n'illuminait qu'un seul être : l'homme qu'il avait dans les bras. Mace entrait lui aussi dans cette incroyable lumière.

Rob cria et se cambra une dernière fois, les yeux fous, la bouche ouverte, les lèvres gonflées. Il tremblait violemment.

— Je t'aime, haleta-t-il.

— Je t'aime aussi, murmura Mace.

Il se souleva sur les coudes et resta penché sur son amant, toujours plongé en lui. Le plaisir se calmait, mais les deux hommes ondulaient toujours l'un contre l'autre. Quand ils cessèrent enfin, l'oxygène leur manquait.

Mace frissonna, puis s'écarta et retomba sur le côté. Rob se plaignit d'avoir été abandonné, mais il ne bougea pas, vidé de ses forces.

Il poussa un soupir de contentement quand Mace se blottit contre lui. Allongés dans les bras l'un de l'autre, les deux amants reprenaient leur souffle, pensifs.

Mace réalisa soudain que la tension qu'il retenait depuis des années s'était en grande partie dissipée grâce à son amour pour Rob. Il se sentait bien, il aimait son amant, sa vie et sa famille. Il ne craignait plus de perdre ses frères et pouvait caresser le rêve incroyable de passer sa vie avec Rob Claussen, cet insolent qui l'avait titillé dès leur première rencontre avant de s'incruster sous sa peau de manière définitive.

La pièce s'était bien assombrie autour d'eux quand Mace finit par dire :

— Si j'ai pris compris, tu acceptes ma demande en mariage ?

Rob poussa un soupir exagéré.

— *Si tu as bien compris* ? Ça ressemblait à un « peut-être », selon toi ? Donne-moi cinq minutes et je serai prêt pour un autre round pour mieux te convaincre du sérieux de mes intentions à ton égard. Mieux encore, c'est moi qui te demanderai en mariage.

Le regard flamboyant des yeux ambrés était une promesse en soi.

ÉPILOGUE

— JE SUIS vraiment content de savoir que nous passerons la nuit ici, dit Rob. Après avoir avalé tout ça, je doute d'être encore capable de marcher. C'est dingue ! Je trouve plus dingue encore de savoir que mon père et le grand-père de Chris discutent au salon de justice sociale. Ce vieil homme a quoi ? quatre-vingts ans ? Reconnait-il seulement ses interlocuteurs ?

Il posa le menton sur l'épaule de Mace et s'accrocha à lui par derrière. Mace secoua la tête :

— Je t'aime, bébé, mais lâche-moi. Il faut que je m'occupe de ces oignons. Nous avons largement sous-estimé la quantité de salsa consommée.

Rob s'écarta et poussa le panier d'oignons vers son amant.

— Ce que vous avez surtout sous-estimé, c'est le nombre des invités, ricana-t-il.

Il s'empara d'un oignon et le jeta à Mace, qui l'attrapa facilement.

— Tes talents culinaires m'impressionnent, enchaîna Rob. Je connaissais déjà quelques-uns de tes plats : le ragoût de bœuf, les macaronis au fromage, cet étrange taco-lasagne qui, je le reconnais, est délicieux. En plus, tu sais faire de la salsa !

Mace se mit à émincer l'oignon. Il travaillait vite et bien, même si ses compétences n'étaient pas comparables à celles des participants aux concours télévisés style Iron Chefs.

— Une sauce, ça n'est pas de la vraie cuisine. Si tu vois Luke, demande-lui d'aller chercher de la coriandre du jardin. Autre option, vas en couper, mais fais attention à sortir sans qu'on te voie. Luke prétend être le seul à savoir cueillir des herbes correctement.

Rob éclata d'un rire bruyant.

— Il faut juste les couper sans arracher la racine ! Je vais chercher Luke.

Il ouvrait déjà la porte de derrière quand Mace cria :

— Il joue au ballon avec Chris et Ivo. Les ciseaux à herbes sont sur le mur à côté du gril.

Bear entra dans la cuisine, ses pieds nus ne faisant aucun bruit sur le plancher. Il jeta dans un carton les bouteilles de bière vides qu'il portait et jeta un coup d'œil à Mace.

— Tu as besoin d'un coup de main ?

— Non, merci. Il ne me manque que la coriandre… Du moins, c'est ce que je croyais, mais j'en aurais peut-être assez avec ce qui me reste.

Il bougea le long du comptoir pour laisser à son frère de la place. Puis demanda :

— Comment ça s'est passé avec la piscine gonflable ? Gus et Rey s'en sont sortis ?

Bear éclata de rire.

— Oui, mais pas sans mal. Ils n'étaient pas fichus de poser correctement la pompe. C'est très drôle de les regarder faire pendant qu'ils essayaient de comprendre ce qui n'allait pas. C'est Chris qui a fini par leur expliquer.

Il retrouva son sérieux, même si un sourire s'attardait dans ses yeux.

— C'est bon te voir heureux, petit frère, ajouta-t-il. Vous allez bien ensemble, Rob et toi. Ça me complique un peu les choses au salon, parce que je ne peux plus le virer, tu le sais bien, mais ton bonheur en vaut la peine.

— Tu pourrais le virer ! protesta Mace. Tu ne le feras jamais parce que tu es une guimauve. C'est pourquoi Ivo s'est chargé de larguer ce stagiaire. S'il t'avait attendu, tu te serais laissé attendrir par une histoire bien larmoyante.

— Possible. De toute façon, j'ai déjà trouvé un nouvel apprenti, un peu plus âgé. Il a encore quelques mois à faire dans son stage actuel. Je suis impatient de l'avoir. J'ai beaucoup apprécié ses tatouages.

Il donna un petit coup de coude à Mace, puis enchaîna :

— Je suis fier de toi, tu sais. Tu as repris le boulot, tu vas te marier et emménager avec Rob dans une nouvelle maison, et ton livre sera bientôt publié. Le garçon en colère que j'ai rencontré il y a des années a fait un long chemin.

Mace posa son couteau et se tourna vers lui.

— N'exagérons pas, ça n'était pas si difficile. Quant à mon livre, j'attends de voir. L'urban fantasy romantique, ce n'est pas un créneau très vendeur. Peu importe, écrire ce roman m'a beaucoup plus et mon éditeur réclame déjà la suite. J'ai mis presque deux ans pour écrire le premier, je pense être capable de pondre le second en six mois. C'est plus facile maintenant… grâce à Rob, il m'aide à me concentrer. En rentrant à la maison, je ne tourne plus en rond sans savoir quoi faire. Et toi, Bear ? Quand vas-tu trouver le bonheur ?

— J'ignore si ça m'arrivera un jour, mais je doute d'avoir le temps de chercher l'âme sœur avant que vous soyez tous casés. Ensuite, on verra. Vous quatre êtes toute ma vie et je tiens vraiment à vous voir heureux.

Mace prit son frère dans ses bras et l'étreignit aussi fort qu'il put. Ce contact lui était familier, il avait passé son adolescence à serrer Bear contre lui. Devenus adultes depuis lors, ils s'étaient épaissis, mais leur connexion, elle, n'avait pas changé.

Mace frappa son frère dans le dos, puis lui murmura à l'oreille :

— Ne laisse pas la vie t'échapper, Bear. De nous tous, c'est toi qui mérites le plus d'être heureux. Tu devrais te tailler un peu la barbe ! Tu fais hirsute.

Il s'écarta et changea de ton :

— Prends les chips, j'apporte la salsa. Je te rappelle que nous avons une famille à nourrir et je crois bien que c'est à mon tour de tenir le grill.

Rob réapparut à la porte arrière restée ouverte :

— Hé, combien de coriandre te faut-il ? Luke t'en accorde deux poignées à condition que tu en aies vraiment besoin ! C'est de l'or ce truc-là ou quoi ?

Bear eut un petit rire, puis il récupéra les chips et la salsa.

— Je sors tout ça et je m'occupe du grill, petit frère. Ça te laisse un moment avec ton futur mari. Profites-en pour l'interroger sur ses talents cachés. S'il sait poser du carrelage ou faire de la plomberie, ça m'arrangerait bien. Il faudrait vraiment rénover la salle de bain du premier.

LES PLATS étaient épicés, le buffet désordonné. La famille était bruyante et encore plus désordonnée. Remplir la piscine gonflable se transforma vite en bataille rangée où tous les coups étaient permis. Chaque camp s'arma d'un tuyau d'arrosage et tous finirent trempés, y compris le père de Rob. Chris se chargea ensuite de lui donner un cours détaillé sur chacune des plantes du jardin et des insectes avoisinants.

Pour Mace, s'étendre sur une chaise longue de la cour avec Rob sur les genoux était le comble d'une soirée parfaite. Ensemble, les deux hommes admirèrent le ciel qui se parait de voiles orange et jaunes, puis s'assombrissait. La nuit tombait malgré les efforts des réverbères urbains. La terrasse en bois était déserte, le couple n'avait pour compagnie que le chien couché sur sa couverture, à quelques mètres et qui paraissait dormir. Plus loin, Ivo et Gus, appuyés contre la balustrade, commentaient sarcastiquement le match de volley-ball que Lilith et Luke avaient organisé et auquel tout le reste de la famille participait.

Rob sirota une gorgée de sa bière, puis lança :

— Je ne me souviens pas de ces règles. Le but du volley est *justement* que la balle ne touche jamais le sol. Pourquoi diable ajouter un rebond ?

Mace haussa les épaules et expliqua avec patience :

— Ils ont adapté le jeu vu qu'ils sont dans une allée en partie pavée et en partie bétonnée, comme au mini-golf. Le garage est considéré comme un handicap, c'est pourquoi ils changent de camp tous les cinq points. Crois-moi, tu trouveras ça plus logique d'ici quelques années.

Du bout du pied, Rob caressa le dos du chien.

— Ça fait deux ans que je travaille au salon et la logique ne me parait pas être votre point fort, mais peu importe, je suis quand même content que tu m'aies fait entrer dans cette famille de fous.

Son baiser fut particulièrement doux et Mace en savoura chaque instant.

Demain, lundi, tous deux retourneraient au travail. Ils ne se verraient que brièvement, au repas peut-être, ou quand Mace serait en pause durant la journée. Ils envisageaient de transformer leur seconde chambre en atelier pour Mace, ou peut-être en pièce de travail pour deux, avec une table à dessin bien éclairée pour le jeune artiste.

Quel pied que le principal souci de leur vie actuelle soit de décider comment aménager une pièce indépendante !

Rob renversa la tête pour regarder Mace.

— Où veux-tu que nous organisions le mariage ? Et quand ? Je ne sais pas comment on fait. Qui se charge de quoi ?

— Je suis ouvert à toutes les options et suggestions. Je n'avais jamais imaginé me marier.

Mace se souvint de l'époque où il luttait contre son homosexualité et se demandait s'il ne méritait pas, au fond, les coups qu'il avait reçus de son père. Peut-être était-il anormal ? Par chance, Bear l'avait aidé à accepter sa vraie nature.

Plus tard, les autres les avaient rejoints et Mace s'était rendu compte que sa virilité n'était pas définie par son orientation sexuelle, mais par la façon dont il prenait soin de son entourage.

Il reprit donc :

— Peut-être un endroit romantique où je ne porterai pas un tee-shirt au logo de 415 Ink et où je n'aurai pas à faire la cuisine…

Rob se figea, cessant ses caresses par la même occasion. Earl lui jeta un regard attristé, aussi Rob se remit-il à le frotter tout en reprenant la conversation :

— Romantique, ça veut dire solennel ? Dois-je me teindre les cheveux d'une seule couleur ?

— Nous pourrions nous marier dans le jardin, réserver un restaurant pour la nuit et inviter tout le monde à manger des trucs bien gras et à danser avec nous.

La lueur dans les yeux de Rob était une réponse suffisante.

— Pour être franc, reprit Mace, je me fiche de ce que nous porterons le jour de notre mariage. Ce qui compte, c'est que nous soyons ensemble et que nos familles soient présentes. Je vais te dire un truc… et je te le répéterai sans doute tout le reste de ma vie, mais c'est la vérité, alors, autant que tu le comprennes bien : c'est mon amour pour toi qui m'a sauvé. Tu considères sans doute n'avoir rien fait de particulier, juste avoir été là, mais justement, chéri, c'est ce dont j'avais le plus besoin. Fais ce que tu veux avec tes cheveux, teins-les de toutes les couleurs de l'arc-en-ciel, ça ne changera rien pour moi : je t'aime et je t'aimerai toujours.

LE LUNDI matin était toujours dur, surtout avec une gueule de bois.

En sortant du parking sous une pluie battante, Ivo faillit glisser avec ses hauts talons, mais il avait perdu à la courte paille et c'était à lui d'ouvrir le salon. Il aimait arriver tôt. Ça lui donnait le temps de faire du café fort et bouillant – une pleine cafetière – et de mettre la musique à fond pendant ses ultimes préparatifs.

Il adorait 415 Ink, c'était son foyer – son second foyer. Étant enfant, il avait fait son travail scolaire sur le bureau de Bear et appris le métier dans la salle de dessin en écoutant discuter les artistes, hommes et femmes qui avaient consacré leur vie au tatouage. En réalité, Ivo avait autant participé que Bear à la création du salon, aussi protégeait-il farouchement ceux qui y travaillaient et les clients qui entraient, désireux de faire encrer une parcelle de leur âme sur leur corps.

Il jeta un regard autour de lui, se délectant d'être seul dans la grande salle.

— Ce n'est pas logique, déclara-t-il à voix haute, mais putain, j'adore la solitude !

Il s'occupa en priorité de la stalle de Gus – qui ne viendrait travailler qu'à midi. Son frère n'avait pas beaucoup dormi, vu que Chris avait passé la nuit à la maison. Ivo avait récemment appris qu'un petit garçon de trois ans avait souvent soif au milieu de la nuit, ce qui créait des accidents – et un changement de draps.

En allant chercher des serviettes en papier, il coinça son talon dans une encoche du béton. Quel idiot ! Il la connaissait par cœur, cette encoche ! Il y trébuchait souvent, mais en sneakers, il ne risquait pas de se tuer. Avec de hauts talons, c'était très différent. Il vacilla et fut sauvé par sa grande habitude des lieux, car il se raccrocha à un des solides murets que Bear avait installés, des années auparavant, pour séparer les stalles des artistes. Soulagé d'avoir évité une chute, Ivo continua à se parler à lui-même :

— *Merde* ! Je vais finir par me faire une cheville ! Je ferais mieux de changer de chaussures avant que Bear se pointe et m'engueule.

Il sortit une vieille paire de Converses rouges cachées dans son placard et boitilla jusqu'au canapé de la salle d'attente. Il ne s'en sortait pas indemne, finalement. Rien de tragique, juste une petite entorse qui guérirait sans doute au bout de quelques heures de repos.

Il venait de jeter les Converses sur le canapé pour s'y asseoir et les enfiler quand on frappa à la porte donnant sur la rue.

C'était le flic.

Sous le choc de voir Nicholls devant 415 Ink, Ivo en oublia son entorse. D'autres parties de son corps s'électrisèrent, devenant douloureuses, comprimées, incertaines. En même temps, une forte excitation le traversa tout entier.

Nicholls ne s'était pas rasé depuis quelques jours, sa forte mâchoire paraissait rugueuse. Ses cheveux bruns, aplatis par la pluie, étaient presque noirs. Il portait une chemise gris foncé et un manteau noir au col relevé pour protéger le cou du froid et du vent mordant. Le bas du jean était marqué de traces sombres et humides. Ivo ne voyait pas les pieds, mais il savait que le policier portait les mêmes bottes de cow-boy en cuir que lors de leur précédente rencontre. Les yeux verts étaient durs, orageux, et la bouche pincée.

À travers la vitre, le flic croisa son regard. Il serra les dents et frappa à nouveau à la porte. Il désigna ensuite la poignée.

— Ouvre !

Ivo avança jusqu'à la porte d'un pas délibérément lent, ses hauts talons cliquetant sur le sol.

— Le salon n'ouvre pas avant midi. Si tu veux un rendez-vous, téléphone et laisse un message sur le répondeur. J'ignore ce que les autres ont de prévu, mais mon carnet de rendez-vous est archiplein. Tu devras t'adresser ailleurs.

— Je ne veux que toi, gronda Ruan à travers la vitre.

Il baissa les yeux sur les pieds d'Ivo et gronda :

— Qu'est-ce qui te prend de porter des talons pareils ?

SOMMAIRE DES PLATS ÉTRANGERS

Adobo : plat philippin, ragoût mariné de viande, de fruits de mer ou de légumes avec vinaigre, sauce soja et ail.

Arare : biscuit d'origine japonaise à base de riz gluant enrobé de sauce de soja, d'épices ou de sucre.

Crabes de Dungeness : crustacé de la Côte Ouest des États-Unis, très prisé pour la tendreté goûteuse de sa chair.

Bao : chausson taïwanais, garni de viande.

Burrito : plat mexicain : tortilla garni de viande, poisson, légumes, sauces, etc.

Carne asada : viande grillée.

Carnitas : viande braisée, plat mexicain.

Chow fun : ragoût cantonais à base de protéines (viande ou crustacés), de nouilles de riz et de soja vert.

Chow mein : classique de la cuisine asiatique à base de nouilles chinoises, de champignons noirs, de poulet, et/ou de crevettes.

Dim sum : mets cantonais qui ont la particularité d'être présentés en petites portions.

Elote : maïs grillé à la mexicaine.

Gau gee : beignet chinois plat et long

Ika : plat japonais à base de calmar grillé et tranché.

Pollo asado : poulet rôti.

Poutine : accompagnement d'origine québécoise, frites et morceaux cheddar arrosés sauce brune.

Quesadilla : tortilla au fromage.

Sashimi : mets traditionnel japonais à base de poisson cru.

Sauce hoisin : sauce barbecue à la chinoise, épaisse et pimentée.

Sauce sriracha : sauce piquante thaïlandaise, à base de piments, de vinaigre et d'ail.

Sisig : plat philippin, tête de porc et foie en salade pimentée.

Tarte aux œufs : spécialité de Hong-Kong, pâte brisée garnie d'un flan.

Tsingtao : marque de bière chinoise.

Xiaolongbao : raviolis chinois.

RHYS FORD est un auteur dont plusieurs séries ont été primées. Elle s'exprime dans tous les genres : LGBT, policier, thriller, paranormal et fantasy. Elle a été finaliste du LAMBDA 2016 avec son roman *Meurtre et complications*. Elle a reçu en 2017 une médaille d'or et d'argent aux Book Awards des auteurs et éditeurs de Floride pour ses deux romans : *Ink and Shadows* [7] et *Hanging the Stars* [8]. Elle est publiée chez Dreamspinner Press et DSP Publications.

Elle apprécie peu les présentations sans touche personnelle. Franchement, qui pourrait ne pas mentionner ses chats, chiens et voitures dans sa biographie ? Elle partage sa maison avec Harley, un chat noir et blanc complètement dingue, et Gus, un matou roux écossais terroriste. Elle est aussi l'esclave d'une Pontiac Firebird de 1979 qui réclame beaucoup d'entretien. Un autre trait de caractère de Rhys, c'est qu'elle aime assassiner les personnages nés de son imagination.

Vous pouvez la contacter :
Sur son blog : www.rhysford.com
Sur Facebook : www.facebook.com/rhys.ford.author
Ou sur Twitter : @Rhys_Ford

---

7 Non traduit en VF

8 Idem.

SÉRIE 415 ✦ INK • TOME 1

Rebelle

RHYS FORD

Série 415 Ink, tome 1

Le plus difficile pour un rebelle n'est pas de défendre une cause –
c'est de se défendre lui-même.

La vie prend un malin plaisir à planter un couteau dans le dos de Gus
Scott quand il s'y attend le moins. Après avoir passé des années à fuir son
passé, son présent et le futur sombre que chaque assistant social lui a prédit,
le karma lui offre la seule chose à laquelle Gus ne tournerait jamais le dos :
un fils né d'une nuit passée avec une femme quelques années auparavant,
après une rupture douloureuse.

Revenir à San Francisco et retrouver 415 Ink, le salon de tatouage de
sa famille, lui a permis de trouver un refuge pour faire face à ses démons et
se reconstruire… jusqu'à ce que le pompier qui l'a détruit refasse surface.

Pour Rey Montenegro, Gus Scott était un objectif inaccessible, une
récompense sublime qu'il n'avait pas eu la force de retenir. Mettre un terme
à sa relation avec le tatoueur au caractère changeant avait été déchirant,
mais Gus n'avait pas voulu de la vie de famille dont lui rêvait, le laissant
avec une âme meurtrie.

Alors que la vie et le monde de Gus commencent à s'effondrer, Rey
l'aide à ramasser les morceaux. Gus se demande alors si l'histoire d'amour
éternelle à laquelle aspire Rey peut vraiment exister.

www.dreamspinner-fr.com

RHYS FORD

MEURTRE ET COMPLICATIONS

Meurtre et complications, tome 1

Seuls les cadavres ne parlent pas.

Cambrioleur réformé, Rook Stevens a jadis volé d'innombrables objets de valeur inestimable, mais jamais il n'avait encore été accusé de meurtre – jusqu'à aujourd'hui. Déjà surpris de découvrir une de ses anciennes complices à Potter's Field, sa boutique dédiée aux collectionneurs et fans du cinéma, Rook l'est encore plus de constater qu'elle a été assassinée.

L'inspecteur Dante Montoya pensait ne jamais revoir Rook Stevens – surtout après une douteuse affaire de falsification de preuve commise par son ancien partenaire pour piéger le voleur. Aussi, quand il intercepte un suspect couvert de sang fuyant la scène d'un crime, est-il choqué de reconnaître celui qu'il avait tant voulu mettre en prison quelques années plus tôt. Et comme autrefois, Rook Stevens lui enflamme le sang.

Rook, malgré son attirance inexplicable pour l'inspecteur cubano-mexicain qui vient de l'arrêter, est déterminé à se disculper. Malheureusement, les cadavres ne cessent de s'accumuler autour de lui. Quand sa vie est menacée, Rook est obligé d'accepter l'aide d'un flic qu'il n'aurait jamais cru capable de croire à son innocence : Dante, le seul homme qu'il ait dans la peau.

www.dreamspinner-fr.com

Par RHYS FORD

415 INK
Rebelle
La sauveteur

MEURTRE ET COMPLICATIONS
Meurtre et complications
Amants et voleurs

SINNERS
Sinner's Gin
Whiskey and Wry
Tequila Mockingbird
Slow Ride

Publié par DREAMSPINNER PRESS
www.dreamspinner-fr.com